ほどける

UNTWINE

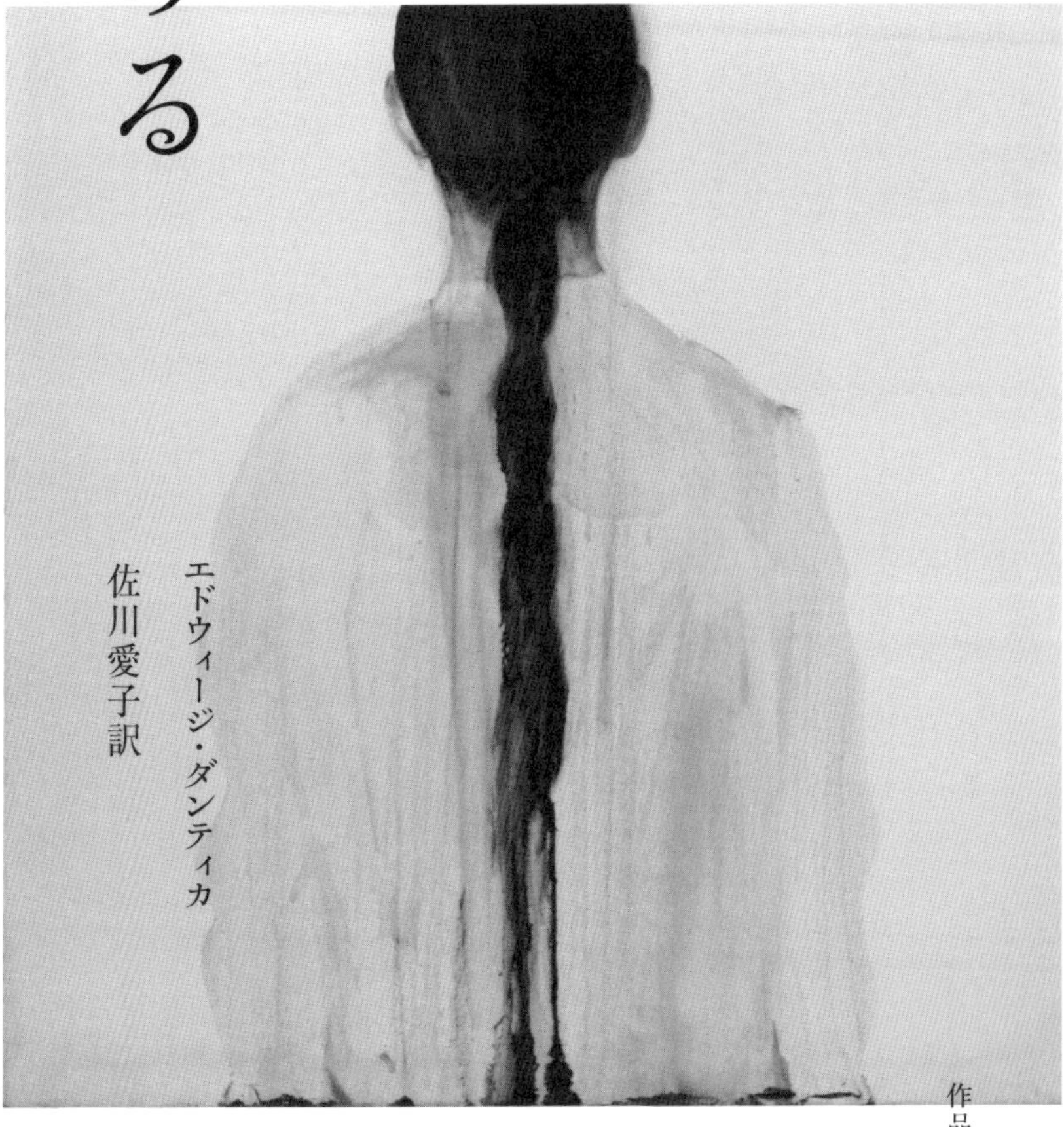

エドウィージ・ダンティカ
佐川愛子訳

作品社

ほどける

日本の読者への手紙

わたしは、本書の日本語版をみなさまに読んでいただけることをとても光栄に思っています。この小説は、愛がわたしにさせた仕事です。まだ二十代初めのころに書き始めました。あのころのわたしと現在のわたしとの間には、他の本――フィクションとノンフィクション両方――が生まれましたが、数年前に母が末期のがんに侵されているとわかったときに、ようやく、物語の続きを書き出したのです。

ずっと、昼も夜も病室で過ごしているうちに気づかされたのは、人の命の壊れやすさ、わたしたちはなんとあっけなく、時には無常に、意味もなく、愛する人を突然失いうるかということでした。母が亡くなったあと、わたしはまた気づかされました。こんなにも、もう立ち直れないほどわたしたちを打ちひしぐ喪失のあと、生活を元に戻すために、どれほどの努力が必要なのかを。

この本が世に出てから一年あまりのあいだに、わたしは何百人もの読者に会いました。十二歳から九十二歳までの年齢層の人びとです。彼らはそれぞれに、この物語にどんなに心を打たれたかをわたしに伝えてくれました。この本にはきっとどんな年齢の人の心にも訴えるものがあると、わたしは確信しています。主人公はまだ少女といえる年齢で、その若さは物語のひとつの大事な側面ではありますが、彼女をめぐる物語の全体は、老若男女の別なく誰にも共感できるものと信じます。読者の方々はまた、この本が愛の——ロマンチックな愛と家族の間の愛の両方の——不思議とともに、生と死について語っていることを喜んでくれています。それに、ボワイエ家の人びととマイアミのハイチ人コミュニティの人びととのつながりや、ボワイエ家の人びとの目に映る生まれ故郷の——それはまたわたしの故国でもあります——ハイチの姿も楽しんでくれています。

この本の日本語への翻訳に取り組んでくださったことに対して、またわたしの他のいくつかの本を翻訳してくださったことに対しても、佐川愛子さんにお礼を述べたいと思います。

また、みなさまには、時間をとって本書を読んでくださることに、お礼を申し上げます。ありがとうございます。楽しんでいただけますように。

心を込めて、

エドウィージ・ダンティカ

あなたはわたしの姉さん……
あなたはわたしの顔　あなたはわたし……
あなたを待っていたのよ
あなたはわたしのもの
あなたはわたしのもの
あなたはわたしのものだわ

トニ・モリスン
『ビラヴド』

第一章

あの車がわたしたちにぶつかってきたときにかかっていた曲を覚えている。イーゴリ・ストラヴィンスキーの「火の鳥」だった。それまでに聴いたクラシック音楽もたいていそうだったけれど、とてもスローテンポで始まって、それからスピードアップして、ピークに達して、またスローになった。イザベル姉さんが父さんに、オーケストラ練習用のCDを、SUVの超高級新型十二ディスクプレーヤーでかけてくれるよう頼んだのだった。シートベルトを外し、後部座席から身を乗り出して、CDを父さんに渡した。モリスン高校の春季オーケストラコンサートでわたしや友だちのみんなに台なしにされる前に、巨匠《マエストロ》の作曲したとおりの曲を聴いておきたいの、と言って。

車のなかは静かだった。二週間前に、両親が離婚の意志をわたしたちに伝えていたから。二人はもう、結婚指輪を外してさえいた。わたしたちはまだいっしょに暮らしていたけれど、それも父さんが別の家を見つけて出ていくまでのことだった。

「あなた、わたしたちに待っていてほしい？　それとも友だちといっしょに食べたい？」と母さんが「火の鳥」のヴォリュームを下げてイザベルに訊いた。

「十五分早く出ていれば、渋滞に巻き込まれなかったのに」と、いらだった声で父さんが言った。

父さんは、何も変わりはしないと断言していた。これまでどおり学校行事にはできる限り母さんといっしょに行く、と。けれどわたしは、これからは四人そろって食事をすることはそんなにないだろうと思っていた。だから、イザベルには友だちよりわたしたちを優先してほしかった。すくなくとも今夜は。

「ロンといっしょでもいい？」とイザベルは訊いた。

ロン・ジョンソンが友だちになったのは、比較的最近だった。わたしは彼のことをあまり知らなかった。イザベルの音楽仲間とはつきあっていない、ということ以外は。彼が好きなのは、ゴンドウクジラとバードウオッチングとロッククライミングと、あらゆる類《たぐい》のアウトドア派的なことだった。つまり、自然おたくだった。イザベルのように。

「もちろんだよ」と父さんは言った。少し落ち着きをとり戻して、筋肉質のたくましい身体を運転席になじませようともぞもぞ動いていた。声は落ち着いていたけれども、手は違った。目は、わたしたちの前に長く伸びた車の列を見やっていた。車はぎゅうぎゅうに詰まっていて、ライトが互いに溶け合っているように見えた。父さんは、どの方向にも動きようがなかった。

最初それは、蜃気楼のように思えた。目の錯覚か何かのように。水が光線をゆがめて、間違った方向に向けているみたいに。突然、車が前に流れだした。すると、赤いミニバンがスピードをあげて中央の車線を横切り、後部ドアのイザベルの側に激突した。

イザベルがわたしのほうを向こうとしていたのを覚えている。長く細いお下げ髪が両肩にかかり、それから、盾のように顔を覆った。お下げの髪はわたしと同じ長さで、それだけがわたしたちの双子らしいところだった。イザベルが両手で目を覆ったのと母さんが叫びだしたのは、同時だった。

「ターンして！　ターンして！　ヴィレ《ヴィレ》！」と母さんは、英語とハイチ・クレオール語をミックスして叫んだ。母さんと父さんはときどき、心配していたり怒っていたりするとき特に、そういう言い方になる。

わたしたちの周りの車はあわてて避けようとしたし、父さんは最善を尽くしてそれに続こうとしたけれど、ハンドルを切る余地はなかった。片側には、ゲートつきコミュニティを通りから守るためのコンクリート塀があった。父さんは、車をできるだけ塀に寄せようとした。母さんとわたしの側のドアが塀をこすっていくと、その圧力で花火のような火の粉が出た。音もすごくて、何千もの爪で何千もの黒板をひっかいているかのようだった。キーッというブレーキ音と母さんの叫び声と、周りじゅうの車が鳴らすクラクションのなかで、わたしはこう考えていた。たとえここから出られたとしても、そのときにはもうわたしたちの誰も生きてはいないだろう、と。

赤いミニバンはもう一度、イザベルのドアに激しくぶつかった。

「反対側に行って。ロト・コテ・アー！」と母さんは叫んだ。そして咳《せ》き込みだした。燃えるタイヤの臭いが、車のなかに充満してきたせいで。

わたしは話を引き延ばしている。わたしの人生のこの部分で、もう少し長い時を過ごせるように。父さんのＳＵＶで、姉さんが演奏することになっているコンサート会場へ向かう、いつもと変わらない金曜の夕方を。

わたしの人生のこの部分では、姉のイザベルとわたしは一卵性双生児で、二つの水滴のようにまったく同じだと、祖父母は好んで言った。それって本当は正しくないのに。なるほどわたしたちは二人とも父さんに似て背が高く、百八十センチある。でも、イザベルとわたしには、互いに反対側の耳の後ろに、小さなほくろがある。違うところは他にもある。わたしは絵を描くのが好きで自分を芸術家だと——まあ、ともかく、未来の芸術家だと——考えるのが好きだけれど、フルートを吹いたりピアノを弾いたりするよりも、真昼のマイアミの空の下で百往復泳ぐほうがいい。

前のより大きな二度目の追突が起こる前に、イザベルが言ったのを覚えている、「フルート。フルート」と。

最初わたしは、フルートのことを心配しているのだと思った。でも、父さんの車がどんどん塀のほうへそれていくと、フルートの黒革のケースがイザベルの膝から顔まで跳ね上がった。そしてあごに当たって跳ね返って、頭を側面の窓に押しつけた。窓にひびが入った。ガラスが粉々に砕けた。だけどそれはイザベルの頭がぶつかったからではなく、赤いミニバンの衝撃のせいだったと、わたしは思いたい。それでも、フルートのケースは跳ね返り、イザベルの顔の反対側に突き当たり、それからあばら骨のなかに食い込んだ。

よく人は、こういうことはスローモーションで起こると言う。まるで自分が、突然人生という反重力状態の部屋のなかにいる宇宙飛行士になったかのように。でも、それはわたしにはあてはまらなかった。かえってすべてが速度を増して起こっていたので、わたしは、心の中でその速度を落とそうと必死だった。

母さんは、わたしたちの名前を叫び続けていた。イザベルとわたしを交互に、洗礼名と愛称の両方で。イザベル、ジゼル、イズ、ジズ、イズィー、ジズィー。それから父さんの名前を（「デイヴィッド！　デイヴィッド！　デイヴィッド！」）何度も何度も叫んだ。

イザベルがわたしの名前を呼ぶ必要はなかった。よく人が口にする双子の間のテレパシーのためではなく、わたしと手をつないでいたから。わたしたちは生まれてこのかた一度もなかったほど、強く手を握りあっていた。産まれた日と同じように、しっかり手をつないでいた。わたしたちは同じ羊膜に包まれていて、母さんの帝王切開をしていた医師は両親に、手をほどいて離れさせる必要がありますと言った。わたしたちは手をつないで産まれた。そして今、頭はがたがた跳ね、身体はばたばた揺れながら――わたしはシートベルトで固定され、イザベルは固定されず無防備で――金切り声で両親を呼び、両親はわたしたちの名前を叫んでいた。でも、わたしたちは手を離そうとはしなかった。両親も、前の席でシートベルトをしたまま投げ飛ばされているようだった。二人の後頭部が現われては消え、顔はエアバッグにぶつかり、母さんのがりがりに細い身体と父さんの筋肉質の身体は、まっすぐに座っていようと必死だった。

それからあれが起こった。決定的な衝突。逃れられない光がわたしたちに激しくぶつかってきて、エアバッグのないイザベルの側のドアを潰した。

姉さんはまだわたしの手を握っていたけれど、わたしたちの手は濡れてべとべとしていた。イザベルのうめき声がして、それからまるでいらだったように、あえぐのが聞こえた。「遅れる」と彼女は、息を切らしてあえぎながら言った。

遅れる、遅れる、とても大事な約束に、とわたしは思った、まるでウサギの巣穴のすごく奥深くに落ち込んでしまったかのように。**こんにちはも、さようならも、言う時間がない、遅れる。**

遅れていることについてイザベルが実際に何を言ったのかは、わからない。そう考えていただけなのかもしれない。わたしが考えていただけかもしれない。

そして不気味な沈黙があって、それが破られた。最初はサイレンに刺し貫かれて。それからクラクションのビーッという音。鳥の鳴き声のような。みんな知らない鳥たち。いや、一羽だ。金色の火の鳥。遠くで光を放っている。触ってみろとそそのかしている。絶対にできないとわかっていて。

姉さんの大好きなロシアの民話――それはその夜のスクールオーケストラの春季コンサートでの中心となる作品を生むきっかけとなったものだけれど――では、王様が三人の息子に、王様の金のリンゴを盗む、きらきら光る火の鳥を捕らえよと命じる。末の息子が捕らえようとするけれど、一本の羽根をもぎとるのがやっとだ。一本だけでもいくつかの部屋を一気に明るくするほどだけれど、王様はその羽根だけでは不満で、あくまで鳥を捕らえなければおさまらない。そこで王様の末息子は再び獲物を追う旅に出て、火の鳥を捕らえるのみでなく、灰色の守護オオカミと美しい王女さまに出会う。ハッピーエンドへと向かう途中で、王子は兄たちに殺される。けれども灰色の守護オオカミが、命の水と呼ばれる秘密の薬で王子を生き返らせて、やっぱりハッピーエンドになる。

両親と姉にとっても、同じであってほしいと願う。

わたしにとっても同じであってほしい。

秘密の薬。

命の水。

すべてがほしい。

目覚めると、わたしは救急車のなかにいる。身体全体が重く感じる。痛みはない。痛み止めを投与されたのか、それともただショック状態にあるだけなのか、わからない。

わたしは酸素マスクを顔につけて、首はサポーターで固定されている。視界に入ったり消えたりしながら浮かんでいる顔たちに、わたしは話しかけることができない。突き刺すような光が、目を射ているからだ。ラジオの雑音が聞こえて、それ越しにいくつか言葉を聞き取ろうと努力してみる。話されているのは、だいたい文字と略語だ。わたしはＥＴＡ（予想到着時刻）とＢＰ（血圧）という略語を覚えている。一方は遅すぎ、もう一方は低すぎると考えられていた。

両親はどこにいるのだろう？　わたしと同じように救急車に乗せられていて、頭の上では二人用の略語が大声で飛び交っているのだろうか？

救急車に乗っているあいだ、わたしがそこにいない時間がある——ここでもわたしは時間を引き延ばそうとしている——サイレンも聞こえないし、身体の下の硬い板も感じられない時間が。短い沈黙の時間だ。集会で要求されるような。あるいは何か恐ろしいことが起こったあとのような。

祈っているべき？　とわたしは考える。

両親はずっと、敬虔なクリスチャンだ。でも、イザベルとわたしはこれまでしばしば（イザベルの好きな言い方だけど）信仰と不信仰の縁《ふち》に立って揺れていた。わたしたちの信仰は、いろんなもののごた混ぜ。わたしたちは、家族と音楽と芸術を信じている。けれども、たいていいつも信じているのはお互い。でも、わたしたちの牧師さま、ベン牧師は大好き。わたしたちに洗礼を施してくださった方。教会の青年聖歌隊も好き。イザベルは聖歌隊のためにフルートを吹いて、わたしは、親友のティナとアルトを歌う。わたしたちは教会の切妻造りの高い天井が好き。暗紅色のクッションのついた会衆席が好き。母さんのクローシュ帽と、父さんが日曜日の朝に着る黒とネイビーブルーの背広が好き。お気に入りのまん中の列に、みんなでいっしょに座るのが好き。両親が離婚してからも、いっしょに座れるのかな？

後の世がどんなものであれ、わたしたち四人がいつもいっしょに座れる場所があってほしい。来世には、イザベルのための音楽とわたしのための鉛筆と画帳がありますように。父さんには、共に兵役を務めた退役軍人仲間と、弁護するべき依頼人を。母さんには、ヨガのクラスと、化粧で変身させるためのニュースアンカーの顔を。そして、ハイチ料理がありますように。米と豆と油で焼いた豚肉《グリヨ》と、元日にハイチの独立記念日を祝って何杯も飲むパンプキン・スープ。

もしも天国があるのなら、それはきっとこれまで大好きだったすべての場所のようだろう。あるいは、まだ行ったことがないけれども生きているうちに行っておきたかった場所のようだろう。イザベルにとっては、世界中の音楽の中心地、とりわけニューオーリンズで、そこではきっと一日中ジャズを聴いて過ごすことだろう。

わたしには、天国はルーブルで、モナリザの実物を見るだろう。そこは、ハイチでもあるだろう。父さんと母さんが生まれて、恋に落ち、イザベルとわたしがときどき父さんの両親――レジーンおばあちゃんとマーカスおじいちゃん――の家で夏を過ごす地。レジーンおばあちゃんとマーカスおじいちゃんは、夏の初めに自分たちの家で、イザベルとわたしの十七歳の誕生日パーティーを盛大に開くと約束してくれた。

救急車のなかでわたしが叫びたかったのは、こういったこと。こんなのが、忘れたくないこと。わたしはできるだけ長く、この救急車にしがみついていたい。もしかしたらわたしに残されているものは、これだけなのかもしれないから。

第二章

遅れている、遅れている、とても大事な約束に。こんにちはもさようならも言う時間がない、遅れている、遅れている。

救急車から引き出されると、目に痛みが走る。たくさんの新しい顔が、わたしをじっと見下ろしている。無数の手が、わたしを平たい板から台車つきの担架へ移している。わたしのジーンズと金色のスパンコールを散りばめたブラウスがハサミで切り裂かれているあいだ、飛び交う声と声が互いをかき消す。肌が熱い、熱すぎる、溶けていくみたいに、剝がれ落ちていくみたいに。

わたしの身体が治療を受けている以上の、負傷の名前が挙げられている。

頭蓋骨の陥没骨折

脳および肺挫傷

肝臓の裂傷

頭蓋内圧迫および浮腫

骨盤の不安定骨折

そしてまだまだ続く……

そこでわたしは気づく、この人たちはわたしのことだけではなく、わたしたち二人のことを話しているのだと。イザベルのことも話しているのだと。

わたしみたいな状況では、多くの人の話では、人は輝く光を見る。それから、身体から離れて空中に浮揚し、その光に向かっていく。すると、自分の人生が目の前にぱっと見える。そして最後に、心を慰めてくれる天使に出会う。それはわたしたち自身の火の鳥だったり、灰色オオカミだったり、美しい王女さまだったり、死んだ親戚だったりで、わたしたちを励まして自分の体のなかへ戻らせ、生者のなかで生き続けさせてくれる。わたしが見る輝く光は、わたしの姉さん。父さんのSUVのなかで、まだわたしの隣りに座っている。そして、自分の携帯を持っていないので（どうして持っていないのだろう？）旧式の方法で、つまりCDで、音楽を聴いている。彼女と友人たちが、これから演奏しようとしている音楽を。窓の外を見ている。たぶん、完璧な演奏をしているところか、チョコレート色のロン・ジョンソンにキスをされているところを空想している。キスは、わたしたちみんながそこにいては難しかったかもしれないけれど。あるいは、両親が別れることについて考えているのかもしれない。わたしたちみんなが家族としていっしょにいることはもうないのかもしれないと。あるいは、じきにわたしたちの小さなユニットに他人が侵入してくるかもしれないと心配しているということもありうる。数週間後か数か月後に、両親の未来のガールフレンドやボーイフレンドが、それに、わたしたちが愛することを絶対に拒否するだろう義理の兄弟姉妹が。

両親が別れることになって、わたしたちの小さな要塞は崩壊しつつあり、あの車のなかに座っていた全員がそれを知っていた。でも、音楽には何かがある。それを心の奥深くで感じるとき、イザベルがそうしたようにとてもよく理解するとき、音楽には、怖ろしいことが消え去るように感じさせる何かがある。たとえほんの少しの間だけでも。

窓の外を見ていたときでさえ、イザベルはわたしたちをめがけて車が走ってくるのを見ていなかったかもしれない。あの瞬間の前に、わたしも車の外を見ていたけれど、わたしはわたしの側だけを見ていた。彼女が見ていたのとは違うものを。わたしは、何かより大きな真実についての思索をしてなどいなかった。車のヘッドライトや、いらいらしてじっとしていられないドライバーたちを見ていた。婦人が後ろを振り向いて、コンパクト・ハイブリッド車の後部座席にぎゅうぎゅうに座っている三人の少年に向かって怒鳴るのを見た。少年たちはサッカーのユニフォームを着ていた。同じくらいの歳に見えたけれど、肌の色は黒と白と褐色だった。褐色の女性は、おそらく三人全員の母親ではないのだろうが、疲れているように見えた。少年たちは彼女の後ろでずっとサッカーボールをパスしあっていて、それが、前の車から目を離して振り向き、やめるように言うたびに、彼女をよりいっそう疲れさせているようだった。

　男の人がハンバーガーを一つまるごと頬張り、十六オンス〔四百七十三ミリリットル〕のコカコーラで飲み下すのを見た。老婦人が立て続けに三本のタバコを吸うのを見た。わたしはこんなことの全部を、いっしょに交通渋滞に巻き込まれた車に乗って、それぞれの思いにふけっているイザベルと両親に教えてあげたかった。でもしばらくすると、音楽が、会話できない息苦しさからわたしたちみんなを救ってくれた。わたしたちの同意の最良のかたちは、いつも沈黙だった。

　黙っていることは、イザベルを思いやることでもあった。彼女は、母さんと父さんの好みの言い方だと、「準備モード」に入っていて、いつもだとわたしは冗談めかして、姉さんのちっちゃなスクールオーケストラはニューヨークフィルハーモニックじゃないよとか、わたしたちはカーネギーホールに向かってるんじゃないよとか、言っていただろうけれど、このときは何も言わなかった。なんといっても、わたしたちは遅れていたのだから。大事な約束に遅れていたのだから。

　わたしの記憶でたどれるのはそこまで。これだけ思い出しても、欠けている部分がたくさんある。まるでわたしの記憶は、父さんの車の中だけになってしまったかのようだ。ストラヴィンスキー、フルートのケース、ガラスを粉々に砕いて射し込んでくる赤い光、そして何度もくり返す声――初めは差し迫った声で、それからなだめるようなささやき声で――「わたしたち遅れると思うわ」と。

そのあとわたしは、自分がまだ父さんの車に乗って移動している、と考えている。でも実は、ひとりで小さな白い部屋にいる。この部屋には大きなガラスの窓パネルがあって、そこから明るく照らされた廊下が見える。廊下では人びとが、頭《こうべ》を垂れて歩いていく。

今は実際に痛みを感じている。あまりにも痛くて、どこがと言えない。あまりにも強烈で、痛くないところなどないほど。でもこの痛みよりひどいのは、思いがめまぐるしく頭のなかを駆け巡っていること。まるでどこか他のところにあるさらに大きな危険に向かって、あるいはそれから逃げて、あちこち走り回っている人びとの足みたいに。

部屋の外では、ときどき医師と看護師が、ビーッという音や叫び声や「暗号《コード》」に向かってダッシュする。そしてわたしはもうすでに、新しい語彙を獲得している。いったいわたしにはどうして、コードのベルやホイッスルやアラームは、今誰かが死につつあるかもしれないことを意味しているのだとわかるのだろう？　たぶん、救急車のなかでそれと同じことが何度も叫ばれているのを聞いたからだろう。でもそれって、イザベルに向けて叫ばれていたの？　わたしたち二人とも、どこかの時点でコードした？　母さんと父さんはコードした？

心が話すということ、双子だけが持っていると思われているそのつながりは、互いに深く愛しあっている他の人びとのものでもある。両親が別れることを宣言したすぐあとでイザベルとわたしは、母さんがヨガのクラスのために車で出ていくのを見送った数分後でもまだ、母さんのすすり泣きを聞いていた。

この小さな白い部屋にいるわたしに注意を払うために誰かが来てくれたら、わたしはいろいろ質問したい。この状況にもある明るい希望は、ひとりのままにされているのならそれほど悪くはないはずだということだ。悪ければ悪いほど、より多くの人が周りに集まる。そうでしょう？

わたしは小児集中治療室にいる。壁の半分を占めているガラスのパネルに、黒い太字で小児科集中治療室と書いてあるのが見える。わたしは後ろから前に読んでいる。いや、逆さまにかな？　いや、わたしは読んでいないのかな？

わたしはあの窓越しに観察されているのだろう。あるいはモニターで。誰かが自分を見ているなと感じるのはよくあること。たぶんどこかで看護師か医師が机に座って、わたしのような患者を大勢観察している。同じ人が、イザベルも観察しているのかもしれない。

脳裏に浮かんでは消える脈絡のない雑多な思いとそれほどとりとめなくもない思いのすべてを覚えているなんて、わたしにはほぼ無理。それは多分、いいことなのだろう。ああそうだ、デサリーヌを思い出した。うちの猫だ。今ごろは表玄関と小さな箱の間を行ったり来たりして、床板を引っかいているだろう、いったいみんなはどこに行ったのかと思って。わたしたちが家に帰らなければ、誰かがデサリーヌを見つけてくれるまでに、どのくらいの時間がかかるだろう。週に一度うちに来てくれている掃除のおばさん、ジョシアンが訪ねてくるまで待たなければならないかも。

デサリーヌは今こそ、その名に恥じないようにふるまわなければならないだろう。父さんが名づけた、ハイチの革命家の名にふさわしいと証明しなければならないだろう。

わたしたちと同じように、生き延びるために闘わなければならないだろう。

銅色の目をした黒いビルマネコの名前をデサリーヌにしようというのは、父さんの考えだった。父さんはあらゆる機会をとらえて、わたしたちにハイチの歴史を教えようとする。英雄を猫に、猫を英雄にしてまで。でもそれって、誰かに何かをよく理解させるいい方法かもしれない。イザベルとわたしがしばしばそうする羽目になったように、通りに出て飼い猫を捜しているときに、その名前にびっくりした友人から、どうして猫の名前はキティとかじゃないのと訊かれたら、本物のデサリーヌについて学ばなければならなくなるから。

母さんの姉のレスリー伯母さんはオーランドに住んでいるけれど、何が起こったかを聞けば絶対すぐに飛んでくるだろう。伯母さんは小児科医で獣医ではないけれども、デサリーヌを救ってくれるだろう。あるいは、父さんの弟のパトリック叔父さんがデサリーヌを助けるためにニューヨークから駆けつけてくれるかもしれない。

レスリー伯母さんは毎年、感謝祭のディナーに遅れてやってくる。必ずいつも最後にもう一人診る患者がいるのだ。自分の子どもはできないだろうから、患者たちがわたしの子どもなのよ、と伯母さんはいつも言っている。

「あなたたち双子」伯母さんはいつもわたしたちをいっしょにして、あなた、あなたたち双子と呼ぶ。「あなたたち双子はどんどん成長していく。わたしの患者たちはどんどん生まれてくる。途切れることなく次々にね」

ところが今、わたしたちはどんどん去りつつある、死んでいっているのかもしれない。伯母さんの妹も、どこかへ去りつつあるのかもしれない。わたしたちみんなが逝ってしまったらどうなるのだろう？　お子さんはおありですかと訊かれて、伯母さんはどう答えるのだろう？

「いいえ」と答えるのかもしれない。「でも前には、自分の子も同然の双子の姪がいました」

そしてわたしたちの両親は——もしも生きていたら——お子さんは？　と訊かれて何と答えるだろう？　「二人」と以前と同じように言ってから、つけ加えるだろう。「双子の女の子が。若い娘ですけど」と。

　わたしたちは、父方と母方どちらの家族にとっても最初の双子だった。祖父母にとってはいつも「娘たち《レ・フィーユ》」か「双子《ジュメル》」だった。母さんが言うには、母さんと父さんはわたしたちの名前を、フランス語で「女の子の双子」を意味するジュメルと少し韻を踏めるように選んだということだった。わたしたちのミドルネームは二人の祖母のファーストネームで、わたしは、母方のおばあちゃんにちなんで、ジゼル・サンドリン・ボワイエ、姉さんは、父さんの母さんにちなんで、イザベル・レジーン・ボワイエ。

　ハイチ・クレオール語では、「双子」はマラサと言う。もしもわたしたちに弟か妹がいれば、その子はわたしたちのドウサ、「双子ではなくなった」子、だっただろう。小さかったとき、イザベルとわたしは両親に約束した。もしもわたしたちに弟か妹ができたら、絶対その子を仲間はずれにして寂しい思いをさせないと。ドウサにわたしたちの双子の言葉を教えてあげるわ、と両親に言った。それはイザベルが「手のひら言葉」と呼んだもので、なぜかというと、急いで相手に言いたいことがあるとき、わたしたちはよくお互いの手をぎゅっとつかんだり、手ぶりで伝えたからだ。

　レスリー伯母さんはわたしたちの代母だ。わたしたちは母さんに腹を立てると、レスリー伯母さんを「いい」母さんと呼ぶ。両親がわたしたちの欲しい物を買ってくれなくても、レスリー伯母さんに電話をすれば、送ってくれる。これまで、人形や洋服を送ってくれた。わたしたちが大きくなってからはお金も。欲しい物があるときにはオンラインで伯母さんにリンクを送れば、それを買って直接わたしたちに送るように手配してくれる。今、伯母さんに電話をして、デサリーヌを助けに行ってと頼めればいいのに、と思う。

「デサリーヌを救いに行けって？」伯母さんは、それをジョークにしてしまうだろう。「だけど、彼はもう二百年以上も前に死んだわよ」と。そして、わたしが何を言っているかを百も承知で、無理矢理言わせるだろう。「猫のデサリーヌよ、レスリー伯母さん、革命家じゃなくて。猫のデサリーヌを救ってほしいのよ」

でもきっと病院からレスリー伯母さんとパトリック叔父さんに、もしかしたらハイチのレジーンおばあちゃんとマーカスおじいちゃんにまで連絡が行って、そうしたらそのうちの誰かが家に行って、デサリーヌを見つけるだろう。

そんなふうにデサリーヌの救出を想像している最中にふと目を開けると、ベッドの傍に一つだけある椅子《いす》に、レスリー伯母さんが座っている。伯母さんは、車の中でイザベルがわたしの手を握っていたみたいに、わたしの手を握っている。

今度だけは、レスリー伯母さんが最初に来た。伯母さんが最初に到着することなんて、決してないのに。それに、黒のブラウスとスラックスの上に、医者の白衣を着ている。まるで、白衣を脱ぐ一瞬の時間さえ惜しんだかのように。あるいは、いつも伯母さんが言っていたことが理由だったのかもしれない。家族に医者がいると、病院で受ける待遇がよくなるのよと。たぶん、わざと着たままでいるのだろう。そうでなければ、病院側が伯母さんに「特典」を与えたのかもしれない。伯母さんはこれまでわたしたちにあらゆる「特典」――医者として、病院の設備や施設を使用する許可――のことを話してくれていた。でも、病院が伯母さんにわたしたちを診る特典を与えたということは、あり得ないだろう。伯母さんは単に車に乗る前に、あるいは飛行機に乗る前に、白衣を脱ぎ忘れたのだろう。

わたしは、レスリー伯母さんが週末に開いてくれたイザベルとわたしの十二歳の誕生日のパーティーで――伯母さんが主人役で、わたしたちの家族とティナの家族がディズニーワールドに集まった――わたしたちに、土地によっては双子が生まれるのは縁起が悪いと考えられている、という話をしてくれたのを覚えている。双子が生まれると、親は、その子たちを森に放置して死なせるのだ。でも、双子が尊ばれて崇拝されているところもある。たとえば、ハイチのある地域では、双子には特別な力があると考えられていて、自分たちが要求したものをよこさない人には魔法をかけることがある。きっとそれが、イザベルとわたしが伯母さんにしたことなのだろう。たぶん、わたしたちの愛が伯母さんに魔法をかけたのだ。わたしたちは伯母さんをとても強く愛して、伯母さんにわたしたちよりずっと強い愛でわたしたちを愛させた。おそらくその愛が、伯母さんをこれほどすばやくわたしの枕もとへ連れてきたのだろう。

ディズニーワールドで誕生日のパーティーをした週末に、双子の話をしてわたしたちを怖がらせたあと、レスリー伯母さんは、わたしたちそれぞれにまったく同じ金の首飾りをくれた。金のチェーンに手の形のペンダントがついていて、その内側には蔦《つた》のようなものが描かれていた。北西アフリカのマグレブ地域のお守りよ、と伯母さんは言った。カイロで医学会議に参加しているときに、あなたたちのために買ったの。ファーティマの手って呼ばれていて、邪悪な目から持ち主を守ってくれるんだって。

「わたしたちに特別な力があるのなら、どうして邪悪な目から守ってもらう必要があるの？」とわたしは訊いた。

「だまって首にかけなさい」と姉が叫んだ。

わたしのネックレスは、今どこにあるのだろう？　イザベルもわたしも、もらってから一度も外したことはなかった。わたしはどうして今、そのことを考えているのだろう？

ときどき、耳のなかに水がいっぱい入っているような気がする。耳が透き通っているような、透明になりすぎているような感じがして、わたしの部屋や他の部屋にある機械と、そこから鳴り出してはやむビーッという発信音が、わたしの脳に向けられたミサイル攻撃のように感じられる。ときどき、部屋のなかが明るすぎるような気がする。電灯は暗くされているのに。暗すぎるような気がするときもある。まるで、目が見えなくなってきているみたいに。

レスリー伯母さんの椅子の後ろには、黒い服を着た婦警が立っている。胸に光る星をつけて、手にははぎ取り式のノートと鉛筆を持っている。星から来る光がまぶしい。

婦警は背が高く見える。わたしのような長身の者から見ても。すごく高いので、レスリー伯母さんの横に立っていると巨人のようだ。

「質問できるかどうか、試してみたいのですが」と婦警は言う。「手で合図するだけでも」

「まだほんの数時間しか経っていないわ」とレスリー伯母さんは言う。「それに、激しい脳震盪《のうしんとう》を起こしているのよ」

「救急救命室の医師の話では、彼女は意識と無意識の間をさまよっているのかもしれません」と婦警は言う。「話を聞くのは、早ければ早いほどいいのです」

「何もできる状態じゃないわ。見ての通り」とレスリー伯母さんは言う。それを聞いてわたしは、手を伸ばしてつかみ、口から引き抜きたいチューブのことを思い出す。ただ、わたしの両手は、患者ではなくてまるで囚人のように、縛りつけられている。歯と歯の間には、隙間があいている。歯を失ったのかもしれない。丸ごとなくなったか、欠けたか。舌がチューブで押し下げられているので、いったい何本なくなったのか舌を動かして調べることはできないけれど、残っている歯の数より根だけになった部分のほうが――破片、切れ端、かけらのほうが――多いようだ。

「何もできる状態じゃないわ」とレスリー伯母さんはひとり言のようにくり返す。

涙が伯母さんの頬を流れ落ちている。わたしはこれまで、伯母さんが泣くのを見たことは一度もない。伯母さんの母の、サンドリンおばあちゃんの葬儀のときでさえ。その伯母さんがそれはもうひどくすすり泣いているので、婦警は思わず伯母さんに手を差し伸べて、震える肩を握りしめた。レスリー伯母さんは、母さんと父さんがどこにいるか知っているのかしら？　イザベルがどこにいるか知っているのかしら？

伯母さんは、両手をわたしの両手に重ねる。レスリー伯母さんの手は柔らかい。汗ばんでいて震えているけれども、母さんと父さんとイザベルとデサリーヌといっしょに家にいるような感じがする。愛の感じがする。

「すみません」と婦警は言う。「でもわたしたちは、あの出来事は必ずしも事故だったとは言えないと考えているのです。それで、真実を解明しようとしているだけなのです」

あの出来事は必ずしも事故だったとは言えない。

わたしはその言葉を聞き、下に沈んでいく。

下へ、下へ、下へ。どこまで落ちたら終わるの！「もう何マイル〔一マイルは一・六キロメートル〕沈んだのだろう……このまま落ちて地球を突き抜けるのだろうか！」

今のわたしは、心を休めたいときには下にすべり込んでいく。暗くて空っぽのスペースだ。何かが難しくなりすぎてもう整理できなくなると、わたしは下に沈んでいく。下にいるときには、思い出すことと思い出さないことがある。下は、何もないスペースだったりする。何も描いていないスケッチブックやカンバスや、空っぽの部屋とかのような。あるいは教室とか。

今年はイザベルがいやだと言って取らなかった芸術史の授業で、わたしたちは岩に施された彫刻と洞窟の壁画について学んだ。わたしの動かない手では、洞窟の壁に文字一つさえ彫れないだろう。

わたしは先史時代の人間になってしまった、とレスリー伯母さんと婦警に言いたい。今のままで森に取り残されたら、狩りの餌食になるだろう。野生のバイソンが、わたしをむさぼり食うだろう。わたしには、身を守るお守りさえない。母さんも父さんもいない。ファーティマの手もない。イザベルもいない。

わたしたちが同じ子宮内にいたときは、イザベルがベビーAだった。イザベルのほうが強者、つまり生き残る見込みの多いほうだった。医者がわたしたちのからみ合った指を引き離したあと、わたしの身体の残りを引き出すのに九十秒かかった。イザベルは九十秒わたしより年上で誕生時の体重は百十三グラム多かった。それ以降、わたしたちの体重差はだいたい変わらない。たとえ片方が一週間寝て過ごし、もう片方が一週間水泳ばかりしていたとしても、体重差は二百三十グラムを超えることはない。それでも、常にイザベルのほうがわたしより強いように思えた。

イザベルが古代の世界に生きていたら、人気を集めていたことだろう。偉大な芸術家が、彼女をモデルに彫像を造ったことだろう。古代エジプトだったら、ネフェルティティ〔紀元前十四世紀ごろのエジプトの女王〕の友人だっただろう。古代ギリシャだったら、ミューズで音楽の女神だったことだろう。

こんなことを自分がどうして全部覚えているのかわからない。芸術史のクラスでは、わたしはだいたい講義を半分聞きながら、授業に集中しているクラスメイトたちをスケッチしていた。

スライドショーを流している教室では、幅の狭い一本の光線に引き裂かれた暗闇は、なぜか自分がひとりでいるような錯覚を起こさせる。わたしは、友人たちが、偉大なる芸術を前にして、脇の下を掻いたり、尻の割れ目に食い込んだパンツを直したり、鼻をほじったりしているところをスケッチする。

芸術史のリュス先生は、男子バスケットボールチームのコーチをしているけれども、身長五フィート〔百五十二センチ〕あるかないかの人だ。ボードに二、三の事実を簡単に書いてから、電気を消し、説明をしながらわたしたちにスライドを見せていく。教室備えつけのスマートボードを使えば簡単なのに。分厚い眼鏡越しにちらっと見ながら、しばしば文と文の間で咳払いをする。まるで、プロジェクターの光がスクリーンに達するあいだにとらえるほこりが気にさわるのだとでもいうように。

　クラスのみんなの顔がぼやけて、目に湧き出てくる小さな涙の泡のなかに入ってくる。そして気づく、わたしは今、思い出しているのではなく、他の場所でわたしなしで起こっていることをどういうわけか見ているのだと。おそらくこれは、人のよく言う、あの光に向かっていく、空中浮揚なのだ。ただ、わたしは、時間を遡って以前の生活へと向かっている。

　教室のわたしの席には、今は誰も座っていない。

　今日ジャン・ミシェル・ブラン――コンピュータの天才で、芸術史のクラスでわたしが夢中になっている男子、大きなアフロヘアの男子、ラジオのアナウンサーのような声の男子、いっしょにニューヨークへ行って芸術学校に入り、絵の具で汚れたきたない屋根裏部屋に住むのをわたしがときどき夢見ている男子――は、わたしの席と親友のティナの席との中間あたりにある、いつもの自分の席に座っているだろう。ときどきわたしは授業の始めから終わりまで、彼が右の耳たぶに通した小さな金のループイヤリングを引っぱっているのを見て過ごす。彼が耳たぶを二つに裂いてしまわないのは驚きだ。ティナとわたしの視線が、彼の頭に焦げ穴をあけてしまわないのも驚きだ。

　わたしは、「見つめているところを見つかったら微笑《ほほえ》んじゃう」タイプの見つめる人だ。視線を合わせる。度胸があれば、手を振る。視線を逸らすときは、意識してゆっくりやる。床を見て、それからまた視線を上げて、もう一度見つめ始める。

ティナは、もっとひそかに思いを寄せるタイプだ。彼女はすべてを、何かの秘密の作戦行動のように扱う。見つかるとすぐに視線を逸らし、それからブラジャーのストラップをひっぱったり、ストレートにした髪を軽くなでたりしはじめる。ティナのほうが、わたしより有利だ。彼女とジャン・ミシェルは、選択科目のコンピュータサイエンス実習もいっしょに取っているから。

リュス先生のスライドショーは、明るく照らされた写本へと移る。金文字の入った、鮮やかな色づけの施された本だ。わたしは、イザベルに言われたことを思い出す。「いつかアフリカ芸術を教えてくれるようになったら、この授業を取るわ」と。そしてすぐに、リュス先生の話にまったく興味を失ってしまう。イタリアのフレスコ画は、わたしにはもう何の意味ももたない。でも、わたしの素敵なレオナルドと、彼のモナリザだけは今も大好き。姉さんがヴォルシー校長先生に抗議の手紙を書くところ、わが校は偉大なる作家トニ・モリスン〔一九九三年、アメリカの黒人作家として初のノーベル文学賞を受賞した〕にちなんで名づけられているにもかかわらず、彼女の名声にも彼女の遺した偉業にもふさわしい教育が行なわれておりません、と書いているところを想像しても、それは変わらない。

わたしの発表は、姉さんも好きだと言ってくれた芸術作品についてにするつもりだった。アルジェリアの岩石画と、ナイジェリアからヨルバの双子の彫像、イベジの小像だ。それに、ハイチからのスパンコールを散りばめたヴードゥーの旗の絵を入れる。一つひとつの糸とスパンコールとビーズが、小さな太陽のように輝いている、ハイチ特有の彩飾された写本だ。

イザベルはお昼を抜いて、わたしが発表するのを聞きにくることになっていた。発表の準備段階でも手伝ってくれ、記事を印刷し、学校のメディアセンターから本を借り出してくれた。

でも、わたしはそこにいない。

イザベルはそこにいない。

わたしが今そこにいたいと切望している教室では、リュス先生が何世紀かの芸術の歴史をたどっている。彼はまた、奥行き感覚と影と光と動きと休止について、延々と話している。

プロジェクターに照らされた暗闇のなかで、ジャン・ミシェル・ブランは、ティナが自分を見るのをやめるまで待つ。そして、手を伸ばしてわたしにメモを渡す。

後で会いたい？

わたしはそっと視線を落としてメモを読む。

全部大文字で書いてある。緊急だよっていうみたいに。

彼は、あの教室のあの席に見えない姿で座っているわたしの幽霊にメモを渡す方法を考えついたかしら？

底に深く沈んだ暗闇のなかで、わたしは想像する。ニューヨークのニュースクールかニューヨーク大学で、芸術史のクラスとモデルを使う写生画のクラスを、ジャン・ミシェルの隣りに座って受けているところを。もうティーンエイジャーではなく、いっしょの生活をスタートさせている若い男女だ。わたしたちのアドベンチャーには、インディーズ映画の解説のような響きがある。愛しあう二人のアーティストが、フロリダを離れ、ニューヨークのクレイジーで排他的な芸術界で成功を目指す。

でも婦警に戻ろう。どういう意味なのだろう？　あの出来事は必ずしも事故だったとは言えない。瞼《まぶた》を閉じても、その裏側で婦警の星が光り続ける。光はどんどん輝きを増し、ついに他のものは何も見えなくなる。

以前リュス先生が、ブラインドを下ろして教室の電気を消す前に言っていたことを思い出す。世界には光よりも暗闇のほうが、山よりも深海のほうが、見える場所より見えない場所のほうが多いのだと。たぶん先生は何か芸術的な、または哲学的な意味でそう言ったのだろうけれど、現実の世界でもそうなのかもしれない。

婦警が星をつけて現われるまで、わたしは自分が過剰な暗闇と過剰な光に取り囲まれていることに気づかなかった。わたしは、二つの人生を同時に生きることに慣れていた。ときどき頭のなかに、イザベルの記憶とわたしの記憶の両方を、イザベルの夢とわたしの夢の両方を持っていた。二人のことを話しているのに「わたし」と言ったり、自分だけのことなのに「わたしたち」と言ったりすることもあった。イザベルが食べているときに、わたしが味を感じることもあった。特に、わたしの嫌いなイチゴのようなもののときに。同じことがイザベルにも起こった。わたしは、ただイザベルをいらつかせるためだけに彼女の嫌いなタマネギを食べることもあった。でも、こんなにまばゆい星をイザベルといっしょに見た記憶はまったくない。

わたしはそこに横たわって、星の代わりに虹とグローリー〔百ページを参照〕を見たいと願っている。でも婦警の大きな星が、その代わりになりそうなものをことごとく遮り始めている。彼女の星は、今にも爆発しそう。

「とても動揺しているようだわ」と誰かが言うのが聞こえる。

レスリー伯母さんのようだ。婦警かもしれない。

そして星が爆発する。

赤とオレンジの筋が、マトリョーシカのように連なった火となって目の前で破裂する。非常警報と長い警告音が聞こえて、急に部屋が人でいっぱいになって、声もたくさん聞こえるみたい。重くて大きな音のする物がわたしの胸にぶつかり、食い込んでくる。そしてそれが当たるたびに、稲妻に打たれているように感じる。爆発している星が暗闇のなかへ消えていくのに、警告音は鳴り続ける。

喉に入れられたチューブが突然引き抜かれる。わたしは両こぶしを握りしめ、あえぐ。楽になるには、咳をするしかないみたい。咳をして吐き出す。出てくるのは、川と魚とシーグラス〔海岸などで見つかるガラス片〕のようなもの。まるで何時間も水の中にいて、水面に上がれるのはほんの数秒間だけのような感じだ。また沈む前に、できるだけ息を吸い込まなければ。みんなでわたしの両腕と両脚をぐいぐい引っぱっている。そして、誰かが片方のこぶしをこじ開ける。

できることならわたしは、水面に浮いているために、病院のベッドの横枠を、錨《いかり》のように、船のように、しっかり握ったことだろう。でもできない。わたしに許されているのは、短く何度か息をすることだけ。わたしはこぶしをさらに強く握る。でも今度は、手の中に何かがある。わたしは、それを握らせた手を感じなかった。わたしの手のひらにあるそれは、鋭く冷たい。平らで、細いひも状の金の鎖につけられている。わたしのお守り、レスリー伯母さんからもらったファーティマの手だ。

第三章

わたしは以前、痛みを感じることのできない少女の物語を書いたことがある。熱さも冷たさも感じない、打撲も圧迫も、何の痛みもまったく感じない。当時イザベルとわたしは高校一年生〔日本の中学三年生にあたる〕で、わたしは、科学実習で珍しい病気について調査していて、痛みに対する先天性の無感覚症を見つけた。

静脈に注入されている何かのせいで、わたしの身体が深く深く沈んでいくときに、この物語の一部が脳裏によみがえる。

赤ん坊だったとき、わたしはまったく泣かなかった。一歳になって歩き始めたときには、物にぶつかっても顔をゆがめることさえなかった。二歳で耳の感染症にかかったときも、全然苦にならなかった。

わたしが、たとえ架空の話としても、自分を一人っ子として書き記したのは、そのときだけだった。もちろん、空想はした。もしイザベルがいなければ、なんでも二つ手に入るのになあと想像した。両親の時間も関心も二倍、服もおもちゃも二倍。

けれど、両親がわたしたちに同じ恰好をさせようとしたことは一度もなかった。わたしたちが同じ恰好をしたのは一度だけ、仮装ごっこをして瓜二つのお姫様に変身したとき。そのとき以外は、子ども時代の写真のなかのわたしたちは、どれもこれもみんな違う服装をしている。友人や身内がお揃いの服をくれたときでも、母さんと父さんは、わたしたちがそれを着るのは必ず違う日にさせた。二人の名前を合体させる双子もいるけれど——たとえばわたしたちならジザベルとか——そんなことも絶対しなかった。声もまったく同じで、電話だと誰も聴き分けられないくらいだけれども。

学校では、母さんと父さんは、わたしたちがそれぞれ自分自身の友だちを作れるように、必ず別々のクラスに入れてくれるように頼んだ。母さんたちは、学校にいる時間の全部を、双子の言葉を話しながらわたしたちに過ごしてほしくなかったのだ。そのうち自然にわたしたちは、それぞれに自分の関心事を見つけた。わたしたちはおおむね、自分自身であるように努めた。

でも今わたしは、イザベルがどんな思いでいるのかさえわからない。生きているのかどうかさえ知らない。わたしたちの身体は別々に、違うふうにばらばらに壊された。心もそうなったのかもしれない。わたしは一つのことにも集中していられないようだ。

わたしは、名前をもらったサンドリンおばあちゃんの亡くなる前と同じようになりつつある。サンドリンおばあちゃんは、母さんも父さんもレスリー伯母さんも忘れてしまった。けれども、イザベルとわたしのことはときどき覚えていた。

病気になったとき、おばあちゃんは、それまでは長く看護助手だったのだけれど、自分は画家だと思いこんだ。最初はひどいもので、ただでたらめに絵の具をカンバスに投げつけて、部屋を汚しているだけだった。でも、やがて、おばあちゃんのカンバスは少しずつ意味をなすようになってきた。完成したカンバスは、二十五枚以上になった。彼女を突然創作に駆り立てたのは、脳の一部——前頭前野——が壊れ始めたことだと、あとでわかった。この病気が、記憶を奪っていくかわりに、彼女を芸術家にしたのだった。絵を描けるほど長く立っていることも、長く座っていることも、できなくなってしまうまでのあいだ。

いつだったか、ものすごく強い薬物治療を受けているときに、サンドリンおばあちゃんがイザベルとわたしに話してくれた。ハイチは、それはそれはたくさんの芸術家とすごくたくさんの芸術作品を生みだすものだから、芸術が溢れだして自然のなかに入り込み、人びとの血管のなかを流れているのよと。サンドリンおばあちゃんは、自分もそんな、血のなかにアクリル絵の具と油絵の具とカラーパレットを持つひとりだということに気づいていなかった。

サンドリンおばあちゃんのカンバスは、今はガレージにある。イザベルはよく、おばあちゃんにあの最後の創造性の爆発をもたらしたのは、脳の病気でもサンドリンおばあちゃんのハイチ人の血でもないと言っていた。自分が死ぬとわかったからよ。それがついに、母さんとレスリー伯母さんをひとりで育てているあいだずっと彼女のなかに閉じ込められていた芸術家を解き放ったのよ、と。

イザベルは、サンドリンおばあちゃんが死ぬことを、だれよりも先に知っていた。追突事故の前にあの車に乗って、わたしたちのそれぞれが、自分なりに、自分の要塞が崩壊しつつあることを知っていたのと同じように。現実にそうなったようにではなくとも、何かやはり修復不可能な、取り返しのつかないことになるだろうと。そして今わたしは、それを粉々に壊した人物が、わたしたちを傷つける意図を持ってそうしたのだと聞かされている。

その件について、婦警に話せることがあるだろうか？　わたしが知っていることが、たくさん、あるのだろうか、知っているのに、サンドリンおばあちゃんのように忘れていることが？

わたしは一生懸命がんばって沈むまいと、頭をなんとか水の上に出していようと、あらゆる困難を乗り越えて思い出そうとしている。でも、万が一がんばりきれなかったら、水面上に浮き上がれなかったら、向こうでサンドリンおばあちゃんが、わたしが来るのを待っているだろうか？　イザベルは？　母さんと父さんは？

サンドリンおばあちゃんの葬儀の日、わたしは、イザベルの書いた短い物語が二人で使っているバスルームの洗面台の脇に置いてあるのを見つけた。ページの一番上には赤のマーカーで「いつか曲をつける」と書いてあった。

題は「ヤシの言葉」。

街路に囲まれたある美しい緑の区画で、二本の双子のヤシの木（ヤシAとヤシB）はよく、特にそよ風が吹いているときに、ささやき声で話した。通りを歩く人びとはときどき、二本の木が風のなかでヒューヒューと話しているのを聞いた。でも人びとはヤシの言葉を理解できないので、ヤシの木が何を話しているのかわからなかった。ある日のこと、ヤシたちは場所を入れ替わった。けれども誰も気づかなかった……

イザベルがこれに曲をつけることはなかった。興味を失ったか、できないとわかったかだった。わたしはこのことをみんな、ひとりで思い出しているのだろうか？　イザベルもいっしょに思い出しているのだろうか？

第四章

痛み、ものすごい痛み。
肉が爆破されているような痛み。
針で突き刺されているような痛み。
燃やされているように熱い痛み。
冷たい痛み。
頭をハンマーで殴られているような痛み。
骨をハンマーで叩き折られているような痛み。
目がくらむほどすさまじい痛み。
叫ぶことさえ不可能な痛み。

この種の痛みのもっともつらい点は、それがどのくらい続くのかわからないこと。そのまっただ中にいるときには、身体全体が閉じ込められているように、永遠に痛みが続くかのように感じられる。

わたしは沈んでいたい。うんと深くに、暗いけれども痛みのない世界に沈んでいたい。美しい絵と美しい男の子たちでいっぱいの教室にいたい。イザベルとわたしの十六回の誕生日のパーティーすべてに、両親とともに過ごした素晴らしい休暇のすべてに、学期の最初の登校日のすべてに、教会の礼拝のすべてに――すごく退屈だったのまで含めて――、そのすべての場にいたい。水泳とテニスのクラスのすべて、芸術とクリエイティブライティングのキャンプのすべての場面にいたい。家で母さんと父さんとイザベルとデサリーヌといっしょにいたい。自分の人生に戻りたい、たとえそれが壊れ始めているとしても。

目覚めると、今度は違う部屋にいる。この部屋の壁には、ガラスでできたれんが状のブロックがたくさんあり、それを通して光が入ってきている。

わたしは、あちこちから聞こえる単語やフレーズをキャッチする。心拍数。血圧。それがどこから来るのか、いつもはっきりわかっていたわけではなかったけれど。言葉が歌のように溶けあい始めた。心拍数。血圧。ラザロ。

「ラザロ」はなんかしっくりこないけれど、やっと気づく、わたしが沈んでいるあいだに、教会のベン牧師が来てくれたのに違いないと。ベン牧師が木綿《もめん》のグワヤベラを着るよりも好きなただ一つのことは、長く伸ばした白いあごひげを引っぱって、ラザロについて話すことだから。

ベン牧師の、頭にはもじゃもじゃの白髪を、輪郭に沿っては白いあごひげを生やした、なす紺色の顔が、揺れ動いてわたしの視界のなかに入ったり出たりする。

彼が二十四時間について、それからラザロについて何か言うのが聞こえる。もう二十四時間経ったの？　牧師さまはわたしをラザロと呼んでいるの？　死んでよみがえったあの男の人になぞらえて？　死んでよみがえった女の子はひとりもいないの？　双子は？　家族は？

最後にいつベン牧師に会ったのか思い出せない。先週の日曜日だったかもしれない。

それか、その前の日曜日。

いちばん近い日曜日には父さんが出かけていたので、わたしたちは教会に行かなかった。母さんは、父さん抜きで三人で教会に行くのを嫌がった。

母さんとイザベルとわたしは、うちの近くの小さなフレンチレストラン、カフェ・ドゥ・ラモールで、クロックマダム〔ハムとチーズをはさんだトーストサンドイッチの上に目玉焼きをのせたもの〕スペシャルを食べた。それからマイアミビーチのバス美術館に行って、ペンティメント画展を見た。

わたしは、リュス先生が初めてペンティメント画のことを教えてくれた日を覚えている。すぐに夢中になった。絵画の表面にある画像の向こうに古い画像があって、それがまだ見えた。まるで画家は、最初から完璧なできばえとなるものはないと知らせたいかのようだった。何かが始めにそこにあって、それから消された、けれど全部すっかりではなかった。

ペンティメントはイタリア語で「後悔」を意味する、とリュス先生は教えてくれた。作品全体に絵の具を塗ることで、画家は塗り直しているだけではなく、後悔してもいたのだ。

母さんとイザベルがこの話を聞けば大喜びするとわかっていたので、わたしはその日曜日の午後、バス美術館で、知っている情報を全部二人に伝えた。二人ともわたしと同じくらい興奮して、絵画のなかの埋もれた画像を捜した。

母さんは、絵がわたしたちとかくれんぼをしている、と言った。母さんが言ったのは、クレオール語でカシュ・カシュ・リベン。作品によっては、表面の絵がほとんど消えてしまって、その下にあったもの、つまりアンダードローイングがメインの絵画になっていた。また、両方の画像がひとつに溶けあって、まったく思いもよらない絵を生み出しているのもあった。

象がだれかの心臓からはい出している。

女性の顔が墓石になっている。

ラザロ。ラザロ。ラザロ。

ベン牧師がガラスのれんが状のブロックのある部屋に来て、わたしに語りかけていたのに違いない。今は、レスリー伯母さんと胸に星をつけた婦警とベン牧師と母さんと父さんとイザベル、みんながペンティメントだ。

もしもペンティメント画をたくさん描くことができるなら、わたしの絵は、レスリー伯母さんが婦警の星の上に立ってすすり泣いているところになるだろう。それから、ベン牧師がわたしのために神さまに祈っているところになるだろうけど、その神さまには、今わたしは手を伸ばせばおそらく触れることができる。だってわたしは現実の人びとからはすごく遠くに離れていて、未知の人びとにとても近づいているから。それからまたわたしの絵は、わたしとイザベルと母さんと父さんが、ＳＵＶに乗っている場面になるだろう。わたしのペンティメント画のすべてに描かれるのは、わたしと、視野に入ったり出たりしている愛する人びとだ。その人たちはわたしをつかんで離すまいと一生懸命で、わたしのほうも手を離すまいと必死でがんばっている。

病室でわたしは、できるだけ事態を飲み込み、理解しようと努める。底に沈んでしまう前に、わたしは小児科集中治療室から移動させられたと誰かが言うのを聞く。脳震盪を起こしているけれども、生命にかかわる内臓の損傷も骨折もないからだと。ということは、他の負傷――骨折、挫傷、裂傷、口に差し込まれたチューブ、歯の欠損――は全部イザベルの、イザベルだけのものに違いない。

わたしたちが五歳か六歳のころ、わたしたちよりずっと身体の大きな（そして頭の悪い）公園の遊び仲間が「おまえたちをつぶして混ぜ合わせて一人に」してやると言って、二人をいっしょにどんと押した。両親が止めに入る前に、イザベルがわたしの前に飛び出して、スーパーヒーローのように言った、「心配しないで、ジズ、わたしが守ってあげる」そして少年を押し返して、げんこつを作り、少年のあごのど真ん中にパンチを食らわした。イザベルはいつも、自分がわたしと危険のあいだに立ちふさがらなければならないと考えていた。

イザベルがまた、わたしを守ってくれたみたいだ。

わたしが沈まないで水面に留まっていられるのは、記憶のおかげ。楽しくても悲しくても、この記憶はみんなわたしのもの。快復したらわたしは、この記憶へと戻っていきたい。もしもわたしが本当に快復することがあるなら。イザベルにとってもそうに違いない。そうでないはずがない。わたしたちの命は、一つの細胞から始まった。わたしたちはほとんど同じ人間なのだもの。だからわたしが生きているのなら、イザベルも生きているに違いない。

少なくとも、痛みは引きつつある。百万から十億までの目盛りの上で――わたしたちのかかりつけの小児科医、ローズメイ先生が、通常の一から十までの目盛りに移る前に、わたしたちに訊いていたような目盛りの上で――わたしはおよそ十億から百億へと移動した。

ときどき、ベッドに寝ていて、ナースステーションか近くの病室から流れてくる、女性のニュースキャスターのかすかな声を聞く。ときおり起こる放送局間の電波障害からして、テレビではなくラジオだろう。沈着冷静で平板なニュースキャスターの声に意識を集中して、家族とわたしについて何か言われないかと聞き耳を立てる。でも聞こえるのは、今は土曜日の夜で気温は二十六度で降水確率は二十五パーセントということだけ。

次に目覚めたときには、点滴をチェックしている男性看護師が、ときどき壁のガラスのれんがを見ている。彼は、ぶつぶつひとり言を言うときでさえ、かすれ声で話す。わたしの意識は、また漂い始めたみたい。なぜかって、突然彼がわたしの指先を手に取り、静かに揺すっているのを感じたから。教室や教会で居眠りをしている人を、誰かがひじでそっとつつくような感じで。

「イザベル」と彼はわたしを姉の名前で呼ぶ。「がんばって目を開けていて」

わたしは驚いて口を開ける。でも彼には、あくびをしているように見えるに違いない。口のはしからよだれがたれて、病室着の胸の部分に落ちる。残りは、彼がすばやくナプキンに受ける。わたしは自分がとても小さく、赤ん坊みたいだと感じずにはいられない。

わたしの口の中には歯がある。歯はまだ全部ある。

「イザベル」とまた男性看護師が言う。そこで、この人はわたしを姉だと思っていると気づく。わたしをイザベルだと思っている。

この間違いはこれまでずっと経験してきたけれども、今ここでイザベルと間違えられないことは、これまでになかったほど重要だ。今ほどイザベルがイザベルであることが重要なときはない。わたしがわたしであることが。

彼はわたしをイザベルだと思っている。言葉が出ないのに、どうやってわたしが誰なのかを伝えられるだろう?

別のことを伝えてほしい。何か事態をはっきりさせることを。「目を開けて生きるんだ。きみの家族は生きていて、きみを待っているんだから」とか、「目を閉じていて。生き残ったのはきみだけだから」とか。彼はなぜ、すべてを説明してくれないのだろう? わたしからは訊けないのに。追突事故は、わたしから声を奪ってしまった。そして今、この看護師はわたしがイザベルだと思っている。レスリー伯母さんもそう思っているの?

ことによると、混乱しているのはわたしで、実際わたしはイザベルなのかもしれない。ひょっとすると、全部脳震盪のせいなのかもしれない。自分がイザベルではないと、いったいどうしてわたしにわかるだろう?

わたしは視線を落として、自分の両腕を見る。嵐の日の空のように青黒い。看護師がよだれを顔から拭いとっているあいだ、わたしは歯を食いしばろうとがんばる。

わたしは自分の身体が救命いかだになって家族のもとへ、姉のもとへ、本物のイザベルのもとへ戻っていければと願う。本物のイザベルはどこかその辺にいて、傷つき、心配して、うろたえているかもしれない。わたしとまったく同じように。

第五章

レスリー伯母さんが戻ってきた。今度は白衣を着ていない。その代わりに、泣いている。身体が震えて、じっとしていることができない。きれいな指の爪はちびてかわいそう。

いつものわたしなら細部に気づく自分を自画自賛するだろうけれど、ここには細部はない。巨大でどっしり重たいことだけが起こっている。けれど、レスリー伯母さんがぶつぶつひとり言を言う様子を見ていると、二人でしばらく話していたのだけれど、わたしが伯母さんの話したことの一部を忘れてしまっているような気になる。

レスリー伯母さんは、イザベルとわたしのことをずっとよく知っていた。しかも伯母さんは、わたしたちの好きな色を着ている。透けるほど薄い短いそでのついた、インディゴブルーのドレスだ。伯母さんは美しい、母さんのように、でも母さんより控えめな美しさだ。二人が小さかったとき、人びとは伯母さんと母さんを「レ・ボン・スール」、つまり「修道女」と呼んでいた。

あんなに泣いているのは、わたしだけのためじゃないはず。わたしにはそれがわかっていると、伯母さんは知っているに違いない。伯母さんがベッドまで歩いてきて、わたしはその高価な香水のラベンダーの香りを吸い込む。自分がまだ匂いをかぐことができるのにびっくり。見ることもできて嬉しい。頭はとても重くて動かせないけれど。

わたしは身体を動かせない。話せない。けれど、レスリー伯母さんと壁に並んだガラスのれんがを見ることはできる。ガラスを通して入ってきた光が伯母さんのまわりに光の輪を作っているのを見ていると、伯母さんが早めの十六歳の誕生日プレゼントとして連れていってくれた、伯母さんと母さんと父さんといっしょのオオカバマダラ保護区域《サンクチュアリ》への旅を思い出す。

オオカバマダラ・サンクチュアリは、メキシコ中央部の山々のなか、松林の入口にあり、蝶がびっしりととまったモミとユーカリの木でいっぱいだった。わたしたちの小学校と中学校の自由研究のほとんどは、オオカバマダラの研究だった。でも、わたしたちが蝶の木々に近づくと、羽ばたく羽根の音は耳のなかで電動丸ノコがうなっているようで、二人ともくしゃみが止まらなくなり、何百羽もの蝶たちを驚かして追い散らしてしまった。

わたしたちが立っていたその土地に生きたアステカ族は、オオカバマダラは死んだ子どもたちの魂が生き返った姿だと信じていた。でも、すぐ近くで観察するのはとても無理だった。

宿泊していた朝食つきの宿へ戻ると、わたしたちは二人とも、両手両足にじんましんが出た。

「医者がいっしょにいてくれてありがたいわ」と母さんが言った。

オオカバマダラ台風アレルギーにかかったのは、わたしたちだけではないことがわかった。その宿にはエピペンからベナドリルまで、あらゆるものが常備されていたから。レスリー伯母さんは、ベナドリルを処方した。

その夜、ベナドリルを飲んだのに、わたしたちは遅くまで眠れなかった。ようやくイザベルが寝つくと、わたしは、蝶にびっしり覆われたモミの木になる夢を見た。イザベルも同じ夢を見ていた。なにしろ二人とも、この旅行でサンクチュアリにいる蝶をたぶん全部見られると思って興奮していたのだ。でもわたしたちのオオカバマダラ・ファンタジーは、あえなく悪夢に変わっていた。

翌朝目覚めたときには、わたしたちの目的はもうすでに、ガイドブックのなかでわたしたちが熱中しているもう一つの場所に移っていた。大聖堂だ。わたしたちはおじいちゃんの好きな場所のひとつである、グアナフアトに行きたいとせがんだ。二人の疱疹《ほうしん》と腫《は》れた顔を見ていたレスリー伯母さんも両親も、喜んでその願いを聞き入れるしかなかった。

大聖堂は、オオカバマダラよりもずっとわたしたちを魅了した。外の塔が、世界全体に自らがいかに小さいかを自覚させるのだとでもいうように、大きくそびえ立っているのがよかった。ステンドグラスを通して射し込む光が、黄金の輝きを作りだしているのがよかった。一本一本に、灯した人の奥底からの願いの込められた小さなロウソクが、何百本も並んで立っているのがよかった。人びとが頭《こうべ》を垂れ、十字を切り、それから少しの聖水、命の水をそっと顔につけるのをずっと見ていられてよかった。母さんと父さんとレスリー伯母さんに、マーカスおじいちゃんから習った大聖堂についての話をしてあげて、三人を喜ばせてわくわくさせられたのがよかった。その全部を、イザベルといっしょに経験できて楽しかった。

病室の、わたしがいるのと反対側の深緑色の壁に刺した鋲《びょう》に、わたしのネックレスが掛けられている。

今は日曜の朝？

警察もののテレビ番組でいつも言われているあれは何だっけ？　ニュースのないままに時が過ぎれば過ぎるほど、なってほしくない結果になる、というのだ。

「イザベル」とレスリー伯母さんが言う。「訊きたいことがいっぱいあるのはわかっているわ」

やっぱり伯母さんは、わたしをイザベルだと思っている。

イザベルじゃない、ジゼルよ、と叫びたい。

でも、それのどこが大事なのだろう、どうでもいいことじゃない？

伯母さんは何か、重大なことをわたしに言おうとしているみたい。もしかしたら、やっとわたしに家族のことを話してくれるのかもしれない。

「イザベル」と伯母さんは言う。音楽のように耳にここちよい声とラベンダーの香りがブレンドされて、いつかはわたしもこの香水がほしいなと思う、何かわからないけれど、大人っぽい、たまらなく魅力的なエッセンスを作っている。

伯母さんの声が聞こえる。「イザベル……心配……してほしくない……両親……大丈夫……だから」

言われている言葉を、すぐに受け取ることができない。言葉は少し回り道をしてからこだまのようにはね返ってきて、それからやっと入ってくる。わたしは、それらの言葉をつなぎ合わせなければならない。そうしなければ言葉たちは、きっともうすでにたくさんの言葉がわたしに届かなかったに違いないけど、それと同じようにみんな失われてしまう。きっとあったのだろう。たくさんの医者たちの往診。ベン牧師の訪問。それから、誰かわからないけれど他の人たちの訪問も。

じゃあわたしは両親のことは心配しなくていいの、両親は大丈夫だから？　でもじゃあ、二人はどうしてまだわたしに会いに来ていないの？

「わかっている……知りたい……どこ……自分は」

もちろんわたしは、自分がどこにいるか知りたい、と言いたい。

「小児病棟……ジャクソン。両親……同じ病院……橋……向こう側……成人病棟」

ではわたしはまだマイアミにいるんだ。両親は同じ病院だけど、何かの橋の向こうにいる。橋というのは、連絡通路のことだろう、それが病院の成人病棟と小児病棟をつないでいる。通学のとき、ほぼ毎日母さんか父さんのどちらかが車でその高架橋の下を通って、わたしたちを送り迎えする。今までその橋のことをライフラインとして、負傷した親子をつなぐものとして考えたことは一度もなかった。

　レスリー伯母さんが同じようなことを両親に話しているところを想像する。わたしをイザベルだと思って、伯母さんはおそらく言うだろう、「デイヴィッド、シルヴィー、イザベルのことは心配しないで」

　でも本当のイザベルは？

　レスリー伯母さんはわたしから離れていく、香りも声も消えていく、イザベルのことは何も言わずに。

　そのときわたしは気づく。

　伯母さんが言う必要はない。

　イザベルは逝った。

　イザベルは死んだ。

　多分、事態がよりはっきりしつつあるからかもしれないけれども、わたしは伯母さんの声を前よりはっきり聞きとれるようになってきてもいる。伯母さんがわたしからさらに離れていって、また泣き始めていても。

「ああ神さま、神さま、どうしよう！」伯母さんの頭は、ふらふらと上下に揺れている。その言葉は、驚愕の表明というだけではなく、神さまへの本物の嘆願のように聞こえる。

　姉のイザベルは死んだ。そしてどういうわけか、誰もがわたしをイザベルだと思っている。だからみんな、わたしが死んだと思っている。

「イザベル」と今、レスリー伯母さんが言っている。伯母さんは徐々に、医師の顔に戻っている。

「医師たちはジゼルのために最善を尽くしたわ。あなたとあなたの両親にしてくれたようにね。でも、あの子の頭部と首の負傷はひどかった。めちゃめちゃになっていた」

わたしが感じることさえできないほど？

今となっては、真実を知らずにいた一日か二日をありがたく思う。でもレスリー伯母さんは真実を知るほうがいいと考えている。

わたしは泣くことさえできない。涙を作ることができない。でも、体を丸くして縮こまりたいと思うより――どのみちそんな姿勢はとれない――、このままここで死にたいと思うより、目を閉じてもっとずっと深くに沈んでいきたいと思うより、わたしは、自分の身体から抜け出て、イザベルが今いる場所へ行ってその手を握るところを想像する。

知らずにいたなんてどうして？　知りたくなかったのかもしれない。たぶん知らないでいる必要があったのだろう。

「イザベル」レスリー伯母さんは、わたしに背を向けて立っている。悲しすぎてわたしを見られないのだろう、おそらく。伯母さんは、壁のガラスのブロックを見ている。

ガラスの向こうで木の枝が揺れている様子から、窓の外にあるのは木々の先端、緑の健康な木々の頂だとわかる。わたしたちがいるのは、建物の二階か三階にある部屋だ。外には世界がある。太陽。樹木。雲。人びとはそれぞれの生活を送っている。わたしたちがそうしていたのとまったく同じように。みんな、自分に悪いことが起こるなんてあり得ないと考えている。

わたしがいるのは、ＶＩＰ用の病棟みたいに思える。自分がどこにいるのかはっきりわかっていれば、もう快方に向かっていることを教えてくれるような部屋だ。そしてレスリー伯母さんが、わたしを姉さんの名前で呼んでいることに慰められる。誰もがわたしをイザベルだと思っているのなら、イザベルも快方に向かっていることになるから。イザベルはまだここに、この部屋に、この世界にいる。

「悲しいわ、とても、イズィー」と、わたしにまだ背を向けたまま伯母さんは言う。

わたしには、伯母さんが言ってはいけないことを今にもわたしに言おうとしているのがわかった。何年か前に、わたしとイザベルにセックスについて教えてくれたときのように。それはミツバチと小鳥のあいだのことではなく、男と女のあいだで起こることなのだと。そのときわたしたちは九歳で、伯母さんの言っていることはほとんどわからなかった。それに、父さんが母さんに受粉しているところもまったく想像できなかった。

レスリー伯母さんは、再びわたしの腹心の友になろうとしている。そう感じられる。伯母さんはベッドのそばまで戻ってきて、わたしの手を握る。きつすぎるくらいに。でもわたしは、伯母さんに固く握られていることが嬉しい。手を離してほしくない。

「イズィー」と伯母さんは言う。「あなたがそこで生きているってわかるわ。目が覚めたら、大丈夫よ。今までよりほんのちょっと余計に頑張らないといけない、それだけよ」

医師としての見解というより、願いのように聞こえる。脳を損傷していることだけがわたしの問題だと、目覚めるとすぐ元のわたしに戻ると、願っているみたいだ。でも、イザベルがいないのに何のために目覚めるの？

わたしはもう二度とイザベルに会えないだろう。鏡を見て、みんなが言っているように、わたしはイザベルでイザベルはわたしだというふりをするとき以外は。わたしは誰になるのだろう？　イザベルなしでわたしは誰であり得るのだろう？　『若草物語』の別のバージョンを、わたしは誰といっしょに見ればいいのだろう？

「わたしは有名な音楽家になるわ、そして世界中のみんながわたしの音楽を聴きに押し寄せてくるのよ」わたしたちはいつも、ローリー役の役者といっしょに叫んだものだった。

それからジョーが言うのだ。「わたしはこの世を去る前に素晴らしいことをなしとげたい……そしていつかあなたたちみんなを驚かせるわ」

わたしたちは、このセリフを声に出して言う必要はなかった。二人とも知っていた、それがイザベルの気持ちだと。イザベルがなりたいのはそういう人だと。いつかは何かとてつもなく素晴らしいことをする人。言葉や絵や感情を、これまでに誰もしたことがないような方法で音楽にする人。世界をあっと驚かせる人。

イザベルがあのクレイジーな未完成の物語に曲をつけるのをわたしが見ることは、もう決してないだろう。同年代で夢中になっている子はほとんどいないようなタイプの音楽――弦楽合奏、ジャズ、ニューエイジ、オペラ――についてイザベルが話すのを聞くことは、もうないだろう。イザベルが逝ってしまったのにわたしが生きてここにいるなんて、どうして可能なのだろう？　イザベルがわたしのもとから離れていくのを、どうして感じられなかったのだろう？

もしかしてイザベルは、わたしたちが引き出される前に車の中で死んだの？　側面の窓に頭をぶつけたときに？　フルートケースが続けざまに身体を打ちつけていたときに？

「イザベル、あなたはとても運がよかったわ」とレスリー伯母さんが言っている。またいつもの医者の顔に戻って。わたしに情報を伝え、励まし、わたしが目覚める助けになることを話している。

運がよかった？

どうしてそんなことが言えるの？

運がいいというのは、イザベルといっしょにいられることよ。

「ベン牧師の言うとおりよ」と伯母さんは加えて言う。「あなたは目覚めるわ。ラザロのように」

伯母さんのよりどころは科学だけれど、家族のことと なると信仰を取る。ラザロを取る。姉さんとわたしとでは、わたしがラザロなのだ。わたしが死からよみがえった。

でも、死からよみがえってもイザベルがいっしょでなければなんになるだろう?

「きみたちがどんな女性になるのか見るのが待ち遠しいなあ」と父さんはときどきふと思いついたように言ったものだ。

わたしたちだって、自分がどんな女性になるのかわからなかった。そして今となってはもうイザベルが女性になることはないのだ。

わたしは女性になりたい。ならなくてはならない、ならない。自分のためだけではなく、イザベルのためにも。でも今は頭が重すぎる。わたしの身体は、わたしの意志よりもずっと弱い。わたしはまた沈んでいく。すべてから逃れるために、もうひとつの星が頭のなかで破裂するのを避けるために、わたしの知っている方法はそれだけ。

このけた違いの痛みから逃れる方法で、知っているのはこれだけだ。もしも苦しみの数とレベルを訊かれれば、十の二十一乗よ、と答えるだろうこの痛みから。

第六章

去年のクリスマスには、父さんと母さんはカップルのホリデー周遊船旅行《クルーズ》でアラスカへ行き、イザベルとわたしを、クリスマスから新年までニューヨークのパトリック叔父さんのところに預けた。パトリック叔父さんは結婚していないけれど、長年つきあっているガールフレンドがいる。アレジャンドラという名前の音楽プロデューサーだ。二人はブルックリンの、「ブルックリン跨線橋の下」の頭文字をつなげて命名された、ダンボという地区にある十二階のロフトに住んでいる。以前はペンキ工場だったビルで、二人の部屋の全周を取り巻く、天井まである窓からは、イーストリバーと近くの公園に加えてブルックリン橋とマンハッタン橋も見える。

二人の住むビルの外には丸石で舗装された通りがあり、それに半分埋もれた形で鉄道線路がある。かつてはローカル列車が走っていて、川から古い工場まで商品を運んでいた。

「ずっと昔のことだよ」パトリック叔父さんは、わたしたちが着くと言った。「ぼくらみたいな人間が越してくる前さ。そのころここにいた移民はみんな工場の労働者でね、所有者はいなかったんだよ」

それでも、パトリック叔父さんはそのアパートメントをとても自慢にしている。叔父さんは世界のどの都市よりも、十代のときに父さんといっしょに離れるまで住んでいた生まれ故郷のポルトープランスと比べてさえ、ニューヨークが好きだ。

昔有名だった二人組のラップミュージシャン「エクスパッツ」を発見したのは、パトリック叔父さんだった。「エクスパッツ」は、ハイチ系アメリカ人の兄妹デュオだ。イザベルとわたしが小さかったころに人気の絶頂期で、わたしたちは幼すぎて、彼らのサウンドも彼らの人気を支えていた強い政治的メッセージも理解して味わうことはできなかった。

「彼らは基本的に、きみらの父さんが退役して法律の勉強を始めて以来ずっとやっているのと同じことをしていたんだよ」とパトリック叔父さんはわたしたちに告げた。「移民の権利を擁護していたのさ」

そのときの訪問でも、パトリック叔父さんは家のなかを案内してくれて――わたしたちは訪問するたびに案内してもらっていた――自宅の仕事部屋に加わった最近のエクスパッツの写真を見せてくれた。

叔父さんの家にいるあいだじゅう、わたしたちはノンストップでエクスパッツのアルバムを聴きつづけた。彼らのサウンドは、生命感あふれるハイチのコンパ〔一九七〇～八〇年代に起こった音楽ムーヴメントで、現在ではハイチを代表するポピュラー音楽〕とレゲエとヒップホップがミックスされたものだった。わたしはエクスパッツの音楽が大好きになったけれど、イザベルは気に入らなかった。

「この人たちはエメリーヌじゃないもの」とイザベルは、自分の好きなブルース調のハイチ人歌手を挙げて言った。

わたしたちがニューヨークにいた週には、アレジャンドラはベネズエラの家族に会いに行っていたので、イザベルとわたしはパトリック叔父さんといっしょにニューヨーク市のあちこちを見て歩いた。エンパイア・ステイト・ビルディングに連れていってもらって、上からシティを見おろしたし、寒さをものともせず、五番街に建ち並ぶ店のショーウインドーを見て何時間も過ごした。ロックフェラーセンターの、三十メートルはあるだろうクリスマスツリーを見にいった。それから、プラザの下にある混みあったスケートリンクでアイススケートをした。イザベルはアイス転びだと言ったけど。それに、ラジオシティミュージックホールの最前席でロケッツのラインダンスを見たし、リンカーンセンターで『くるみ割り人形』を見た。

わたしたちは、パトリック叔父さんが手掛けているある有望なグループのレコーディングを聴きもした。多国籍の少女たちのアカペラグループで、大ブレイクするぞと叔父さんは言っていたけど、その後何も聞かない。

でも、わたしたちのお気に入りの思い出は、大晦日の猛吹雪《もうふぶき》だ。生まれてこのかた、あんなに大量の雪は見たことがなかった。雪はわたしたちが眠っているあいだに降り始めて、目覚めたときには六十センチほども積もっていた。

わたしたちはビルの外に出て、雪玉で野球をして、雪の天使を作った。そのあと、叔父さんのアパートで温まって体をほぐしていると、父さんと母さんが電話をかけてきた。わたしたちのあいだに立って、一面の雪に覆われたシティを見下ろして、それからわたしたちの畏敬の念にうたれたような表情を見て、叔父さんは両親に言った。「こんなに幸せそうな二人は見たことがないよ」

でも今パトリック叔父さんは、壁にガラスのブロックが並ぶこの部屋にいる。そこに立って、ベッドに寝ているわたしを見下ろしている。叔父さんの横にはアレジャンドラがいる。パトリック叔父さんが言うには、そのベビーフェイスと高い頬骨が叔父さんを射とめたのだそうだ。二人とも、その一セント銅貨色の顔でわたしを見下ろしている。泣きだしそうな表情で。

わたしは、今でもまだパトリック叔父さんの家のリビングで、叔父さんとイザベルと三人でカウチに座って厚いウールの毛布にくるまり、音を消してテレビのニュースを見ながら、ニュースキャスターの横にある小さな四角い枠のなかの文字と画像から、キャスターが何を言っているかを当てっこしているのであればなあと思う。アレジャンドラもいっしょにいるときには、わたしたちはいつも自然のドキュメンタリー番組を見ながら、ナレーターになったふりをした。かすれ声で、絶妙のタイミングで話すアレジャンドラのナレーションがベストだった。

「この子がこんなに悲しげにしているのは見たことがないよ」とパトリック叔父さんは、ベッドのわたしを見下ろしながら、電話で話している。

誰と話しているのかしら？　レスリー伯母さん？　父さん？　母さん？

パトリック叔父さんと話せればいいのに。叔父さんにわたしの声が聞こえればいいのに。

電話を終えると、パトリック叔父さんはわたしの顔の近くへ来て、その前に携帯電話をかざす。携帯からの光がまぶしすぎて、ひっきりなしに精神科医たちがわたしの目に当てているペンライトみたいだと思う。わたしは全力を振りしぼって集中し、目を細めてもっとよく見ようとする。

叔父さんはわたしに、電話の相手に何か言ってほしいのかしら？

画面に映っている写真を見せようとしているのかしら？

画面を見ていると目が熱くなって、まるで光が両目を焼きこがしているみたいだった。だけど、画面にあるのは事故のあとの父さんの顔のクローズアップで、どうしても見たい。

父さんの顔は横向きで、片側しか見えない。横顔から、顔はまだなんとか丸い輪郭を保っているのがわかる。ただ、頬骨のあたりの頬は少し垂れているけど。頬のあちこちに、小さな傷がついている。六カ所ほどはアイスピックで突かれたみたいで、小さなぽつぽつの多くは、今しがたまで血が出ていたみたいに、まだ痛々しく肉がむき出しになっている。おそらく、粉々に割れたガラスのせいだ。車の中で、何百もの小さな破片がわたしたちのほうへ飛んできた。小さいのやら大きいのやら、ガラスの破片があらゆる方向からわたしたちめがけて飛んできたのだ。途中で目を開けていられなくなった。ガラスのいくつかが父さんの顔に刺さったのだろう。

　わたしはそのいくつかを免れたのに違いない。なぜって、自分では顔を触れないけれど、ガラスの破片が皮膚に食い込んだような感覚がないから。ガラスがいっぱい刺さっていたら、かゆいに違いない。でもわたしは始終意識を失っているから、父さんとそっくりの顔になっているのに自分ではわからないのかもしれない。たぶん父さんだって自分の顔が、少なくともその半分が、針刺しみたいに見えるなんて気づいていないのだろう。

　父さんの身体の写真を見られたらなあ。父さんは歩ける？　話せる？　わたしの名前を呼べる？　イザベルの名前を？　母さんの名前を？　父さんはわたしたちのことを覚えている？

　パトリック叔父さんが画面を切り換えると、母さんの顔のほうがほんの少しひどいように見える。だけど、母さんはまっすぐにカメラを見ている。頭の片側は剃られていて、額には横に、十二針か十五針くらいの縫いあとがある。少し前までらせん状の巻き毛が下がっていたところに二、三本のカールした髪の毛がぶら下がっていて、まるで戯《たわむ》れにモホーク刈り〔額からうなじにかけて一筋だけ毛を残し、他はそり落とす刈り方〕にしてみたかのようだ。母さんは、気の触れた科学者の手で額を縫合された、フランケンシュタインの花嫁のようだ。

　だけど、ここにいるのはみんな気の触れた科学者じゃないの？　白いコートとピンクとブルーの手術着を着た医師たちとその学生たち。あの人たちのことが、アヒルとアヒルの子に思えてきた。人を元通りにするのには違う方法がいくらでもあるのに、あの人たちは母さんをホッチキスと針と糸で元に戻したみたいだ。

　わたしは前に一度、学校の体育館の横の急な階段から転げ落ちて、縫合手術を受けたことがある。

そのときは、額を四針分ほど切っていた。階段の下に倒れて養護教諭が来るのを待っているあいだ、わたしはパニックになって、自分は死ぬのだと思った。床の上に大量の血が流れていたので、もう頭のなかには一滴も残っていないと思った。

養護教諭は血を拭き取ってから、「実際よりもひどく見えるのよ」と言った。「こういう傷からは血がたくさん出るから」

それでも彼女は大変な事故だとは考えていて、両親に電話をして、CTスキャンをするので救急処置室まで来てくれるようにと伝えた。

「姉を呼べますか？」とわたしは訊いた。

イザベルを見れば、より落ち着いていて、傷ついていない自分を見るようで安心できるだろうとわかっていた。

「でもまだわたしのほうがきれいね」とわたしは、形成外科医が、母さんにしつこく頼まれて、傷あとが残らないよう細心の注意を払って精密に縫合手術を行なったあとで、イザベルに冗談を言った。

その後、イザベルは母さんと父さんに、自分のほうがイザベルよりもきれいだとばかげたことを言ったときにジゼルは大丈夫だとわかった、と話した。

もしも事態がほんのちょっとでも違っていれば、わたしたちはみんなで母さんの写真について冗談を飛ばして、少なくともフランケンシュタインの花嫁の髪はすてきにカールしているよね、などと言っているかもしれない。でも、わたしの頭に浮かぶのは母さんの額を横切る縫いあとだけだ。

パトリック叔父さんは、両親が生きているとわたしに知らせたいのだ。その写真はわたしだけのためにわたしに見せるために、両親がまだ生きていることを知らせるために、ただそれだけのために撮られたのに違いない。

そして今度は、パトリック叔父さんはわたしの顔を撮り始めた。叔父さんがどのアングルをねらっているのかわからないけれど、いちばんいい姿に見せようと苦労しているようだ。叔父さんは両親に、わたしのベストの姿を見せたいのだ。

それから叔父さんは電話をくるりと回して、わたしの顔を見せる。腫れてでこぼこして、しぼんでいく飛行船みたい。目は小さく、肌は灰のような色をしている。もうこれ以上は見たくない。わたしは小さな目を閉じる。見知らぬ人を見ている気分だ。わたしのようにも、イザベルのようにも見えない第三者。

「命の証明」と、誘拐ものの映画では言う。パトリック叔父さんは、命の証明を得ようとしている。でも、イザベルの命の証明はないだろう。

パトリック叔父さんは名前を呼ばないので、わたしを誰だと思っているのかわからない。でも、わたしが見られるイザベルの写真はない。

第七章

イザベルとわたしは、ずっと小さいころは探偵になりたかった。ナンシー・ドルー〔アメリカの児童向け推理小説シリーズの主人公で事件を解決する少女〕のように犯罪を解決して世界中をまわりたかった。

今わたしには、自分の身体の謎を解くためにアマチュア探偵の技量が必要だ。でもわたしがいちばんよく知っているのは医療の専門用語ではなく、イザベルと母さんと父さんと家のことについてだ。それとデサリーヌ。

可哀そうなデサリーヌ。レスリー伯母さんとパトリック叔父さんが見つけてくれていればいいのだけれど。

父さんの依頼人の一人が外国人庇護を申請した裁判に負けてパキスタンに強制送還されたときに、彼の飼い猫で生まれたばかりのデサリーヌを引き取るべきだと主張したのは、イザベルだった。イザベルは子猫全部を母猫といっしょに引き取りたがったのだけれど、デサリーヌ以外はそれぞれ父さんの事務所の人たちに引き取られた。

デサリーヌはイザベルが、父さんの依頼人のように、自分を残して去ってしまったことを理解できるだろうか？　デサリーヌはこれまでイズィーとわたしを見分けられていたのだろうか？　イザベルが家に帰らなくなったら、どういう反応を示すだろう？　わたしに飛びかかって、かぎ爪で両目を引っかき出し、皮膚を剝《は》ぎとって、その下に隠れているイザベルを見つけようとするだろうか？

いいえ、医師が彼のあとについて出入りしている十二、三人の医学生と話し合っている、生涯に残る脳障害のわずかな可能性のことなんて、わたしにはわからない。彼らがわたしの足の裏をつつくたびに、指先が少しでも動いてほしいと願う。絶叫して、彼らに望みを持たせるかやめさせるかしたいと願い続けている。

精神科医は、アイパッドに何かを書く。わたしの命が――イザベルの命が――保管されているアイパッド。そして彼は一団を引き連れて出ていき、一団は、医師が母アヒルで医学生らははぐれては大変とおびえているアヒルの子みたいに、そのあとをついていく。

彼らが去ってから、わたしは、彼らはどこかの会議室に入って、難解な医学用語で、どうしてわたしが足の指を動かせないのかについて話し合っているのだろうと想像する。あるいは、わたしの足の指を動くようにするのはまず不可能だ、と言っているのかもしれない。あるいは、わたしの解釈はすべて間違っているのかもしれない。もしかしたら彼らは、「流れは変わった」と、わたしは快方に向かっていると、言うのかもしれない。

日暮れ前の、たぶん決まった時間に、アヒルとアヒルの子たちはわたしの頭の周りに集まる。わたしは、一人のアヒルの子から次のアヒルの子へと目を移す。アヒルの子たちは――赤ちゃん医師たちは――みんなとても熱心で、とても若く見える。イザベルとわたしよりは年上だけど、ほんの少しだけみたい。

ときどきレスリー伯母さんがアヒルの子たちといっしょに、リーダーアヒルの横に立つ。それから二人はそろって、先頭に立って部屋を出る。映画でよく、誰かが拷問されていて、でも連邦議会の代表団が視察に来るからそれを隠さなければならない、というような場面があるけれど、わたしはそんな映画のなかの囚人になったような気がする。レスリー伯母さんがあちらについたのなら、わたしはいったい誰に「助けて」とささやけばいいのだろう？　誰に「わたしはここから出たい」と書いたSOSのメモを渡せばいいのだろう？

わたしはどうしても、この動かない身体から抜けだしたい。なんとしても、この場所から抜けだしたい。心の底から、自分の生活を取り戻したい。母さんと父さんを取り戻したい。姉さんを取り戻したい。

母さんと父さんは、なぜまだわたしに会いにきていないのだろう？　おそらく二人は、医師たちの回診が繰り返されるあいだ、ずっとベッドに縛りつけられて動けないのだろう。二人も、いつになったら足の指が動いてみんなをハッピーにできるのか、と考えているかもしれない。あるいは、二人も、部屋に入ってくると「今日はどんな具合かな？」と訊き続ける医師たちを自分の声で驚かせるのを、実際に自分の声が彼らに聞こえるのを、願っているのかもしれない。

わたしの場合、彼らは「今日はどんな具合かな、イザベル？」と訊き続ける。

わたしはイザベルじゃない。

わたしはジゼルよ！

どうしたら、わたしはイザベルじゃないと彼らに知らせられるの？　いや、わたしは実はイザベルで、それに気づいていないのだとしたらどうしよう？　わたしが間違っているとしたら？　混乱しているのはわたしだとしたらどうしよう？

いいえ、わたしは医学用語を全部わかっているわけじゃないけれど、すごくジゼル的ないくつかのことはまだわかる。それはわたしがしばしば考えることだけれども、わたしの脳内に侵入しているときでなければ、イザベルはまったく気に留めないようなこと。

わたしは無理やり、地球の重量を思い出そうとする――五十九兆七千億トンくらいだ。今のアメリカ合衆国大統領の前の、少なくとも二十五人の大統領の名前を考える。ピタゴラスの定理を思い出そうとする。これには頭がずきずきする。それで、少し逃げて、これまでにわたしが描いてきたもの――そのほとんどはスケッチブックに描いたもので、家に保管してある――を思い浮かべる。

スケッチブックに描いた絵の題材の多くは家族、特にイザベルで、フルートを吹いているか泳いでいる。イザベルを見ていると、自分の身体の謎がずっと少なくなったように思えた。それは、自分の身体が、前後からだけではなくあらゆる角度から、どんなふうに見えているかを知る唯一の方法だった。そばにイザベルがいることは、自分の考えを、それが自分のなかでまだまとまってさえいないのに、音声にするスピーカーを持っているようなものでもあった。

追突事故の前の週、父さんはホンジュラスにいて、彼の法律事務所が手掛けている外国人庇護の訴訟のために関係者と面談していた。母さんとイザベルとわたしは、ミッドタウンの我が家の近くにあるパブリックス・スーパーマーケットの、真ん中あたりにあるシリアルの通路に立っていた。そのとき、母さんが突然泣き出した。

家に帰って買ってきた食料品などをしまっているあいだ、わたしたちは母さんが電話をしながらまだ泣いているのを聞いていた。母さんはティナのママ、ミセス・マーシャルと話していた。ミセス・マーシャルはソーシャルワーカーなので、ヒステリーを起こしやすい人には慣れている。

「わたしにはとても理解できないわ」と母さんはミセス・マーシャルに言った。「わたし、自分はうまくやっていると思っていたの」

わたしたちが食料品などを全部袋から出して片づけているあいだじゅう、母さんは台所の引き戸のそばにあるテーブルに座っていた。引き戸からは裏庭が見渡せた。外は暗くて、プールも、母さんと父さんがいっしょに植えた菜園も見えなかった。菜園にはバナナとパパイアの木々があり、ナツメヤシとマンゴーとアボカドの木々と花壇の近くには、サトウキビが一列に植わっている。

ミセス・マーシャルとの電話を切ると、母さんは、父さんがゲストルームの一つに移るまでいっしょに寝ていた寝室へ、よろめきながら歩いていった。母さんは父さんが出ていって以来ベッドメーキングをしていなかったし、掃除婦のジョシアンヌにもさせなかった。

母さんはくしゃくしゃになったシーツの上に寝ころがり、身体をボールのように丸めた。

「わたしは何をしているの?」と汚れたシーツを頭の上までかぶりながら、イザベルとわたしに訊いた。

父さんはその夜、ホンジュラスから電話をくれた。母さんは、整えられていないベッドに寝たまま顔じゅうで笑って、大丈夫だというふりをしてみせた。会話の途中でときどき母さんは声を小さくして、何かわたしたちには聞かせたくないことを話した。黙って父さんの話を聞いていることもあった。

イザベルとわたしは母さんのベッドにもぐり込んで、耳を母さんの胸に当て、父さんが何を言っているかわからないけど、それに対する母さんの胸の反応を聴いた。

「ヴィーに話したわ」と母さんは父さんに言った。

ミセス・マーシャルの名前はヴェラだけど、母さんも父さんもヴィーと呼んでいた。

「ヴィーは今でも、わたしたちは大きな過ちを犯していると考えているわ」

そう言ってから母さんは、受話器をイザベルに渡して言った。「さあ、あなたたちも少し父さんと話しなさい」

二人が別れると宣言する前は、父さんが旅行に行っているときはいつでも、母さんから受話器を取るのは大変だったけれど、その夜の母さんは早く会話を終わらせたがっていた。

わたしたちが父さんと話す番になると、イザベルが電話をスピーカーに切り替えた。わたしたちは、父さんの声に傷ついた様子を聴き取ろうと耳を澄ませた。けれども、父さんの声は力強くしっかりとして、普段と変わらなかった。

「きみと妹はどうしてる？　元気にやってるかい？」と父さんは訊いた。

イザベルとわたしは、父さんに腹を立てた。

「わたしたちがどうしてると思っているのよ？」とイザベルはかみつくように言った。イザベルはわたしたちの気持ちを言っているだけではなくて、母さんの気持ちも代弁していた。

「やめなさい！」と母さんが叫んだ。まるで、わたしたち二人の気持ちは読める、というように。

イザベルもわたしも、父さんの罪悪感をあおれるだけあおって、わたしたちのもとを去ることなど、永遠にできないようにしたいと望んでいた。

「あなたたち、すごく失礼だったわよ」と母さんは叫んだ。わたしは何も言ってないのに。

「失礼なのは母さんと父さんよ」とわたしは叫び返した。

その夜イザベルとわたしは、整えられていないままのベッドで母さんといっしょに寝た。わたしたちは、三人だけが家に残ることになるのだという考えに慣れようと努めるようになっていた。わたしたちが間違っていたのはただ、それがどの三人になるか、ということだった。

翌朝、わたしたちを学校に送る車のなかでの母さんは、もうすでに一日を終えたような様子をしていた。白いTシャツはしわしわで、ジーンズには二十五セント銀貨大の口紅の染みがついていた。母さんはローカルテレビ局でキャスターのメーキャップを担当しているのだけれど、そのときにつけた染みだ。それでも母さんは、わたしたちが学校へと駆けだす前に、何とか二人の額にさっとキスをした。

わたしはその日、そっと校舎を抜け出してさぼりたかった。それで、前に二、三度やったように、ずる休みをしていっしょに映画に行こうとイザベルを誘おうとしたけれど、校内監督生のひとりがわたしたちに気づいて大声で言った、「遅刻だぞ！　遅刻だ！」

　イザベルとわたしはさようならと手を振って、廊下を別の方向へ走っていった。

　教室に着くと、みんな席に座っていて、クラスの担任でフランス語の先生でもあるマダム・ブレイズが出席をとっていた。イザベルの友だちのロイスは、わたしの前の席で、どたん場の宿題をしながら大きすぎる音をたててガムを噛んでいた。ロイスは学校のオーケストラの首席フルート奏者だ。イザベルは第二奏者。二人は中学のころからの友だちだ。

「ジゼル、あなた遅刻よ《テ・アン・ルタール》」とマダム・ブレイズは、教室の前方にある教壇の向こう側から大声で呼びかけた。今わたしが入院患者用の病室着で現われたとしても、先生はまったく同じように叫ぶのかもしれない。

　マダム・ブレイズは、わたしの名前を然るべく正確に発音してくれたただ一人の先生だった。他のみんなのようにジェイゼイルと言わずに、ジゼルと言った。マダム・ブレイズが以前わたしに話してくれたのは、『ジゼル』は、愛する男を失い悲嘆のあまりに死んでしまう百姓の娘についてのバレエで、彼女が好きな作品のひとつだとのことだった。

　母さんと父さんは、わたしたちがニューヨークのパトリック叔父さんを訪れていたある年の夏に、そのバレエを観に連れていってくれた。わたしたちは、イザベルはピンクの、わたしは赤ワイン色の、バラの花びらの形のふち取りのあるバレリーナドレスを着て、最前列の席に座る自分たちの写真を見たことがある。二人とも、そのバレエを観たことを覚えていない。公演のあいだじゅう寝ていたのかもしれない。わたしたちは四歳だった。

　イザベルとわたしは一度、イザベルという名前を育児の本で調べてみた。その名前の横には「神に忠実」と書いてあった。

「そんな名前を持っているのなら、わたしは修道女にならなくっちゃ」とイザベルは言った。

わたしたちは、悲嘆に暮れたダンサーの名を取って名づけられたダンスの嫌いな人と、当然信仰深くあるはずと考えられていながら信仰と不信仰の間に立っている人なのだった。

イザベルが、自分は信仰と不信仰の間に立っていると言ったのは、まさに育児書の彼女の名前を見ているときだったかもしれない。

「そんな話、どこで聞いたの？」とわたしは訊ねた。「それに、それってだいたいどういう意味？」

「わたしたちは何でも、自分が信じたいことを信じられるっていうことよ」

中学〔五または六学年から八学年（つまり日本の中学二年）まで〕卒業後に、イザベルとわたしはタイムカプセルを作ることにした。しっかりしたふたのついたプラスチック製の箱を買って、学帽やガウンや卒業証書など、あらゆる物を詰めこんだ。

「中学の卒業証書をいったい何に使うのよ？」とイザベルは言った。

赤ん坊のころからの家族の写真も、わたしたちが歩けるようになる前に、両親がわたしたちを支えていて、二人とも睡眠不足で疲れ果てた様子をしている写真も入れた。

おまけに、部屋でよく大音量でかけていた好きな音楽のCDも入れた。わたしのはR&Bとヒップホップで、イザベルのはワールドミュージックとゴスペルとクラシック。大好きな本も入れた。「ナンシー・ドルー」シリーズの推理小説と、トニ・モリスンの『青い眼がほしい』と『フランケンシュタイン』と『若草物語』と『不思議の国のアリス』。

わたしは二人で泳いでいるところをスケッチして、それを二人でプラスチックのバッグに入れ、さらにわたしたちが読んでいた雑誌の『セブンティーン』と『エッセンス』のあいだに挟んだ。それから、未来への手紙を書くことにした。

わたしのはこう。

未来さま、

わたしの名前はジゼルで、双子です。双子の姉の名前はイザベルです。両親の名前はデイヴィッドとシルヴィーです。親友の名前はティナ・マーシャルです。

退屈なの。

イザベルのはこう。

未来さま、

わたしを茫然とさせてください。

びっくりさせてください。

仰天させてください。

大喜びさせてください。

驚かせてください。

驚嘆させてください！

そのほかにイザベルは、日記の数ページをコピーした。一連の「いつか曲をつけるべきもの」として記された短いもので、わたしが見るのは禁止されていた。

容器のふたにはイザベルが太い油性ペンで「イザベル・ボワイエもジゼル・ボワイエもとうに死んでしまっている三〇〇〇年まで開けないこと」と書いた。

その夜両親が眠っているあいだに、わたしたちは外へ出て両親の園芸用シャベルで、ただ穴に入れて上に何層かの土をかぶせるだけではなく、タイムカプセルを深く埋めるために十分に大きな穴を掘った。

わたしは信じていたい。家に帰り、ベッドから抜け出して、横にイザベルがいるのを感じながら暗闇のなかを手探りで進んでいけると。わたしたちは両親のシャベルを取って、スプリンクラーの水でまだぬかるんだ状態の土を掘り返すだろう。今回は、動作検知器の灯りがついても、笑い声を抑えたり茂みの後ろに飛び込んで隠れたりしないだろう。そして足が雑草やツルに引っかかったときには、イザベルが手を差し伸べてくれるだろう。

でも、わたしはどのみちあのタイムカプセルを掘り出せはしない。二年ほど前にプールを造ったときに、建設業者たちが地中のさらに深くまで埋めてしまったから。

第八章

次の日、車椅子に乗せられた母さんと父さんが病室に入ってくると、わたしは自分が夢を見ているのだと思う。日中の半座りの角度とわたしが呼び始めたところまでベッドが上げられて、母さんがドアから入ってくる。それから父さん。

レスリー伯母さんが母さんの車椅子を押し、パトリック叔父さんが父さんのを押している。母さんも父さんも、わたしが着ているのと同じライトブルーの病室着を着ている。母さんは両足を足置き用の板に乗せている。

父さんは左脚を曲げることができない。ギプスが足首から膝の少し上までを覆っていて、もう一つが左肩から手首までを覆っている。車が激しくぶつかってきた、左側の負傷がひどい。イザベルは父さんの後ろに座っていた。母さんとわたしはいい側に、というか少なくともましな側に、座っていたようだ。

母さんはにじり寄って、椅子から飛び出そうとでもしているようだけれど、そうはできずに身体を二つに折る。そして再び頭を上げたときには、痛みに顔をゆがめている。

父さんはパトリック叔父さんを手まねきで呼んで、車椅子を母さんの車椅子に寄せてもらい、いいほうの手を伸ばして母さんの手を取る。それを見ているとわたしは、イザベルとわたしがまだ小さかったときに二人がよく、ほとんど無意識に、手を取り合っていた様子を思い出す。たぶん身体を起こしているからだろう、二人は、写真で見たときほどひどくは見えない。父さんの顔は結局、針刺しにまではなっていない。でも、丸刈りにされている母さんのほうは、写真と同じようにひどく見える。額は、一ドル札くらいの大きさの包帯で覆われている。

母さんが父さんを見て、父さんもその視線をとらえて離さない。百万語ぐらいが、部屋にいる他の誰にもとうてい理解できないような速さと言語で、二人の間を流れているようだ。二人のコミュニケーションは、イザベルとわたしのコミュニケーションととても似ている。いつも声に出して言う必要はない。父さんが母さんにちょっと触れるだけで、母さんをちらっと見るだけで、いつでも母さんの気持ちは落ち着く。

「急に動いちゃだめよ。傷んだ肋骨じゃ、まだそんな動きに耐えられないわ」とレスリー伯母さんが母さんに言う。

母さんの主な問題は、額を横切る切り傷と肋骨の打撲傷のようだ。ギプスから見て、父さんの左腕と左脚は骨折しているらしい。

「もういいかな?」とパトリック叔父さんが父さんに訊いた。

父さんは一生懸命、ひとつの表情を保とうとする。自分自身も含めて、部屋にいるみんなをそれで安心させられると思っているらしい表情を。自分を強く、軍隊式に強く、「流れる血を止め進撃を続ける」ほどに強く見せようとしている。けれども、パトリック叔父さんが車椅子を前に押していくと、父さんは顔をくしゃくしゃにして、溢れ出ようとする涙にこれ以上は無理というほどあらがう。

ベッドから飛び出して、父さんのところに走っていきたい、父さんと母さんのところに。両腕を二人の身体に回して、二度と離したくない。でも父さんの脚と同じように、わたしの身体は今、自分の意志通りに動かせず、重たい。

パトリック叔父さんは、父さんの車椅子をわたしのベッドにできるだけ近づける。母さんはゆっくり椅子から身を起こし、病院のソックスに包まれた両足を床に下ろして、わたしのほうへ歩き始める。レスリー伯母さんはうしろから母さんの背中に向けて両手を差し出し、もしも倒れるようなことがあれば受け止めるつもりでいるようだ。

　母さんは父さんの横で止まる。そして手のひらで、父さんの頭のてっぺんをやさしくなでる。父さんが髪を一インチ〔二・五四センチ〕ほど伸ばし始める前、頭を丸坊主に剃っていたときに、よく母さんがやっていたことだ。

「立ってちゃいけないよ」と父さんが言う。

「いいえ、あなたこそ立っちゃだめよ」と母さんは言って、ほほえむ。母さんの声はかすれている。車のなかでさんざん叫んだせいだろう。そしておそらくそのあとでさらに叫んだせいだ。イザベルのことを知って。

　父さんは自分のギプスを見下ろして、「ああ、そうだな」と言う。

　これが追突事故以来、車のなかで互いに無言の応酬をするさらに前から、二人が最初に交わした言葉かもしれない。でも、そんなはずはない。イザベルのことを話したはずだ。二人もわたしをイザベルと思っているのかしら。

　ときどきイザベルとわたしは、面白半分に両親をだましたものだった。教会やパーティーの席で、化粧室に行って洋服を、靴や髪につけたシュシュまで全部、取り換えた。

　交換しているあいだ、ずっとくすくす笑っていた。イザベルがわたしの体臭をからかっているときでさえ。母さんと父さんは、いいえ他の誰かでも、わたしたちの身体が違う匂いを持っていることに気づいていたかしら。

イザベルはたいていジンジャーのような匂いがして、浜辺のような匂いのときもあった。わたしはときおり、どんなに激しくあらがって洗い流そうとしても、酸っぱくなった牛乳のようなにおいがした。互いに相手の洋服を着て、両親が気づくのを待ったけれど、いつも気づかなかった。

わたしたちは、互いのクラスに出たり試験を代わりに受けたりということは、決してしなかった。でもなぜか、みんなは、していると思っていた。


二年前、わたしたちは二人してある男子を罰した。ジョセフという子で、教会の青年聖歌隊の指導者の甥だった。グアドループに住んでいて、トラック競技の花形選手で、こちらで言うと高校の三年生〔日本の二年生にあたる〕だった。マイアミには、英語の勉強のために数か月だけ来ていた。

イザベルとわたしは、毎週土曜日に聖歌隊の練習で彼に会っていて、日曜日には彼も聖歌隊で歌った。歌はなかなかうまくて、いいバリトンだった。そして自分は魅力的だと考えていて、わたしたち二人をデートに誘った。

ある土曜日の夜、聖歌隊の練習のあと、わたしたちは教会の廊下に出て彼のあとをついていき、左右両方から徹底的にののしった。彼はものすごくショックを受けて、それから二度とわたしたちに話しかけなかった。

その夜のあと、イザベルとわたしは約束をした。決して男を二人の間に割り込ませないと。

イザベルはわたしに指切りして誓わせた。

そして、「気取り屋男より姉妹よ」と言った。

ジョセフは何が起こったか聞いているだろうか？　彼は今イザベルの、いえわたしの、死を悼《いた》んでいるだろうか？

両親に、ちょっといたずらをするためにときどきわたしたちが互いに入れ替わっていたことを白状するなら、今がいいだろう。今なら言えるから、からかっているのではないと。これは本当よ。わたしはイザベルじゃない。ジゼルよ。

そして、ちょうどわたしがそう考えているときに、母さんが叫ぶのを聞く。懸命に呼吸をして、言葉を出そうとしている。

「間違いだった。ひどい間違いよ」と。

「何なの？」とレスリー伯母さんが訊く。

「落ち着け、シルヴィー」と父さんが言う。

母さんは、ベッドの手すりにもたれて身を乗り出す。顔をわたしの顔に触れんばかりに近づけてきたので、母さんが口からわたしの顔に飛ばしている温かいつばのしぶきを感じる。肋骨をベッドの手すりに押しつけるのをやめさせようと、レスリー伯母さんとアレジャンドラが母さんを引き戻そうとする。

「イズィーじゃない！」と母さんは叫んでいる。「イザベルじゃない。ジゼルよ」

「どういう意味だ？」と父さんが叫び返す。

父さんは身振りでパトリック叔父さんに、車椅子をもっとわたしの顔の近くまで押してくれるようにと頼む。そしてわたしを――腫れあがった顔と動かない身体を――じっと見つめる。

わたしは、うなずいて父さんに、みんなに、もっとわたしを見るように促していると想像する。動かない身体をかすかにでも動かそうと、みんなにしるしを見せようと、頑張る。唇は動いていないとわかっているけれど、笑みを浮かべられるようなふりをする。まぶたを素早く動かし、できるだけまばたきをする。

母さんは二、三歩後ずさりをして車椅子に滑り込む。

「何を言っているんだ？」とパトリック叔父さんが母さんに訊く。

叔父さんも、わたしの顔をもっとよく見ようとしている。

「これはジゼルよ」と母さんは顔を上げないままで言う。

「どうしてわかるの？」とレスリー伯母さんが訊く。

「どうしてわからないの？」と母さんが言う。

そうだわ、とわたしは言いたい。がんばれ、母さん！　みんなどうしてわたしがわからないの？

「デイヴ？」とパトリック叔父さんが訊いて、父さんにセカンドオピニオンを求める。

「ジズだ」と父さん。

「あなたにもわかるの？」と母さん。母さんの嫌みを言う才能は——わたしよりイザベルのほうが多く受け継いでいるけど——ありがたいことにまだそのままだ。

「どうやって見分けてるの？」とレスリー伯母さんが訊く。

レスリー伯母さんがわたしたちを見分けるのに苦労しているなんて思ってもみなかった。わかっているふりをするのがとてもうまかったか、わたしたちのほうからいつもヒントをたくさん出していたかどちらかかね。

「おでこを縫ったときの小さな傷あとよ」と母さんは言う。「学校で階段から落ちたときの」

「見えないな」と父さん。

「どうして見えないでいられるのよ？」と母さん。「もちろん、あなたは家にはほとんどいなかったもの。わかるはずがないわね？」

母さんと父さんは、またここ数週間の夫婦に戻っている？　互いに相手の習慣にいらだって、別れようとしている夫婦に？

「記録を書き換えてもらわなくちゃ。これはジゼルで、イザベルじゃないわ」

「ジゼルだ」と父さんが、前より確信を持った声で言う。それでも、身体全体がたじろいでいる。父さんは咳き込み始める。うるさく、苦しそうに――追突のときに車のなかで母さんがしていたように。そして、咳が治まってから言う、「二人とも耳のうしろに小さなほくろがあるけれど、別の側だ。耳のうしろを見てくれ。右側にあるだろう」

もしも違う状況であれば、笑ってもいいような状況であれば、わたしはドラムロールを要求していただろう。でも、わたしたちにドラムロールは必要ない。レスリー伯母さんがわたしの右耳をめくるとき、両親は二人とも視線を床に落としている。

わたしのちっちゃいほくろ。思い出す必要もないくらい。わたしのは右耳のうしろで、イザベルのは左耳のうしろ。わたしたちの身体の二つほどしかない違いのうちのひとつだ。わたしがあてにしたかもしれないもう一つの見分け方――それぞれが着ていた違う服――は、追突事故のおかげで全部脱がされ、なくなっていた。でも、ほくろは幸いにも残されていた。

アレジャンドラが、もっとよく見ようと近づいてくる。互いの顔が触れそうになると、彼女はわたしにウインクする。あなたがしっかりここにいるのはわかっているわよ、あなたがどちらでもね、と伝えたいみたいに。

「これは間違いなく双子二号《ラ・ヘメリタ・ヌメロ・ドス》、双子のジズ《ヘメリタ・ジズ》だわ」

アレジャンドラは好んで、イザベルとわたしを双子《ラス・ヘメリタス》と呼んだ。イザベルは双子一号《ラ・ヘメリタ・ヌメロ・ウノ》、双子のイズ《ヘメリタ・イズ》で、わたしは双子二号《ラ・ヘメリタ・ヌメロ・ドス》、双子のジズ《ヘメリタ・ジズ》だった。彼女はわたしたちをヘメリタスとかメイザス〔どちらも双子の意〕とか呼ぶこともあったけど、わたしたちはその音の響きが大好きだった。

ともあれ今は、みんなわたしが誰だかわかっている。

無人島に取り残されていたけれども、やっと誰かに見つけてもらったような気分になる。

「記録を書き換えなくちゃ」とレスリー伯母さんが言う。

叫び声が続いたのが注意を引いたようで、とうとう赤毛の看護師がやってきた。

「みなさん、どうやら休息が必要なようですわね」と彼女は言った。

レスリー伯母さんとパトリック叔父さんが、両親の車椅子をできる限りわたしのベッドの傍まで押してくる。母さんと父さんに見つめられて、こんなに重大なときにイザベルとわたしを混同してしまったことで、二人とも自責の念にかられているのがわかる。わたしが二人を抱きしめたいと思っているように、母さんと父さんもわたしを抱きしめたいと思っているのがわかる。もう大丈夫だよと、わたしたちはイザベルと運命を共にしたかもしれない時を乗り越えたよと、伝えたがっているのがわかる。

それでも、わたしが知りたいことはもっとたくさんある。正確に、いつイザベルが死んだのかを教えてほしい。葬儀はあるの？　わたしも行ける？

「キスしたいわ」と母さんが言う。

赤毛の看護師がベッドの手すりを下ろし、パトリック叔父さんとレスリー伯母さんが母さんを車椅子から起こして、わたしの顔のところまで「運んで」くる。

しっとりとして柔らかい母さんの唇は、肌に触れると熱く感じられ、その熱が身体のすみずみにまで広がっていく。レスリー伯母さんとパトリック叔父さんが母さんを支えて車椅子に戻すと、母さんと父さんは並んで座ることになる。二人は手を伸ばし、互いのいいほうの手をとり、固く握る。二人は今、互いに腹を立てあうことになど何の意味もないとわかっているに違いない。世界中で他の誰に、二人これほど相手の気持ちを自分よりも理解できるというのだろう？

レスリー伯母さんとパトリック叔父さんが二人の車椅子を押して別れさせる前に、父さんは母さんの手を離し、わたしに投げキッスを送る。「さようなら、ジゼル」と父さんは言う。「またすぐ会おう」

どのくらいすぐ？　明日？　明後日？　その次の日？

第九章

イザベルとわたしはよく、ハイチでの両親の生活は、特に学校時代は、どんなものだったのか想像してみた。

わたしたちの描く両親の過去は、全部勝手に作り上げたものというわけではない。母さんと父さんは、ハイチの首都ポルトープランスにある高校の一年生のときに、互いに手紙を書きあっていた。そのころの写真では、母さんは長いネイビーブルーのスカートに白い長袖のブラウスを着て、十四歳の修道女のように見える。写真のなかの父さんは、背高のっぽでかすかに口ひげが見える。

互いに手紙を書き始めた年、父さんはクラスで母さんの隣の席に座っていた。そのクラスでは、生徒は毎週点数をつけられ、ランクづけされた。母さんと父さんは、いつも交互に二番と一番になった。

ある日のこと、父さんは母さんに手紙を書いた、もうきみと競争はできない、きみを愛しているから、と。

混乱させないで、と母さんは返事を書いた。そんなに簡単にいい気にならないわ。あなたの計略にはだまされないわよ。

父さん、計略じゃないよ。愛している。

母さん、あなたに愛の何がわかるの？　まだ子どもじゃない。

父さん、前は愛についてあまり知らなかったけれど、今は知っている。きみが認めようと認めまいと、きみはぼくに愛の楽しさと痛みの両方を教えてくれている。

「なんて、メロドラマ的」二人で声を出して手紙の一部を読んでいる間、イザベルは目をぐるぐる回し続けた。

「メロドラマを超えているわ」とわたしは賛成した。本当のところは、二人とも、両親の若いころの姿はすてき過ぎて言葉にできないと思っていたのだけれど。

　父さんは勉強で遅れを取った。

　きみのせいだ。父さんは母さんに、同じことを繰り返した手紙を山ほど書いた。あまりに多くの時間をきみのことを思って過ごしているから、食べられない。眠れない。勉強できない。きみなしでは生きていけない。

「母さんがこんなのを信じて夢中になったなんて信じられない」とイザベルは言った。わたしたち自身だって、そういうものには簡単に参ってしまうかもしれないのに。

　あなたが痩せてきているのがわかるわ、と母さんは締めくくるべく書いた。もうすでに骨と皮ばかりよ。これ以上体重を落とせないわ。あなたが退学になるばかりでなく、飢え死にする原因までわたしが作ったなんて言われたくない。あなたのガールフレンドになってあげるわ。

　母さんは、寝室のクロゼットの床に置いた箱のなかに、この手紙を全部入れている。イザベルとわたしは、父さんの四十歳の誕生日パーティーの招待状に使うための昔の写真を捜すように母さんに頼まれて二人の寝室に行ったときに、それを見つけた。

　ときどき、母さんも父さんもいないときに、わたしたちはその手紙に目を通して、習ったフランス語を駆使して読み解く。

　わたしは、両親が恋に落ちたこの物語を、自分のなかに深くしみ込ませる。

自分の手のなかに、二人が手紙を書いた罫線入りのノートの紙があるように感じられる。ページのいくつかには、まだ乾燥させて押し花にされたベゴニアが糊づけされている。
父さんの手紙——花がついているもの——は、赤いインクで、定規を当てて下書きしたかのようなしっかりした筆跡で書かれている。母さんの文字は大きく不揃いで、まるで関心がないことを示そうとしているかのようだ。

第十章

「そうかあ、ぼくたちはきみを違う名前で呼んでいたんだねえ」と神経科長のアヒル医師は、ニュースキャスターとゲームショーの司会者を合わせたような声で、学生アヒルの子インターンたちをぞろぞろ引き連れて入ってきながら、言う。アヒルの子たちとは違って、手術着を着ていない。白衣の下の服装はとびきりおしゃれに決まっていて、オーソドックスな味わい深いパステルカラーのシャツに、派手な色のシルクのネクタイをしている。でも、斜めの視線しかないわたしから見ると、彼はやはり、頭をいつも左右どちらかに傾けてまっすぐまん中に立てることのないアヒルかカモのように見える。

アイパッドでわたしのカルテを見ながら、リーダーアヒル医師はアヒルの子インターンたちに、双子についての面白い話をしはじめる。

一人は黒い肌、もう一人は白い肌の双子を産んだ女性がいた。

「両親ともに白人と黒人の混血だとして、こうなる確率はどのくらいか、わかる者はいるかな？」と、わたしの目に何度目かわからないほどの光を当てながら、彼はアヒルの子インターンに訊く。

わたしは手を挙げて——手がまだ動きさえすれば——答えてみたい。

うーん、そうだなあ。百万分の一。

こういった類《たぐい》のことには、いつでも百万分の一でいくのが無難だわ。

ほんとうに普通じゃない出来事が起こる確率は、いつでも百万分の一だ。わたしの家族が、ある夜にコンサートに出かけて三人が負傷、一人が死亡する確率はおそらく百万分の一くらいだろう。イザベルが死んで、残りのわたしたちが生きている確率もたぶん百万分の一だ。

リーダーアヒル医師は話を進めている。今話しているのは、国内の、あるいは世界の、別々の場所で育てられた双子が、結局は基本的に同じ人生を生きる――同じ職業を選択し、同じような人と結婚し、同じ数の子どもをもうけ、同じ名前をつける――という話だ。アヒル医師の話のなかの引き離された双子たちは、時に偶然遊園地でばったり出会ったり、同じ病棟で同じ病気の治療を受けていたりする。たいていの場合、彼らは、自分と生き写しの人がそこにいるとはまったく気づかない。面と向かって会うことになるまでは。

それから彼は、結合双生児の話に移る。

「ぼく自身は残念ながら、結合双生児を治療したことはない」と彼は言う。「ある日彼らがこの病院に来て、われわれの治療を必要とする確率は？」

わたしよ、わたし、わたし、と叫びたい。お願い、わたしを選んで。

百万分の一！　結合双生児がこの病院にやってきて、わたしが今寝ているこのベッドに代わりに寝ることになる確率は百万分の一だわ。それともベッドは二つ必要？

「頭蓋結合双生児が脳を共有しているのは知られているが、彼らは心も共有しているだろうか？」とリーダーアヒル医師は訊く。

この質問に限っては、全員の職域外だ。わたしも含めて。それで、これにはリーダーアヒル医師自身が取り組む。

「一卵性双生児はひとつの魂を共有すると信じる人びとがいるのだから、結合双生児が心を共有するのも可能なのでは？」

「知覚のインプットと印象を共有する双子、ひとりを刺すともうひとりが泣くような場合のことですか？」と女性のアヒルの子が訊く。

「そのとおり」とリーダーアヒルは言う。「さて、この患者に戻ろう」

すぐそのあとから、わたしはリーダーアヒルの話を耳に入れない。わたしのほしい情報がだんだん少なくなっているから。再び注意を払い始めるのは、彼がこう言うとき。「そんなに恥ずかしがらないで、お嬢さん。ぼくたちはみんなきみにあいさつしたいんだよ。古くからの友だちもぼくみたいな新しい友だちも。きみが今抱えているもので、きみの若い頭脳に振り払えないものは何もないよ」

わたしには、彼が何を言わずにいるかわかる。姉さんが、わたしに代わって、わたしたちみんなに代わって、最大の被害を受けてくれた。だからわたしも、自分のするべきことをするほうがいい。急ぎなさい。さっさと目をさましなさい。

わたしは目をさましたい。だけど、できない。目覚めたら、永遠にイザベルをあとに残していくことになるから。

リーダーアヒルとアヒルの子らが出ていくと、わたしは、瞳孔に当てられる懐中電灯の熱から解放されて嬉しいし、顔にかかるリーダーアヒルの息の熱からも解放されて嬉しい。朝食を食べたばかりだとわかるような息だった。何か甘いもの、イチゴを。双子の話を聞いたあとでイチゴの匂いがするのは、イザベルがイチゴを大好きだったからなのだろう。イザベルは、わたしがジャン・ミシェル・ブランを大好きだったように、イチゴが大好きだった。

わたしも出席していると想像するあの午後の教室で、ジャン・ミシェル・ブランは、わたしと親友のティナのあいだの、いつもの席に座っている。彼は、いつもよくそうするように、わたしたち二人を同時に、あるいは交互に描いている。

その午後彼が描くのは、バレリーナのようにチュチュを着ているわたしたちだ。

そして彼は、わたしにまたメモを渡す。

あとで会いたい？

今度は返事を書く。

ティナの家で？

いいねえ、彼は紙の下のほうに書く。

ジャン・ミシエルとティナとわたしは、リュス先生のクラスの宿題のためにいっしょのグループに入れられたときに、トリオになった。ティナは、ベン牧師の孫娘だ。彼女とわたしは、幼いときからずっといっしょだった。二人で全部同じ授業を取って、同じような服を着る。もしもイザベルが同じ学校にいなければ、みんなはティナをわたしの双子と呼んだかもしれない。

ティナとイザベルとわたしがいっしょのとき、わたしが言おうとしていることを先に言ってしまう確率は、ティナもイザベルと同じくらいだった。

追突事故が起こった夜、ティナと彼女の両親は、春季オーケストラコンサートでわたしたちに会うことになっていた。早く着いたほうが、みんなの分の席をとっておく約束になっていた。ジャン・ミシエルも来るので、ティナとわたしが彼を捜すことにしていた。

家を出る前に、ティナとわたしは電話で話した。わたしは携帯電話を持っていた。今どこにあるのだろう？　イザベルのはどこにあるのだろう？　わたしたちの携帯は、車に乗っているあいだは母さんのハンドバッグのなかだった。

家を出発する前に、わたしたちの携帯は母さんに取り上げられた。車で移動しているあいだ、ずっとメールを打っていたりしないように。コンサートのあとで返してあげるわ、と母さんは言った。

「じゃあ、すぐあとでね」とわたしは出発前に携帯電話でティナに言った。

「すぐに」と彼女は答えた。

ティナは病院まで、わたしに会いに来てくれたのだろうか。ジャン・ミシェルは、わたしが気づかない間にベッドサイドにいてくれたのだろうか。


あとで会いたい？

ティナの家で！

ジャン・ミシェルとティナとわたしは、リュス先生の宿題をやるときはティナの家に集まった。二人はほかに、コンピュータサイエンス実習クラスの宿題もやっていた。ジャン・ミシェルもティナも、インターネットにかけては天才同然だったけれど、それでもリュス先生の指示は、グループプレゼンテーションにはインデックスカードを使うようにということだった。

わたしがティナの家に着いたときには、虹色のインデックスカードがひとパック、ダイニングルームのテーブルの上の、ジャン・ミシェルのラップトップとティナのラップトップの横に置かれていた。わたしたちは、ジャン・ミシェルが名前をもらったジャン＝ミシェル・バスキアについてプレゼンテーションをすることになっていた。

作業中わたしは、ジャン・ミシェルの顔をできるだけ見ないようにして、彼のラップトップ上の情報を写し取ろうと上体を曲げてぐっと近づけた。

ジャン＝ミシェル・バスキアが高校の校長先生の顔にパイを投げつけたってこと、ぼくたち知ってたっけ？　とわたしたちのジャン・ミシェルが訊いた。

ティナは知っていたけれど、笑いだして止まらなくなっていた。ティナの笑い声はすごく大きいから、時を超えてわたしの病室いっぱいに満ちる。わたしは、ティナのいつも冷たい手を病室にいる自分の手の上に感じて、彼女の卵型の顔がわたしの顔のすぐ近くまでかがみ込んでいるのを見て、たくさんのベルが鳴っているような声が、何かわたしにははっきりとは意味がつかめないようなことを告げるのを聞いている、と思う。わたしは、ジャン・ミシェルを見ている、とも思う。二人が病室のベッドの両側に立って、ティナの家でのあの午後のことをわたしが思い出すのを助けようとしているのを見ている。

それから、ジャン・ミシェルの唇がわたしの唇に触れるのを感じる、まさにこの病室で。彼はわたしの口のなかに、言葉と映像を吹き込もうとしている。わたしの身体はそれを、ただの急激な揺れのようにではなく、修学旅行でわたしのすぐうしろにジャン・ミシェルが乗った、長くスローモーションで滑り落ちていくウォータースライドのように受けとめる。あるいは、教室の自分の席まで歩いていく彼の開いた手のひらが、わたしの肩に触れているように。あるいは、あのナルキッソスと同じ、じっと見つめるまなざしのように。

わたしの唇に重ねられたジャン・ミシェルの唇は数秒そこに留まり、わたしはこのキスがもっと長く続くように頭を上げようとベストを尽くす。彼とわたしが、もっと長く続くように。でもわたしは別の眠り姫――キスによって目覚めることのないほうの眠り姫――のままだ。

「そんなに有名な自分なんて、想像もできないよ」とティナの家であの日の午後、ジャン・ミシェルは言った。彼がかすかにどもるのを聞いたのは、そのときが初めてだった。

「どう考えても、あなたの両親は想像できていたわね」とティナが言った。「あのジャン＝ミシェルの名前をもらって、あなたにつけたんだもの」

「母さんが今のぼくと同じ歳だったときに、彼は麻薬の飲みすぎで死んだんだ」とわたしたちのジャン・ミシェルは言った。「母さんは彼に恋していた」

ティナは敬意を表して頭を垂れた。まるで、バスキアの麻薬過剰摂取に捧げる一瞬の沈黙を呼びかけるように。でもすぐに首をぴんと立てて、つけ加えた。「有名な自分を想像できないんだったら、なれっこないわ」

「説教師の孫娘のセリフね」とわたしは言った。「ティナは説教の聞きすぎよ」

「あなたが聞いてないのはわたしも聞いてないわ」とティナ。

「きみたち教会に行ってるの？」とジャン・ミシェルが訊いた。

「ほとんど毎週、日曜日に」とティナ。

「ぼくもいつか行きたいな」と彼は言った。見ると彼は、いつもと違ってわたしをじっと一心に見つめていた。わたしが教会で、信徒席で、聖歌隊で、その全部であるかのように、わたしを見ていた。

今ぼくはきみのもとへ行くよ、というかのように、わたしを見ていた。

ティナは軽く咳払いをして、それから咳をした。ジャン・ミシェルは微笑んで目をそらした。

「わたしたちは心から喜んで、みなさんを教会にお迎えします」とティナが言った。一瞬、彼女の祖父が説教壇から信徒の入信を勧誘しているみたいに聞こえた。

ジャン・ミシェルが帰ってから、ティナは片手を額に当てて、気絶しそうなふりをした。

「ほら、ジャン・ミシェル・ブランが行くわ」と彼女は言った。「あなたの永遠の最愛の人」

第十一章

母さんは翌日、またわたしに会いにくる。

ひとりで、父さんもレスリー伯母さんもパトリック叔父さんもいっしょじゃない。超セクシーな男性看護師に車椅子を押してもらって入ってくるときから、ずっと話している。

「あとで迎えにきてちょうだい」と言い、手を振って彼を去らせる。「ここにしばらくいるから」

彼は母さんをわたしの点滴用ポールのできるだけ近くまで寄せてから、出ていく。

母さんは前回、わたしがイザベルではないと気づいたときより、落ち着いて見える。額を覆っている包帯でさえ、前ほど違和感はなく、自然に母さんの一部になったかのようだ。

「レスリーは今日、オーランドへ戻らなくてはならなかったの」と母さんは言う。「重篤な患者を診るために。世界中でわたしたちだけが重篤というのでもないらしいわ」

そうこなくっちゃ！　母さんの嫌みが全開だ。父さん言うところの、母さんの皮肉なユーモア。よく持ちこたえているということだ。母さんはより強くなっている。

「パトリックとアレジャンドラには、家に帰って休むように言ったわ」と母さん。「じきにみんな自分の生活に戻らなくてはいけないから、あなたとわたしと父さんだけになるわ」

父さんはどこにいるのかしら？　どうしていっしょに来ていないのかしら？

「父さんは手術中よ」と言う母さんの声は、本物みたいに聞こえる陽気さで大きくなる。母さんは両手を膝に置いて、ときどき病室着を引っぱる。

父さんが手術？

車椅子から母さんには、わたしの顔が見える。わたしの全身が見える。それは、気分が晴れるような光景ではないだろうと思う。もう一つのあり得る姿よりも、少しだけ望みが持てるかもしれないけれど。何と言っても、わたしは生きているのだから。

母さんは、わたしの表情を読むこともできるのだろうと想像する。わたしは顔のどの部分もまったく動かせないし、話すことも質問することもできないけれど、それでも。

だから、母さんはそこに座ってわたしを読もうと努力している。わたしたちが会話する方法は、今はそれだけしかない。母さんはそこに座って、わたしを読む努力をするしかない。

「父さんの腕のなかで、何かが外れたの」と母さんは言う。「それで、骨を継ぎ直さないといけないの」

母さんは言葉を切って、まるでわたしが反応するのを待っているみたい。まるでわたしが声をあげて返事をするのを待っているみたい。

かわいそうな父さん。

「かわいそうなデイヴィッド」と母さんは言う。「あれ以上に骨が折れなかったのは、幸運だったわ」

幸運、幸運。誰もがとても幸運だった。イザベル以外の誰もが。

「幸運っていうのは正しい言葉じゃないわ、でしょう？」と母さん。

うまくいっているってことね。母さんはわたしを読んでいる、理解している、イザベルがそこに座っていれば、そうしたかもしれないように。

「父さんは大丈夫だと思う」と母さん。

イザベルのことを持ち出さないように、母さんが精一杯自分を抑えているのがわかる。でも、どうしてイザベルを持ち出さないでいられる？　これからは毎日がイザベルのいない日なのよ。普通の日も、特別の日も、全部。

「わたしの肋骨は傷ついているけど、でも治るわ」と母さんは言う。「明日は家に帰れるかもしれないと言われている。肋骨にギプスはないしね」

ギプスはない、本当に。でもわたしにはわかり始めている、身体の内部の傷のほうが、目に見える傷よりもひどい場合もあるということが。

「じきにわたしたちみんな、ああそう、わたしたち三人とも家に帰れるわ」

それは、母さんと父さんはいっしょにいるということ？　わたしたちを殺すはずだったものが、イザベルを殺したものが、わたしたちを再び結びつけたということ？

そもそも、なぜ二人が別れようとしているのか、わたしにはよくわからなかった。すべてはうまくいっているようだった、そうでなくなるまでは。二人は他の親たちと同じだった。ときどき互いにののしり合うけれど、あとで仲直りする。二人でくすくす笑う回数が減り、父さんの理解を求める懇願と母さんのすすり泣きに加えて、言い争いが、抑えた口調でだけど、多くなった。

そんなことがあってさえ、離婚の発表は必要以上に過激で突然に思えた。追突事故のように。ある晴れた日に、目覚めて学校に行く。帰ってきて食事をする。車に乗る。すると、もうこれまで通りのことは何もない。すべてが変わる。

押しとどめようのないことがある。わたしたちにはどうにもできない。両親の離婚は、そんなもののように思えてきていた。そして今、できるのは戻っていくことしかない。わたしの心にぽつぽつと現われ続ける物語——以前の生活からの、以前の日常についての、物語——のように。

だから、母さんと父さんが戻りたいと思うのも納得がいく。すべてが大丈夫と思えたところへと。イザベルが生きていたときへと。わたしたちがみんないっしょだったときへと。

「婦警があなたに会いにきたのを知っているわ」と母さんは、話題を変えて言う。「警官、刑事が」

そう、あの婦警。

あの婦警のことをもっと聞きたい。あれは事故じゃなかったかもしれないと彼女が言った意味は何だったの？　母さんは知っているのかもしれない。

母さんは、車椅子の両横をつかんで立ち上がろうとする。顔が引きつり、汗をかき始める。汗は、額を覆った包帯の下から頬へ流れ落ちる。とても痛そうだけど、すぐに助けなしで立つ。そしてサイドテーブルからカップとストローを取り、ストローをわたしの唇に押し込む。

わたしは唇の先をストローに押しつけて水を吸いあげようとするけれど、一滴吸いあげるのがやっとだ。母さんはわたしの顔を横に向け、この一滴の水がすべり落ちてわたしをむせさせないようにする。その一滴の水は本当においしい。自分でも気づかずに、わたしは何にも増してそれを欲しがっていた。氷があれば母さんは、看護師たちがよくしてくれるように、わたしの唇をそれでこすってくれるだろうになあ、と思う。

うちひしがれた表情で、母さんはストローを抜き取り、それから自分で少し飲む。発泡紙のカップをテーブルに戻してから、母さんはひどく震えていて、今にも倒れそうに見える。母さんは、ベッドの手すりにしがみついて身体のバランスをとる。

座って！　とわたしは叫びたい。もう座って！

母さんは振り返って車椅子を見る。まるで距離を――車椅子にたどり着くまでに歩かなければならない一歩か二歩を――注意深く測っているみたい。その距離を、うめき声をあげながら後ろ向きに戻り、それから椅子に座り込む。

「痛あっ」と言う。

イザベルは「痛あっ」と言うのが好きだった。痛っではなくて痛あっだった。イザベルのおかげで、わたしたちはみんなが痛あっと言い始めた。

「ちょっと休ませてね」と、ひと息入れながら、母さんは言う。

そして少し休んでから、こう言う、「おかしいのはね、わたしたちに追突した女の子は、おとがめなしだってこと。拘置所に入ってもいない。放免されている。彼女は何ともなくて、イザベルは死んだ」

その女の子って誰？　あんなふうに運転するなんて、どういう人？　人を殺して何ともないの？

セクシーな男性看護師――あごひげを生やしているのに今気づいた――が戻ってくる。そして、賛成しかねますというように母さんを見る。母さんがしてはいけないことをしていたのが、彼にはわかるというように。

「ご主人が外科手術を終えて、あなたを呼んでおられます」と彼は言う。

母さんはほっとしたようだ。今ではすべてが大ごとなのだと、わたしにもわかる。小さなことが、今では大きな意味を持つ。コンサートに行こうとしていて死ぬのだから、手術中に死ぬこともあるじゃない？　病院のベッドに寝ているだけでも？　ギプスで保護できない肋骨の骨折でどうして死なないの？

看護師に車椅子を押されながら、母さんは両手をあげてさようならと手を振る。そしてわたしにはわかる、これから先、わたしたちにはもう簡単なさようならなどないのだと。

母さんは気品のある女性だ。スタイリッシュな女性、という人もいるかもしれない。帽子のかぶり方が半端じゃなく素敵、特に黒い帽子は。すごくヒールの高いハイヒールを履いて歩いても、竹馬で歩いているようになんか見えない。口紅とアイシャドウのベストの組み合わせを、すべて知っている。どんなパーティーでも、その場にぴったりの素晴らしい花を活けられる。たとえ花がなくても。家では母さんの机は、これぞ整理整頓というくらいきちんと片づいている。追突事故以前は、今包帯で覆われているところには、短い巻き毛がかかっていた。

ときどき母さんは、家のなかでサングラスをかける。映画スターみたいに。身につけるアクセサリーはいつも、シンプルだけどエレガントなものばかり。ダイアモンドの飾り鋲がついたイアリング、スパゲティのように細いプラチナの結婚指輪、そしてある年の結婚記念日に父さんが買ってあげた、ティファニーの金のブレスレット。母さんは自分の「核」をたいていいつも完璧にキープしていて、体重が増えても減っても、ビーチに行くときはいつも、へその周りと背中の真ん中に丸く刺青《いれずみ》された小さな赤と黄色のベゴニアの花輪を見せびらかすために、ビキニを着る。母さんの刺青は、身体の一方から入ってもう一方から飛び出しているように見える。弾丸のように。ときにはそれは根を持っていて、腹部と脊椎のなかへと伸びているようにも見える。母さんは、イザベルとわたしの歳だったときに、誤って左ひじの内側を炭のグリルに押しつけてしまった。その傷は、今は朽葉色の森を写したセピア色の写真のよう。母さんの身体が闘うと、その傷が勝つ。

イザベルとわたしが小さかったころ、母さんは、わたしたちを部屋において離れたり、狭い歩道で少し後ろを歩いたりするときには、必ず身を乗り出してわたしたちに、「母さんに来てほしかったら叫びなさいね」とささやいた。

はっきりとは説明できなかったけれど、小さいときからわたしたちには、母さんがいつでも守ってくれる約束になっているのだとわかっていた。どこにいても、どんなにか細い声でも、泣けば母さんが駆けつけてくれると知っていた。母さんはわたしたちの泣いたり叫んだりの最初のひと声で、幾度となくそれを証明してくれていた。プールで、鼻に水がどっと入ってきそうなとき。乗っている三輪車が、あまりに早く転がりだしたとき。小石や岩で、膝や肘をこすったとき。どこからともなくさっと駆け寄って、わたしたちを助けてくれた。

あごひげを生やしたセクシーな男性看護師は、こんなことは何も知らない。医師たちも知らない。

たぶん、父さんももう忘れているだろう。わたしは忘れていた。

母さんが行ってしまってから、ラジオの小さな音がまた聞こえてくる。今度は音楽が流れている。かすかなフルートのソロだ。わたしはもっとよく聴きたくて、頭を前に動かそうとするけれど、まったく動かない。

わたしは想像する、イザベルが、わたしを聴衆にして曲を吹くときにときどきしていたように、フルートを唇まで上げて、上体を半円形に揺らしているところを。わたしは目を閉じる、イザベルが楽譜なしで練習するときに、よくしていたのと同じように。

イザベルは今、ベッドサイドにいる、両手を、傷ついていない完璧な両手を手すりに置いて。彼女は、オーケストラ用の服装をしている。白いブラウスと黒のペンシルスカートと黒の蝶ネクタイ。車のなかで着ていたもの。イザベルと母さんとわたしの三人でいっしょにショッピングモールで、五つの候補のなかから選んだもの。編んだ髪は持ち上げて頭の上でまとめていて、髪の房のいくつかは垂れさがって、傷のないきれいな顔をふち取っている。首には、レスリー伯母さんにもらったファーティマの手の金の首飾りがかかっている。

夢のなかでは話せるので、わたしは「ハイ」と言う。

言う。

「覚えてる？　あなたがわたしに眉の形を整えるように頼んだとき、同じ顔に見えないようにしようと思って、あなたの眉をすっかり剃り落としてしまったこと？　悪かったわ、ごめんね」とわたしは言う。

「眉を整えようなんて思ったのがいけなかったのよ」と彼女は言う。「まだ十二歳だったのに。あなたがわたしのエメリーヌのＴシャツを着たとき、通りのまんなかで脱がせて、ごめんなさい」

「ブラジャーをつけていてよかったわ」とわたし。

「いいほうのね」と彼女。

「実のところ、ブラもあなたのだった」とわたし。

するると、快活でもあり神経質でもあるような声で、イザベルが言う。「もう、あなたにはたまげる。驚かされる」

イザベルが「驚かす」を『若草物語』から借用したのは知っている。けれども、「たまげる」はイザベルだけのものだ。彼女は他の人たちが「ふざけないでよ」と言うみたいに「わたしをたまげさせて」と言うのが好きだった。それは「感動させて」と言いたいときの彼女の表現でもあった。だから、もしもイザベルに自分は十マイル歩けると言ったら、彼女は言うかもしれない。「二十マイル歩いてわたしをたまげさせて」と。

「あなた本当にわたしを驚かせたわよ」とイザベルは、ベッドのわたしを見下ろしながら言う。「あなたは立派だったわ。すごく立派。これから先もずっと、わたしをたまげさせ続けて。きっとたまげさせ続けてね」

「さようならを言いにここに来たの？」わたしは訊ねる。

「わたしたちは絶対にさようならは言わないわ」とイザベルは言う。

わたしは、七年生〔日本の中学一年生にあたる〕の科学の授業で、音はもしかすると永遠に生き続けるかもしれないと習ったことを覚えている。わたしたちは、無線通信を発明したグリエルモ・マルコーニについて学んでいた。マルコーニは、太古の昔からずっと空中に浮かんでいる音を受信できる装置が、いつの日にか発明されるだろうと考えていた。彼は、将来いつかわたしたちは、最初の穴居生活者がうめくのを、イエスが泣くのを、レオナルド・ダ・ヴィンチが講義するのを、あるいは赤ん坊であった自分自身の最初の泣き声を聞くことができるだろうと信じていた。

わたしは常に追突事故の音を聞くだろう。金属がガラスにぶつかってたてる音を聞くだろう。イザベルが「遅れる！　遅れる！」と叫んでいる声を聞くだろう。

「わたしがあなたにしたすべてのことに、心から謝るわ」とわたしはイザベルに言う。

「心配いらない」とはイザベルは言う。けんかのあとでいつも言っていたのと、まったく同じように。彼女はいつも、本気でそう言っていた。あとまで引きずるうらみなんて、一切なかった。

「全然心配いらないわ、ジズィー」彼女は言葉を切って、ラジオのソナタを聴く。そして、それがどこから流れてくるのか確かめようというように、ドアのほうを見る。

「あなたは死なないわ」と彼女は、音楽のほうに耳を傾けたままで言う。

「あなたは生きない」とわたしは言う。

「わたしからあなたに、そう教えてあげることもできたのにね」とイザベルは微笑んで言う。

「知っていたかったわ」とわたし。

わたしは泣きたいけれど、泣けない。その種の夢のなかでは、泣くのは許されないかのようだ。だからわたしは代わりに言う。「愛している」

はいなくなる。

分の「愛している」を全部言えたらいいのにと思う。もう一度言えないうちに音楽がやみ、イザベル

「愛している」とわたしはもう一度言う。そして、これまでに言えたかもしれないのに言わなかった

これまでに互いに「愛している」と言いあった記憶はない。その必要はまったくなかった。

「わたしもよ」とイザベル。

わたしたちは車のなかで言い争っていた。

イザベルが父さんにCDをかけてくれるように頼んだときまで、わたしたちは口げんかをしていた。イザベルは「遅れている」、「遅れる」と言い続けていて、わたしはそれにうんざりしていた。ただそこに座ってジャン・ミシェル・ブランのことを考えたいのに、彼女の声を聞くのが嫌になっていた。彼のためにきれいに見せたくて、でも十分きれいに見えるかどうか自信がなかった。洋服をもう一回着替えたかった。別の服を選んで、化粧の仕上げをする時間があと十五分ほしかった。だからイザベルがもう百回目くらいに「遅れる」と言ったとき、彼女に向かって叫んだ。「落ち着きなさいよ！」と大声で。

するとイザベルは落ち着いて答えた。「落ち着く必要があるのはあなたよ」

「あなたどうかしたの？」と彼女は訊いた。

「あなたがどうかしているんじゃないの？」とわたしは叫んだ。

「あなたたち《レ・フィユ》！」と母さんが叫んだ。

「きみたち二人ともどうしたんだ？」父さんは振り向いて、運転席からわたしたちを厳しい目つきでじっと見つめた。たぶん、長すぎるくらいに。

「あなたはべつに、有名なロックスターじゃない」とわたしは続けた。「ただ馬鹿げた高校のオーケストラで演奏するだけだから」

それがついにイザベルをいらつかせたようだったけれども、彼女はそれを見せたくなかった。その代わり彼女はフルートケース——それを選ぶのを、わたしは手伝った——を開けて練習用ＣＤを取り出し、父さんに渡した。イザベルは、わたしが落ち着く手助けをしたかった。わたしたちみんなを落ち着かせたかった。それに、この馬鹿げた高校のオーケストラが彼女には大切なものなのだと、わたしにわからせたかった。

「わたしたちが台なしにする前に、巨匠《マエストロ》自身が意図した曲を聴きましょう」とイザベルは言った。彼女はわたしをしのぎ、わたしより大人のふるまいをしようとしていた。

ほっとした父さんは、もう一度振り向いてＣＤを受け取った。たぶん、ハンドルから目を離す時間が長すぎた。

それから「火の鳥」

次に近づいてくる車。

その次に追突。

わたしはイザベルに向かって怒鳴るのではなく、ただ「そうね、遅れているわ」とだけ言っておけばよかったのだ。そうすれば、彼女はわたしに怒鳴り返さなくてもよかっただろうし、父さんが興奮することもなかっただろうし、運転する父さんの集中力も削がれずにすんだだろうに。

詳細。不思議なことに、一つひとつの細かな点が最初になくなっていく。

不鮮明な出来事の連続のなかで、わたしたちはまず最初に詳細を失う。

第十二章

人は長くいっしょにいると似てくるという。わたしの両親はまだそこまではいっていないけれども、父さんの両親のマーカスおじいちゃんとレジーンおばあちゃんは、双子であっても――二卵性双生児であっても――おかしくないように見える。歳を取って縮んでいて、背丈も同じだ。マーカスおじいちゃんは昔は百八十七センチくらいだったけれど、今はレジーンおばあちゃんのように百七十センチくらいだ。丸みをおびた体型も似ている。

「いつも同じ食事をして、運動していないのも同じだからね」と二人はいつも言う。二人はデュエットのように話す。沈黙さえステレオになっている。

はるばるハイチからやってきた二人は、その日の午後から病院で何時間も過ごしている。そして、渡り廊下を挟んでわたしの部屋と母さんと父さんの部屋を、交替で行き来している。わたしの部屋にいるときは、医師や看護師に質問することはない。最新情報をわたしに伝えることもしない。ただそこに座って、わたしを見つめているか本を読んでいるかのどちらかだ。

看護師が入ってくると、場を外してくれるよう促されるのを待たずに、前後に並んで、すっと出ていく。戻ってくるときには、後から部屋を出たほうが先に入ってくる。二人の装いは同じようなベージュ系でまとめられているけれども、その組み合わせは違っている。二人のごま塩頭に、同じ黒のフエドーラ〔フェルト製のソフト帽子〕かパナマ帽が、同じ日の違う時間に乗っかっているのを見ることもある。マーカスおじいちゃんがたいていいつも着ている、リネンのジャケットも同じだ。

静かな読書をするのはたいていはレジーンおばあちゃんで、読んでいる本をときどきマーカスおじいちゃんに渡す。いかなるときでも建築家であるおじいちゃんは、スケッチをしていなければ、あるいはスケッチを見ていなければ、レジーンおばあちゃんがさりげなく示した箇所を、長ければ十五分くらいかけて念入りに読む。時にはそこよりずっと先まで読み進んで、おばあちゃんにひじで軽くつつかれてから、やっと返す。

ときたま、マーカスおじいちゃんは立ち上がり、ジャケットのポケットを軽くたたいて、それから部屋を出ていく。戻ってくると、タバコのにおいがする。レジーンおばあちゃんは、においますよというように鼻をひくひくさせる。それからまた読み続ける。

わたしはおばあちゃんに、声に出して読んでと頼みたくてたまらない。わたしに読んで、と伝えたい。おばあちゃんの声がとっても聞きたい。

レジーンおばあちゃんは、自分の声をずっと嫌っていた。彼女の声はいつでも、そもそもちょっと不愛想なところのあったその性格よりも、さらにつっけんどんに聞こえた。きっと誰かにどこかで、あなたの声はいい声ではないと言われたのだろう、おばあちゃんは声を使わなくなったのだけれど、その程度は常軌を逸していた。イザベルとわたしに、小さいころわたしたちを見ていたおばあちゃんが本を読んでくれることはなかった。ただわたしたちに本を渡して、三人がそれぞれひとりで静かに読むのだった。

けれども、マーカスおじいちゃんの得意とするところは、いっしょに読書をすることではなく、ジョークを言ってみせることだ。奇妙な小話をするのが大好きで、その話はわたしの両親やそのハイチの友人たちを抱腹絶倒させたものだけれど、イザベルとわたしには全然おかしくなかった。わたしが覚えているのは、秘密にしていたもののばればれだったおじいちゃんの、断続的な喫煙に関連した話だ。

処刑を間近に控えた男が、最後のタバコをすすめられる。彼は、健康に悪いからとそれを断る。マーカスおじいちゃんのジョークは、みんなこんなふうだ。最悪におもしろくない。でもおじいちゃんは大笑いする、たとえ他の誰も笑わなくても。

マーカスおじいちゃんが、そんなジョークを今わたしに話してくれたらなあ。でもここは、冗談を飛ばすような場所じゃない。人が現われたり消えたりする場所だ。わたしの夢のなかでも、現実にも。

レジーンおばあちゃんとマーカスおじいちゃんがそこに座っているあいだ、わたしは、ポルトープランスのずっと上方の丘陵地帯に、二人とイザベルといっしょにいたときに戻っているような気がする。

おばあちゃんとおじいちゃんの地所――ビクトリア様式にインスピレーションを得て建てた家と、果てしなく広がっているように見える庭があり、眼下に市街が見渡せる――の上空は、濃く鮮やかな青色だ。庭の中央には、樹齢二百年のカポックの木がある。家と同じように、このカポックの木は、数年前にポルトープランス市を破壊した巨大地震にもかかわらず、まだ立っている。

七十五メートル以上もあるカポックの木は、イザベルとわたしが見たことのあるうちで一番高い木だ。あまりに高いので、小さいころのわたしたちは、登るには丸一週間かかるだろうと思った。その幹はとても太くて、イザベルとわたしがいっしょに抱きついても二人の手が触れることはない。幹には隆起部があって、そこにわたしたちは自分の名前を彫りつけたりしたのだけど、その隆起はとても深くて、二人でいっしょにすっぽりそのなかに入れた。ときどき夜には、カポックの木もたくさんのホタルでライトアップされて、それは、雷や稲光があるときには特に、見事な光景だった。根が地上を這い、日中は巣から滑るように出ていくヘビのように見えた。

去年の夏、レジーンおばあちゃんとマーカスおじいちゃんの家に別れを告げる前の日に、イザベルとわたしはテラスに座っていて、それまでにもたびたび気づいていたものを見つけた。港の沖あたり、海の上は雨が降っていた。そして、雲に覆われた太陽の周りにはかさ《ハロー》がかかっていた。七色の虹の輪で、マーカスおじいちゃんはこれを「グローリー」と呼んでいた。

グローリーを見つけるといつもイザベルとわたしは、雨がやんで色が消え始めるまでずっと目を離さなかった。それから目を閉じて、グローリーはまだそこにあると想像するのだった。消えてしまってから、ずっとあとまでも。

「わたしたちはあれに、さようならを全部は言わないわ」とイザベルは言った。「二人で半分ずつ言うのよ」

それから目を開けてグローリーのない世界を見る直前にイザベルが「グッド」と言い、わたしが「バイ」と言うのだった。

二人のための誕生日パーティーをすることの一番いいところは、招待状だ。母さんはいつでも、イザベルとわたしにすべての招待状を作らせた。何年ものあいだにわたしたちは、花、風船、カウボーイブーツ、映画のチケットなど、いろいろな形の誕生日パーティーの招待状を作った。リサイクルのペットボトルに入れた招待状を配ったりもした。

わたしたちの誕生日パーティーは、たいてい我が家で開いた。けれども、母さんと父さんは、ジャングルジムやバレエスタジオやレストランやホテルの部屋を借りたりもした。そしてもちろん、ディズニーランドでのパーティーと、レスリー伯母さんが計画してくれたメキシコへの早めの誕生日の旅もあった。

わたしたちの最後の誕生日パーティーは、マイアミのダウンタウンにあるホテルの部屋での女の子だけのお泊まり会で、メンバーは教会からティナとあと数名、そしてオーケストラとイザベルが一年生〔日本の中学三年生にあたる〕と二年生〔日本の高校一年生にあたる〕のときに夢中になっていたディベートチームからロイスと何人かの女の子だった。わたしたちはパジャマでピザを食べ、超感傷的でロマンチックなコメディーをいくつも見たけれど、おしゃべりばかりしていてどれひとつとして最後まで見なかった。

イザベルとわたしは、次の誕生日はハイチのマーカスおじいちゃんとレジーンおばあちゃんの家で、家族全員で過ごすつもりだった。ティナも来ることになっていた。

わたしたちの十七歳の誕生日パーティーへの招待状は、グローリーの形にするつもりだった。これまでで最良の誕生日のひとつになるはずだった。

第十三章

わたしは今、耳が聞こえない。イザベルが、ベートーベンも耳が聞こえなくなったわと言ってわたしを慰めようとしているところを想像する。

静かだ。全体が完全に静かだ。アヒル医師と彼のアヒルの子らが来て、ペンライトをわたしの目に当てたり足の裏をつついたりするけれど、彼らの言っていることは聞こえない。

わたしの前でマーカスおじいちゃんとレジーンおばあちゃんが、互いにささやき声で話しているのも聞こえない。まるで、防音装置の施された檻に入れられているような気がする。世界は、わたしの周りで3Dで放映されている無声映画だ。

モリスン高校の一年生のときに、わたしは芸術の授業を取って、ウォーカー先生に折り紙を習った。わたしたちは、手製の和紙を何でも好きな形に折ることになった。わたしは沈黙を作りたかった。

日本語の沈黙という文字を辞書で調べると、なんとなく二人の人間が踊っているように見えた。和紙をどうにかその形に折りあげると、クラスのみんなは、ウォーカー先生も含めて、わたしがイザベルとわたしを作ったのだと思った。

いつも聞こえる夜のかすかなラジオの音が恋しい。

音楽が聞こえなくて寂しい。

イザベルはよく、わたしは音痴だと言っていたけれど、自分の音痴が恋しい。反響音と足音と、看護師たちが夜中に忍び足で出入りしている音が恋しい。インターコムの放送が、病院スタッフにランチタイムセミナーやズンバ〔ダイエットのためのエクササイズ〕のクラスについてアナウンスしているのを聞けなくて寂しい。医師や看護師たちに、患者の病室に、あるいはナースステーションに行くようにと急かすアナウンスを全部聞きたい。勤務の交替と遠くのサイレンと車のクラクションの音が恋しい。

今聞こえるのは、わたしの頭のなかにある声だけだ。

病室のまったくの沈黙のなかで、イザベルのことはあまり考えないように努める。なぜって、もし今彼女がわたしのところに来たら、もしもわたしが彼女の夢を見続けたら、わたしは決して目覚めないだろうから。決してここを離れられないだろうから。

だから代わりにわたしは、ジャン・ミシェル・ブランのことを考える。

あとで会える？　正月休みのあとで学校に戻ってきたとき、彼は授業中にわたしにメモを渡した。あの猛吹雪に見舞われた大晦日、イザベルとわたしがニューヨークのパトリック叔父さんのアパートに滞在していたあいだ、テレビでタイムズスクエア・ボールが落ちる〔年越しのカウントダウン。タイムズスクエアにあるタイム・ボール（報時球）を十二月三十一日午後十一時五十九分、二十三メートル落下させる〕のを見ているときに、ジャン・ミシェル・ブランはわたしの携帯に電話してきた。イザベルとわたしはパトリック叔父さんに、どこか音楽産業のエキサイティングなパーティーに連れていってくれるようにとせがんでいたのだけれど、その日はもうわたしたちが叔父さんを疲れ果てさせていて、叔父さんはへとへとで外出なんてとても無理だった。それに、ぼくは大晦日には外出しないことにしている、と叔父さんは言った。家にいて、静かに考えごとをしていたいんだ。

別にガールフレンドを探しているとか、そんなんじゃないんだ、とジャン・ミシェルは言った。彼も考え込んでいるようだった。別の学校に通っている女の子と別れたばかりで、気持ちの整理をまだつけられずにいるようだった。

「携帯メールをくれるか、パソコンで長いメールをくれるかでもよかったのに」とわたしは言った。

「あるいは君に絵を描いて送るとかね」と彼は言った。「でも、君の声を聞きたかったんだ」

「どうしてパーティーに出るとかしてないの？」

「きみはどうして？」

「新年おめでとう」と、ボールが落ちてしまうと同時にわたしは言った。

　この年は、わたしの人生で最良の年になるはずだった。

そうでなくなるまでは。


　年が明けてある日の放課後、ジャン・ミシェルとわたしはリトルハイチ地区にある「シェ・モイ」というレストランに行った。ここに行くというのは、わたしの考えだった。彼があとで会える？と書いてきて、わたしがシェ・モイ〔フランス語で「モイの家で」〕と答えたのだった。

　シェ・モイは、小売店と店先教会〔店先を集会所とする教会、また、店舗を改装した教会〕と巨大なスピーカーで大音量の音楽を歩道に流しているレコード店などに囲まれていた。レストランのオーナーのモイは、父さんが軍役についていたころの仲間のひとりで、もう何年も前に父さんがマイアミに呼んだのだった。モイは、リトルハイチを含む第三地区の行政長官に立候補していた。レストランの壁全体に、彼の迷彩Tシャツの下から丸見えの隆々とした上腕部までの写真がかかっていた。

　向き合ってテーブルにつき、わたしはお下げに編んだ髪の根元を落ち着きなく掻いて、ジャン・ミシェルはイアリングを引っぱっていた。

「きみは芸術学校に行きたいって聞いたけど」と彼は言った。

「だれがそう言ったの？」とわたしは訊いた。

そしてわたしたちは同時に口にした。「ティナ！」

じゃあ彼は、ティナと話していたんだ。コンピュータサイエンスのラボで。わたしのことを。

「ぼくも芸術学校に行きたいんだ」と彼は言った。

それならわたしたちいっしょに行くべきね、とわたしは言いたかったけれど、我慢した。

「だけど、ぼくはまず自分でやってみるかもしれない」と彼は言った。「バスキアみたいに」

「バスキアは素晴らしかったわ」とわたしは言った。

「ぼくたちもだよ」と彼は言った。

わたしはばつが悪くて、頬が真っ赤になるのを感じた。

「だからぼくたちは、あの企画でAをもらったんだ」と彼は加えた。

わたしたちは、まだあのAを誇りに思っていた。まるで、わたしたち三人がいっしょに造り上げた傑作であるかのように。

ウエイターが来て、わたしたちは白米のビーンソースかけと焼きプランテーン〔バナナ〕——彼のはスイートでわたしのはグリーン——を注文した。彼は長い時間をかけて、ブラックビーンソースに浮かんだ脂肪の小さい島を取り除いて、目の前のご飯の皿にフォークの跡をつけた。わたしは自分のサラダに集中して、レタスの葉の下を、そこに誰かがわたしのために秘密の景品を隠したかのように、探っていった。彼には、まるでたった今メロディーが飛び込んできたかのように、頭をひょいひょいと動かす癖があった。次に言うことを考えようとしている彼が、そのしぐさをしているところが見えるような気がした。

彼は水の入ったグラスをじっと見続けていて、ときおり顔を上げて料理をほめるようなことを言ったけれど、全然気に入っていないのは明らかだった。

モイが奥の部屋から出てきて「やあ」と言ってくれて、ジャン・ミシェルはちょっと感激したようだった。でもモイの本当のねらいは、彼の選挙運動事務所で働いてくれるボランティアを見つけることだった。もしもボランティアをしてくれるなら、食事代は払わなくてもいいよ、とモイは言った。わたしたちは支払わなくてもよくなったけれど、ジャン・ミシェルはウエイターに十ドルのチップを置いてきた。わたしを感心させるためにそうしたのだ、と思いたい。

その週末、ジャン・ミシェルとわたしがモイの選挙運動事務所へ行って手伝ったのは、コンピュータ処理で、かなりの数のデータベースをひとつにまとめて、進行予定表とメーリングリストを整理した。

「きみに渡すものがあるんだ」とジャン・ミシェルは言った。モイの個人用ファイルを整理し終えたときだった。わたしたちはモイのために、寄付をしてくれるかもしれない人たちのリストも見つけた。モイはそれをひどく喜んで、きみたちが両親を好きじゃなければぼくが養子にしてやるよ、と申し出た。

ジャン・ミシェルがわたしにと持ってきたものは、はがきサイズのフレームに入ったわたしの顔の線描画で、シェパード・フェアリー〔グラフィックデザイナー。二〇〇八年のオバマのキャンペーンのために制作した、赤と青を基調としたＨＯＰＥポスターが有名〕流に赤と青の絵の具で薄く色づけられていた。わたしはあまりにも狼狽して言葉が出ず、ただ身を寄せて唇に軽く急いでキスをした。

それがわたしたちのファーストキスだった。

モイの祝勝パーティーの夜、店は何百人かの人でいっぱいだった。母さんと父さんとイザベルとわたしが入っていくとすぐ、ジャン・ミシェルが手招きして、わたしを裏のテラスに呼んだ。混雑していない場所を見つけると、彼は両腕でわたしの肩を抱いて、そのままわたしたちは部屋のなかから流れてくるスピーチと歓声を聞いた。

「告白することがある」と彼は耳元でささやいた。

わたしたちはぴったり寄り添って立っていたので、耳元で言う必要はなかったのだけれど、彼はそうした。

「何？」とわたしは訊いた。

わたしはわざと、呼吸音を交えたセクシーな声を出そうとしたけれど、かえって聞こえにくくなっただけだった。

「今夜勝利したのは、この僕だと思わずにいられない」と彼は言った。

その二、三日あとの夜、両親とイザベルとわたしは、リトルハイチで毎月催されるビッグナイトと呼ばれる野外コンサートで、マーシャル家の人たちと会った。ティナの父さんのマーシャルさんは、父さんのもうひとりの軍隊仲間だけれど、合衆国沿岸警備隊の軍用機操縦術のスペシャリストで、あまり休暇を取れない人だった。でもその夜は、わたしたちとともにそこにいて、彼と父さんは再会をとても喜んでいたので、父さんたちも母さんたちも、わたしたちをそんなに注意深く見張ってはいなかった。

リトルハイチ・カルチャーセンター前にある壁画の描かれたプラザは何百人もの人でいっぱいで、人びとは、ハイチ音楽の女王でイザベルの好きな歌手のエメリーヌといっしょに踊り歌っていた。

わたしはジャン・ミシエルと、舞台の近くで会う約束をしていた。イザベルは友だちを見つけにどこかへ行ってしまったので、ティナとわたしはジャン・ミシエルを捜しにいった。彼は、胸が張り裂けるような思いをさせるバラードを大声で熱唱しているエメリーヌを、夢見るような目で見つめていた。その夜のエメリーヌは最高に美しかった。射るような鋭い目と、トレードマークの魅惑するような笑みは、最大の効果を発揮していた。髪型は歌に合わせて、頭皮近くまで短く刈り込まれた髪をそのまま見せたり、このうえなく美しいヘッドスカーフに包んだりしていた。イアリングはミニチュアの彫像のようで、頭に巻く布やドレスは、その垂れぐあいもひだの重なりも刺繍もとても優美に複雑で、スミソニアンでファーストレディや、女王や王妃たちのガウンの隣りに掛けられていてもおかしくないくらいだった。

ジャン・ミシエルとティナとわたしは、ステージのそばの天蓋の下に立っていた。わたしたちの周りで人びとがチークダンスを踊ったり身体を押しつけあったりしているあいだ、わたしたちはエメリーヌのなまめかしく情熱的でありながらも悲しげな声に魅了されていた。

あとになってイザベルは、友人のひとりとともにどうにかうまく舞台裏へ忍びこみ、エメリーヌが見ていない間に、彼女の楽屋からイアリングを取り、素早くポケットに入れた。それは、長くて肩に触れるくらいのシャンデリア・イアリングで、ごく小さな虹色の蝶の連なりの形をしていた。イザベルはそのイアリングを、わたしの予想に反して、自分でつけずに、フルートケースの内側にある仕切りポケットの一つに押しこんだ。お守りに。

その夜のコンサートの締めくくりは、元気いっぱいの行進――「セカンド・ライン」パレード〔ニューオーリンズのブラスバンドを伴った伝統的なパレード。ブラスバンドの演奏に合わせて人びとが街を練り歩く〕のような――だった。わたしたち三人もその行進の列に加わって、エメリーヌのうしろを跳ねるように進んでいった、汗だくになって、疲れて続けられなくなるまで。

途中わたしは、かがみ込んで両膝をつかんでひと息つこうとした。すると背中に、ジャン・ミシエルの手を感じた。その瞬間、そこに翼が生えたかのような感じがした。身体が、それまでの人生で一度も経験したことがないほど軽く感じられた。

　そのあと、わたしたちが学校で交わす視線は少し強くなった。けれども、こっそり人目につかない場所に行ったり、授業をサボって映画に行ったりは——わたしはそうしたかったのだけれども——しなかった。わたしたちはあの夜を、コンサートの夜を待っていた。二人で隣の席に並んで座って、みんなに知らせるつもりだった。わたしは彼のために完璧に見せたかったので、十五分余計に使って出発を遅らせてしまった。今、沈黙の病室のなかで、道路沿いに作られた記念祭壇のように見え始めたもののなかの、わたしのネックレスのすぐ隣に、わたしを描いたジャン・ミシェルの絵——わたしが自分の部屋の壁に、バスキアの複製画と並べて掛けていたもの——がある。同じようなものがおそらく、追突事故の現場の近くに、イザベルのために作られることだろう。

第十四章

その日、あとになって母さんと父さんとレスリー伯母さんたちが来たときも、わたしの耳はまだ聞こえない。彼らは今、不思議なパントマイム劇のなかの役者——美しい役者だ。彼らのステージは、壁にガラスのブロックが並ぶこの小さな部屋。小道具は、マーカスおじいちゃんとレスリー伯母さんが押している車椅子。レジーンおばあちゃんは代役で、自分が何をすればいいのかまだわからない。二つの車椅子のあいだを行ったり来たりして、誰が何を必要としているのかを探っている。

　みんなが必要としているものを、彼女が与えることはできない。それは、ここにいないこと、傷ついていないこと、イザベルとともにいることだから。

　母さんと父さんは、前よりずっとよくなっているように見える。父さんはまだ負傷した脚を曲げられないし、腕を折り曲げてギプスのなかに入れている。でも、顔からはとげだらけのような痛々しさがやわらぎ、打ち叩かれたような感じも少なくなっている。母さんも同じだ。

　母さんは、ピンクのニット帽をかぶっている。レジーンおばあちゃんが買ってあげたのに違いない。レジーンおばあちゃんが帽子を手渡しながら「これで包帯が隠せるわ」と言っているところが目に見えるようだ。それ以上は言わない。おばあちゃんは母さんに、帽子がほしいかとか、どんな色がいいかとか、決して訊いたりしない。レジーンおばあちゃんはそんな人なのだ。

　帽子は母さんに似合っている。滑り落ちたりしない。母さんが車椅子の手すりをつかんで身体を押し上げても、前ほど苦しそうには見えない。身をかがめてわたしの額にキスしてくれるときにも、最初や二度目のときほど苦痛をこらえているようには見えない。母さんの身体が少し前後に揺れる。レスリー伯母さんは警告を発すると急いで駆け寄り、母さんを車椅子に戻す。

父さんは心配そうにしている。母さんと同時に身をすくめる。それから二人とも、そこに座ってわたしを見ている。そしてときどきレスリー伯母さんに、わたしのことで質問をする。レスリー伯母さんの唇が注意深く動く。医者らしい答えを考えつこうと、努力しているかのように。

わたしは三人に代わって、会話を作り上げる。

母さん：あの子はあとどのくらいここにいることになるの？

レスリー伯母さん：いずれわかるわ。我慢強く待つ《ペイシャント》（患者でいる《ペイシャント》）だけよ。

父さん：医者のしゃれだな。

母さん：でもわたしたち、あの子がイザベルの葬儀に出られるように待っているのよ。あの子にさようならを言わせたいわ。

最後の部分は、母さんが実際に言ったことだと思う。もしもわたしが母さんの唇を正しく読めていれば。でも、残りの部分は確信がない。

実際の会話は、もっとずっと面白いのかもしれない。天候についてかもしれないし、レスリー伯母さんのすてきなグリーンのドレスの話かもしれない。母さんはたぶん、病室着の代わりにそれを着たいと願っているだろう。

みんなわたしをじっと見続けている。目でみんなに話せればいいのに。あの夢のなかでイザベルに話したように、みんなと話せたらいいのに。みんなに伝えられたらいいのに、イザベルにはもうさようならを言ったと。わたしたちだけのやり方で。手のひらの言葉で。

わたしのことをそんなに心配しないでと、わたしは今この部屋のどこかにいて、いつかはまた浮かび上がってくるわと、伝えられたらいいのに。でも、状況はさらに悪くなってはいないと、どうすれば確信できるのだろう？　おしゃべりがしたい。ほんとにちょっとしたおしゃべり、「ハイ」のような。ただ「ハイ」だけでも十分かもしれない。ただみんなに、まだここにいると知らせたいだけ、みんなのことがまだちゃんとわかると知らせたいだけだから。まだみんなを愛していると知らせたい。でもみんなそこに座って、わたしをじっと見続けている、まるでお通夜をしているみたいに。

自分の沈黙がいやになっている。こんな思いが頭のなかを駆け抜けるのには、もううんざり。たとえみんなの言うことが聞こえなくても、何かを言えるようになりたい。「ハイ」だけでもいい。一生懸命戻ってこようと努力していると、みんなにわかるように。

それでわたしは、足の指から始める。どうやったらつま先を動かせるだろうかと考える。まず足の指が動かなければ。医師たちがつつき続けているのはそこだから。小指の先を動かせさえすれば。

頭のなかで、それをスケッチする。「アー・ユー・スリーピング」の曲に合わせて歌いもする。こゆびーさん、こゆびーさん、うごいてよ。うごいてよ。わたしは必死でがんばる。みんなはそこに座って、わたしを見ている。でも、わたしがどんなに一生懸命かは見えていない。わたしは、父さんが軍隊語で話すときには「合図」と呼ぶだろうことをやってみようとしている。でも、わたしには照明弾も発煙手榴弾もない。モールス符号は知っているけれど、使えない。

物理学のクラスでわたしが最後に参加した科学プロジェクトは、寄生抗力に関するものだった。水や空気のなかで物体を動かすのに必要なエネルギーのことだ。飛行機はそれに対処しなければならないし、泳ぐ人もだ。後退するよりも、前進するほうがずっときつい。わたしは自分に思い出させなければならない、どんなに困難に思えても、後退しつづけるわけにはいかないと。

第十五章

夢の中でわたしはときどき、誰もいない病院の廊下を歩く。脚は震え、膝はがくがくする。どこへ向かっているのかわからない。わかっているのは、そこに行かなければならないということだけ。

やがて、他の患者たちが現われ始める。年齢層はいろいろ。親の腕に抱かれた、やっと歩き始めたくらいの幼児や小学一年生、十八歳以下にはとても見えない老けた子どもまで。起き上がってベッドに座っていたり。病室内で点滴のポールを引っぱって歩いていたり。彼らは、わたしが通り過ぎるときにちらりと目を上げるだけ。

頭がくらくらしだすと、暗い灰色の廊下の壁にもたれて休む。てっぺんの部分――ひと息ついているあいだ壁にもたれている頭――はわたしで、残りはイザベルだ。

前方には、ナースステーションがいやに大きく見える。わたしが通り過ぎても、看護師たちは声をかけない。コンピュータのスクリーンを見て、速いスピードでキーを叩いている。廊下を歩き続けて、わたしの病室と同じような、壁にガラスのブロックの並んだ小さな病室まで行く。室内では、わたしのとまったく同じベッドにイザベルが寝ている。彼女は、ずっとそうだったように、わたしとまったく同じに見える。

イザベルはわたしを手招きしてドアから入らせ、彼女に触れそうなほど近くにまで来させる。

「イズィ」とわたしは言う。

「ヘイ」と彼女が言う。

「イズィ、出発を遅らせてごめんなさい」

「全然、そんなことない」と彼女は言って、その思いを払いのけるような仕草をする。

「十五分早ければ……」

「わたしも遅れたわ」と彼女。

そこでわたしは思い出す。彼女が家のなかをあわてて走り回っていたのを、黒いスカートを乾燥機から引っぱり出し、それから白いブラウスをハンガーから引っぱって外し、着ない服をバスルームの床に放り投げていたのを。彼女は化粧をしながら、電話で話していた。その夜の先の計画を、宿題の遅れを取り戻して、レポートを書かなければいけないということを。

そのドタバタのどこかでわたしは、イザベルがロン・ジョンソンと話しているのを聞いた。

「ワオ、ロン」と彼女は言い続けていた。「それ、もう一度やってみなきゃね、わたしたち」

わたしは嫉妬した。ロン・ジョンソンに？

どうやら彼の家に行ったことがあって、また行くつもりのようだった。彼女に訊いて確かめる時間はなかった。二人とも、一度にあまりにも多くのことをしていた。二人とも、自分の好きな男の子が、自分をそれほど好きでいてくれないのではないかとおびえていた。二人とも、この先はどうなるのかと不安だった。わたしたちは二人とも遅れていた。

わたしは手を差し出して、彼女の両手を握る。車のなかで握っていたのを覚えているとおりに。二人とも死ぬのだと思ったときに、互いの手を離すまいとどんなに必死だったかを思う。

わたしは一晩中、彼女の手を握ってそこに立っている。

箱とのこぎりを持った手品師は、まだ現われていない。わたしたちは、まだ半分に切られていない。

わたしたちはまだ、それぞれが完全に自分自身だ。わたしたちはまだ、密接にからみ合っている。わたしたちはまだ、損なわれていない。

この夢の他のいくつかのバージョンでは、母さんと父さんが、わたしといっしょに廊下を歩く。母さんはピンクのニット帽をかぶり、父さんは母さんの押す車椅子に乗っている。

二人が到着するといつでも、わたしはイザベルにさようならを言い続けなければならないのだとあらためて思う。

途方もない夢のなかでさえ、わたしたち全員が今ここに、この部屋にいて、イザベルにさようならを言うだなんて、ちっとも思わなかった。つまり、レスリー伯母さんが間違っていたということだ。イザベルとわたしには、特別の力なんてない。もしあれば、こんな事態になるとわたしは知っていたはずだ。そして、こんなことになるとわかっていれば、あの夜わたしは、ジャン・ミシェルの気を引くための衣装を選ぶのに、あんなに時間を使わなかっただろう。七回も八回も着替えて、あんなに時間をとらなかっただろう。携帯を化粧台の上に忘れて、取りに戻ったりしなかっただろう。今思い出すと、そのせいで母さんは怒って、わたしたちの携帯を取り上げたのだ。

イザベルは、ぎりぎりでステージに駆け上がる羽目にならないように、遅刻したくなかった。コンサートが始まる前に、ロン・ジョンソンに会いたいとも思っていた。

「十五分早く家を出ていれば、渋滞には巻き込まれなかった」と父さんは言っていた。

今でもイザベルはわたしを守ろうとしている。彼女の十五分のせいで遅れたのだと、わたしにはまだ思えない。もしも十五分早く出ていたら、イザベルはまだ生きているかもしれない。わたしが何回も着替えなければ、携帯を置き忘れなければ、そうしていたら、彼女は生きているかもしれない。イザベルはわたしのせいで死んだのだという思いを、振り払うことができない。

夢のなかでは、母さんがイザベルの病室から出て、父さんがそれに続く。イザベルがわたしたちといっしょに来ないのが信じられない。突然わたしは息苦しくなり、あえぐ。わたしは両親に、イザベルとわたしといっしょにいてくれるよう懇願している。

「もう終わりにしてくれなくちゃいけないよ、ジズ」と父さんは、彼の持つ最も効果的な軍隊調の声で言う。

「あなたなしでイズィの葬儀をするわ」と母さんが言う。「あなたはちゃんとしたお別れができなくなるわよ」

母さんは、父さんの車椅子を押して出ていく。

わたしは、戻ってきてと懇願しながら、部屋から飛び出していく。でも、二人は消える。行ってしまう。

わたしの前には、病院の廊下が長いトンネルのように延びている。もうまったく何もない。そこにいるのはわたしだけだ。

わたしはまだあえいでいる。両親が、イザベルとわたしのもとから去っていったことが信じられない。

両親を大声で呼び続ける。

イザベルを呼び続ける。

「戻ってきて！　戻ってきて！」とわたしは叫ぶ。

「ハイ」目覚めると、赤毛の看護師がわたしを見下ろしている。彼女の髪は燃えているように、ひと房ひと房が次第に消えていく輝きの一部となって立ち上がっているように見える。

「お帰りなさい」と彼女は言う。「また会えてすごく嬉しいわ」

第十六章

父さんは、どこへ行くにも米国陸軍非常用マニュアルを持ち歩く。本物ではなくリプリントで、どこの本屋でも買えるやつ。本物は、湾岸戦争の砂漠の嵐作戦から引き揚げたあと、クウェートの砂漠に置いてきた。

父さんとパトリック叔父さんは、ニューヨーク北部の寄宿学校へ行くためにハイチを離れた。サンドリンおばあちゃんと母さんとレスリー伯母さんが、二人の父親のナポおじいちゃんが亡くなったあとでマイアミに移住したのと、だいたい同じころのことだ。

父さんはずっと弁護士になりたいと思っていたけれども、高校卒業後にテレビで米国陸軍のコマーシャルを見て、志願して入隊することを決めた。徴兵官がグリーンカードの出願を急がせ、そのあとすぐ父さんは書類にサインをして、新兵訓練所へ送られた。

ブートキャンプでの訓練が終わってから二、三週間後に砂漠の嵐作戦が展開され、父さんはクウェートに配属された。母さんもパトリック叔父さんも父さんの両親も、入隊したことを知らされていなかったので、そのときにはもうどうしようもなかった。

もしもそんなに父さんのことを心配していなければ、マーカスおじいちゃんとレジーンおばあちゃんは、それ以後二度と父さんと口をきかなかったことだろう。父さんが海外配属になると、父さんから家族にはっきりした行き先を告げることは許されていなかったけれど、おじいちゃんとおばあちゃんは、キャンディバーや清潔な下着などを詰めたケアパッケージを、陸軍郵便局経由で毎週送った。彼らは本も——法律書や小説など、父さんがそこでどんな任務についていようと、気を紛らすものをとにかく何でも——送った。そんなに楽じゃないよ、と父さんは、イザベルとわたしが「戦争の手紙」と呼んだ手紙のなかで書いていた。

ここでは楽なことはひとつもない、と父さんは、母さんに出したほぼすべての手紙に書いていた。ぼくはきみがいなくては生きていけない。

「何を期待してたわけ？」とイザベルは、離婚の発表以降は同情心も薄れたような口調で言った。「戦争に行ったんじゃない」

父さんの砂漠での任務は四週間だけで終わった。ちょうどそのころに、激しい痛みを伴う目の感染症にかかり、そのおかげで軍役を解かれて、マイアミにいた母さんの元へ行き、そこで大学に入って、それから法科大学院へ進んだのだ。

父さんとパトリック叔父さんは、マーカスおじいちゃんのような建築家になるはずだった。ハイチを再建するような建築家に。それが、米国の寄宿学校へ行かせてもらったときに二人がおじいちゃんとした約束だった。ところが、父さんは法律に夢中になり、母さんにも夢中になったままだった。パトリック叔父さんは音楽に夢中になり、アレジャンドラに出会うまでは大勢の女性に夢中になった。

マーカスおじいちゃんとレジーンおばあちゃんの考え通りになったことは、ほとんど何もなかった。二人の孫——孫はイズィとわたしだけだった——以外は。

除隊したあと、父さんはもっぱら勉強と母さんに専念した。そして、軍隊のことはすべて過去に葬ろうとした。例外は戦友たち。それに、いつも持ち歩くサバイバルガイドだけだった。きっと、追突事故の日にも持っていたと思う。

何かを生き延びた人の世論調査をしたら、そのほとんどは鉄の意志を持っていたことがわかるだろう、と父さんは好んで言う。このことが起こる前は、わたしは自分に鉄の意志があるなどとは夢にも思わなかった。

父さんが母さんとレジーンおばあちゃんとマーカスおじいちゃんとレスリー伯母さんとパトリック叔父さんといっしょにわたしの病室に入ってくるとき、わたしは自分の顔に鉄の意志が彫り込まれているのを感じる。

「そして彼女は五日目に目覚める」と父さんが叫ぶ。「ぼくたちは乗り越えられる。イズィは大丈夫だ」

みんなが歩き出し、車椅子を動かして、一列に並ぶ。わたしを中にした半円に。それから、順番にわたしに同じ質問をする。

「気分はどう？」

「お腹はすいてる？」

「喉は乾いてる？」

家族が入ってくる前、リーダーアヒル医師が、わたしに水とクリームの入った食べ物とスープを与えることを許可した。赤毛の看護師は、わたしにまずアップルソースを食べさせた。

「どいて、空けてくれ」と父さんが言う。追突事故以降聞いた父さんの声で、いちばん力強いものだ。パトリック叔父さんが、父さんの車椅子を前に押す。父さんは、戦闘に臨む顔をしている。身体のほうはそれにうまく合っていないけれど。

「すぐに家に帰ろう」と父さんはわたしに言う。

「あなたが決められることではないわよ、デイヴ」とレスリー伯母さんが言う。

みんなが同時に話し始める。わたしは、みんなが口々に話して誰も人の話を聞いていない、騒々しい感謝祭のディナーの席にいるような気がする。誰もが言いたいことを言いたがるときは普通ひどいことになるけれど、これは何かいい感じ。永遠に続いてほしいと思うほど素敵というのではないけれど。

それに、頭が痛くなり始めて吐き気がする。なにかこう、とても高い場所から飛び降りて、スローモーションで地面に向かって落ちていっているような感じ。

「お願い」とわたしは言う。自分では叫んでいるつもりなのだけど、出ているのはささやき声だ。

「疲れているの」

口の中は、何かが詰まって乾いた感じがする。脱脂綿をいっぱいに入れられたみたいに。家族は静かになるのではなく、喝采する。父さんの喜ぶ声がいちばん大きい。

「これだよ、ぼくが言っているのは」と父さんが言う。「そうだ《セ・サ》！」

アヒル医師と彼のアヒルの子らが戻ってきて、部屋からみんなを出したあとで、わたしは、母さんと父さんが早く退院させたがっている理由を思い出す。母さんたちはイザベルの葬儀を、わたし抜きではしたくないのだ。

「お姉さんの葬儀にちょうど間に合うように、退院できるかもしれないよ」とリーダーアヒル医師は言う。

「そんなに陽気に言わないでよ」とわたしは、頭の中でずっと彼と続けていた会話を声に出して言う。

彼は驚いてたじろぐけれど、でもわたしのしわがれた声を聞いて誇らしげにも見える。

それでも、わたしには、彼が照れくさい思いもしているのがわかる。なにしろ、わたしが返事をしないことに慣れすぎていたのだから。

第十七章

起き上がって自分の脚で立つことになっているその日の午後、部屋は前よりもずっと明るく思える。突然、周りにあるもの――壁のガラス製のブロックや、ジャン・ミシェルの描いたわたしの絵――が、やっと頭のなかの世界よりもリアルに思える。

ともかくも、わたしはなんとかこのベッドから出て、歩くつもりだ。たとえ、車椅子までの数歩だけだとしても。最初の数歩を、夢の世界の外で歩くつもりだ。

また、わたしはみんなを新しい目で見ている。彼らの口は、もう声の出ない口ではない。顔はもう悲しそうではない。今は誰もがテクニカラーで、あらゆる色合いの、ピンク、ブルー、グレイ、そしてグリーンの病室着や手術着を着ている。

みんな笑顔だ。わたしも実際に微笑《ほほえ》んでいる。わたしは、ベッドが起こされるのを見て嬉しい。手すりがリーダーアヒル医師に押し下げられ、折り畳まれるのを見て嬉しい。そのアヒル医師は、とても得意げに見える。ヴィクトル・フランケンシュタインと交信して叫びたがっているようだ。「彼女は生きている！　生きているぞ！」と。

彼は、ベッドを下げられるぎりぎりのところ、わたしの足が床に届きそうなところまで下げる。わたしは脚の筋肉が緊張し、身体が震え始める。頭は、足が床に着く前からもう、くらくらしているみたい。

「いいぞ、ゆっくり」とリーダーアヒル医師が言う。

わたしは実際に、床に触れているのを感じる。冷たく、湿っている。雪のように冷たい。

奇跡的に、リーダーアヒルが言い続けているとおりに、わたしの骨はどこも折れていない。

赤毛の看護師が飛び出して、わたしの前にさっとスリッパを置く。家のわたしのスリッパ。いや、イザベルの黒いサテンのスリッパだ。誰かがわたしのと間違えたのだ。わたしのは白で、タオル地でできている。病院に持ってくるのにこのスリッパを選んだのが誰かはわからないけれど、イザベルのスリッパで最初の一歩を踏み出すことが、わたしを元気づけるだろうと考えたのかもしれない。

まっすぐ立っていられるように頑張るのよ、とわたしは自分に言い聞かせる、イザベルの葬儀に行けるようにね。するとその瞬間、稲妻を伴う雷のようなものが、足の裏から頭のてっぺんまでを刺し貫く。耳鳴りが始まる。部屋中で、息を飲む音が聞こえる。レジーンおばあちゃんが「ジーザス、メアリー、ジョーゼフ〔イエス、マリア、ヨセフ〕！」と叫ぶのが聞こえる。

「頑張れ、ジズィー！」と父さんが大声で呼びかける。父さんの身体の回復に期待できる以上に、力強い声で。

わたしはうしろへ、アヒル医師の腕の中に倒れこむ。彼の名前を聞いておかなければ。いつか手紙を書かなければならなくなるかもしれない。イザベルとわたしが贈り物をもらうと、母さんがいつもわたしたちに書かせたような簡単な礼状を。贈り物はありがとうの言葉を伝えて初めてあなたのものになるのよ、と母さんは好んで言う。リーダーアヒルとその他の人びとからわたしがもらった贈り物は、取り戻してもらったわたしの命の一部だ。そのための礼状って、どう書けばいいのだろう？

リーダーアヒルは、アヒルの子たちと赤毛の看護師が飛び出してわたしを支えるのを手伝うまで、わたしの背中をそっと抱いていてくれる。

「ちょっと周りを空けてあげて」と彼は言う。

彼のコーヒー色の目を見て、意志の強さが表れているのに気づく。彼は、部屋にいる他の人たちには聞こえないような小さな声でわたしに言っている。

「きみは走る人？」と彼は訊く。

わたしが走り始めることを心配しているの？　彼と、ここにいるみんなから逃げるとでも？

「走らない」とわたしは言う、走り去りはしないという意味で。わたしは逃げない。諦めない。

「ジョギングやなんかもしない？」

最後にしたのがいつかも思い出せない。でも、イザベルはジョギングをしていた。たいていは体育の授業で。彼女がロン・ジョンソンと友だちになったのは、そのクラスでだった。

「何か運動はする？」と彼は訊く。

「泳ぎます」とわたしはささやく。

「これから二週間はだめだ」と彼は言う。「心拍を上げると、血液が脳に流れる速度が上がって、よくないからね」

「わかりました」とわたしは、彼の言うことをよく理解している、というふりをして言う。

「映画は好き？」

「ええ」

「しばらく見てはいけない。タブレットやコンピュータの画面もだ」

だけどそんなの見ても心拍数は上がらないわ、とわたしは言いたい。でも、上がるのかもしれない。

「読書は好き？」と彼は訊く。

「ええ」

「しばらくはだめだ」と彼が言う。

「わかりました」とわたしは答える。彼の声が、壊れたレコードのように聞こえ始める。

「絵を描くのが好きなんだってね」と彼。

わたしに当てさせて。しばらく絵を描いてはいけないんでしょう。

「絵を描くのはだめだ」と彼は言った。

ほら、当たった……

「だけど、いいこともあるよ」と彼が続ける。

そのいいことって何か、本当に知りたい。

「ダークサングラス、シェード、きみたち若者は何て呼ぶのかな？　きみはこれから、どこへ行くにもシェードをかけることになる」

「どのくらい？」とわたしは訊く。

わたしの声は、ほとんどが喉につかえてしまうから、言っていることのどれほどを彼が聞き取れているのかわからない。彼はわたしに繰り返させてから、言う。「必要なだけ。二週間ぐらい。それから言っておくけど、また頭をぶつけたらまずいよ」

いいわ、それなら。

彼はわたしをすごく長く抱いているので、わたしたちは恐怖のスローワルツみたいなのを踊っているんじゃないかと思える。もうわたしをベッドに連れ戻してほしい、横になって休めるように。ただ、わたしはここから出たい。この場所から離れたい。イザベルの葬儀を、わたし抜きでしてほしくない。

「さあ、やってみて」とリーダーアヒルは言う。「きみにはできる」

わたしにできることが何なのか、わたしにはわからない。一歩前に出ること？　二歩？　この部屋から歩いて出ていって、二度と戻ってこないこと？

　両足を、イザベルのスリッパに押し込む。イザベルは、わたしに立ち続けてほしいだろう。彼女の葬儀に出てほしいだろう。たぶん、スリッパを返してよとでも言うだろう。わたしはその一歩を踏み出したい、少し前に、足の指先を動かしたいと強く願ったときと同じくらい。

「わたしにはできる」とリーダーアヒルに小さな声で言う。まっすぐ立っていようと必死であえいで、汗をかいて、息を切らしている。わたしにはできる、と自分に言い続ける。やるわ。

　リーダーアヒルがわたしに腕を貸す。わたしはそちらに手を伸ばすだけではなく、彼の腕をつかんで、曲げたひじのなかに手を通す。

「さあ行こう」と彼は小さな声で返す。わたしは身体の片側を彼の身体に押しつけて、体重のいくらかを足からどかす。

「自分の脚を信じなさい」と彼が言う。「大丈夫だ」

　最初わたしは、脚を上げるというよりスライドさせる。脚に、居座ってしまったような重たさは感じない。それから、ぐらぐらする頭を十分支えられるくらい、首が強い感じがしてくる。呼吸もゆるやかになる。そして恐怖感も薄まる。

　脚を上げる。すると、イザベルのスリッパもいっしょに上がる。そのスリッパは、わたしのプロペラでわたしのエンジンだ、イザベルがそうだったように。

　わたしは最初の一歩を踏み出す。それから二歩目を。それからまたもう一歩を。リーダーアヒルの手が、するりと滑って離れていくのを感じる。さらにもう数歩進む、そしてとうとう、母さんと父さんと家族のみんなのすぐ横に立っている。みんなわたしが歩き始めるのを、今度は自分の力で、姉さんなしで歩き出すのを見にきてくれたのだ。

みんなのところに行き着くまでには、みんなが拍手している。両親にしみついた病院のにおいをすぐ近くで嗅ぐ。アルコール消毒綿や、かんきつ類の香りのする石鹸や、強力な抗菌性ジェルのにおいだ。わたしの身体からも、同じにおいがしている。

「家に帰ろう」とわたしは言う。母さんは、両手を顔に当ててすすり泣く。

「そんなに急がないで、赤ちゃん小鳥さん」とリーダーアヒルが言う。

第十八章

　前回のハロウィンは土曜日で、その朝父さんは、裏庭のプールのそばにあるアボカドの木の下で、小さな茶色のフクロウを見つけた。そしてそれが、テラスをふらつきながら行ったり来たりしている様を見せようと、寝ていたわたしたちみんなを起こした。どうやら、翼が折れているようだった。

　それまでわたしは、フクロウを写真でしか見たことがなかったけれど、平らな顔とすごく大きな目で、すぐにそれとわかった。

　わたしたちは安全な距離を保って、フクロウが床から飛び立とうと苦闘しながら、結局はまた落ちてしまうのを見つめた。母さんは、飛ぼうとする奮闘をそのまま続けさせたらフクロウがもっと傷ついてしまうのではないかと心配していたけれども、わたしたちには、嚙みつかれるといけないからあまり近づきすぎないようにと命じた。わたしたちに残された手段は、マイアミ野生生物センターに電話することだけだった。

　わたしたちは立ったまま、フクロウが何度も何度も翼をばたつかせるのを見ていた。フクロウは、床から舞い上がることはできなかった。ときおり動きを止めて休み、今起こっていることが信じられないとでもいうように、さかんに頭を上下に振った。

　父さんは、アボカドの木に作った巣からテラスに落ちたときにけがをしたのだろうと考えた。夜行性だから、おそらくぼくたちの姿は見えてもいないだろう、と父さんは言った。プールの中に落ちないでよかったよ。

「アボカドの木にフクロウがいるの？」とイザベルが訊いた。「あそこには他に何がいるの？　コウモリ？」

「いっしょに登って確かめてみたい？」とわたしは訊いた。

わたしたちは、小さいころだったらそうしていただろう。

イザベルはわたしに、ぞっとしたような視線を投げた。彼女は、フクロウがうちの裏のテラスに、それもあろうことかハロウィンの日に落ちてくるなんて、気味が悪すぎると考えていた。

野生生物センターの職員が到着すると、彼は言った。フクロウに近づきすぎなかったのは賢かったですよ、フクロウが危険を感じたら、かなり強く嚙みつかれたかもしれませんからね、と。そのフクロウはアナフクロウの一種で、米国の絶滅危惧種のリストに載っているということがわかった。傷つけたり殺したりした場合の罰金は、一万ドルだった。

「発見者への報奨金はあるの？」とイザベルが訊いた。

「残念ながらありません」と、その男性は答えた。

他のフクロウと違って、アナフクロウは全般にかなり小さくて、完全に夜行性だというのでもない、と彼は説明した。日中でも、食べ物を集めたり地面に穴を掘ったりするときは活動的だということだった。

イザベルは、フクロウにそれほど熱中しているとは思えなかったけれど、それから毎日、少なくとも二週間くらいは、朝起きたあとテラスとプールの周りをチェックしていた。

二、三週間後のある夜、食事のあとで、イザベルは外のテラスを見て言った。「わたしたちのフクロウは、どこにいるのかしら？」

「ここよりいい場所さ」と父さんが答えた。

「からかわないでよね」と彼女は言った。父さんが、フクロウは死んだと言ったかのように。

「ここより安全な場所というのは、野生生物センターのことだよ」と父さんは説明した。

「いつか訪ねていかなくちゃ」と彼女は言った。けれどもわたしたちは訪ねていかなかったし、どうなったかを知るために電話をかけることもしなかった。

今のわたしは、あのフクロウみたい。家庭のようなところに向かっているけれど、ほんとうの家庭とはいえない。

わたしたちの家は、みんなで車に乗り込んでコンサートに向かったあの日の夜と同じ家には、決して戻らない。

第十九章

母さんと父さんは、その日の午後に退院する。追突事故の日から五日目だけど、五年のような気がする。

わたしは、約束を守ることができるとリーダーアヒルに示さなければ、それから二日後に出ていかせてはもらえない。左右に動く彼の指を、眼で追わなければならない。数字を逆に数え、順に数え、それから一週間の曜日と一年の月を暗唱しなければならない。視力検査に合格し、太陽光やまぶしい光を遮る眼鏡の処方箋をもらわなければならない。単語リストを、系統立てて整理しなければならない。数学の問題を口頭で解き、人生の重要な節目について思い出せることを示さなければならない。彼と他のアヒル神経科医たちに、わたしの先生たちと友人たちの名前を言わなければならない。スピーチセラピストに向かって、合衆国国歌まで歌わなくてはならない。わたしは、何度もくり返して言われなくてはならない、少しでも気分が落ち込んだり死にたくなるようなことがあれば両親に話すようにと。

ときどき、まだあざだらけの身体のあちこちを何の脈絡もなく痛みが走るけれど、わたしはそれを無視することにする。一から十億までの物差しで測っても、わたしはゼロだというふりをするつもりでいる。

レスリー伯母さんがわたしの家庭内小児科医となるということで、リーダーアヒルは、退院すればわたしは「従順に」なるだろうと安心する。彼がレスリー伯母さんに、わたしを注意深く観察して、必要ならすぐに病院に連れてくるようにと言うのが聞こえる。

「伯母さんとぼくがいっしょに医学部で学んでいたことを、きみは知っているよね？」と彼は訊いて、監督者に好印象を与えようとしている従業員みたいに、にこやかな笑顔を彼女に向ける。

わたしは知らなかった。


両親の主治医たちは、イザベルの葬儀までは家に留まって休むようにと命じている。レスリー伯母さんも同意見で、病院への往復は二人にはきつすぎるだろうと考えている。

だから代わりに、レスリー伯母さんとレジーンおばあちゃんが会いにくる。

「男性陣はどこ？」とわたしは訊く。「釣り？」

「元に戻ったわねえ！」とレスリー伯母さんが言う。

「母さんと父さんはわざと来ないわけじゃないって、確か？」とわたしはレスリー伯母さんに訊く。

「どうしてそんなことを言うの？」レジーンおばあちゃんはぐっと手すりに近寄って、わたしの目をまっすぐ見つめる。

「わからないわ」とわたしは言うけれど、本当はわかっている。

おかしな話だとは思うけれど、わたしは不安なのだ、両親が、わたしが死ななかったことで、生き延びて始終イザベルを思い出させることで、わたしに我慢がならないのかもしれないと。

「わたしが医者としての権威を総動員して、家にいて休むようにあの人たちに言ったの。あの二人は、ここでイズィを亡くした。危うくあなたも亡くすところだった。ここに出入りするのはよくないわ」

理屈の上からはその通りだけれど、わたしはどうしても、自分が最後にここに入院したときのことを思い出してしまう。イズィとわたしは十歳だった。わたしはシーフードレストランで調理法に問題のある魚を食べて、ひどい食中毒にかかった。イザベルはなんともなかったのだけれど、わたしといっしょに入院するといってきかず、両親はその望みを部分的に叶えた。どっちみち集中した学習などできていなかった学校を休ませて、入院期間の三日間をわたしといっしょに過ごさせたのだ。けれどもイザベルは、夜は家に帰って自分のベッドで寝なければならなかった。だけど両親が交替で、わたしのベッドの脇に置いた簡易ベッドで夜を過ごしてくれた。もしもわたしが今、レスリー伯母さんかレジーンおばあちゃんに、夜は病院でわたしといっしょにいてくれるようにと頼めば、きっとそうしてくれるだろう。でも、それは同じことじゃない。

　とにかく、ここから出たらわたしは、母さんと父さんと同じように、この場所には近づきたくない。二度と戻ってきたくない。

　レジーンおばあちゃんは、わたしのベッドから離れる。心ここにあらずといった様子だ。他にいるべき場所がたくさんあるみたいに。この病室の外でいろんなことが起こっているのは、わたしにもわかっている。母さんと父さんは、やっとイザベルの葬儀の手はずを整えられると感じているに違いない。二人は、わたしも出席できると信じている。レスリー伯母さんとレジーンおばあちゃんは、わたしの両親の世話もしている。そのあいだずっと、それまでの自分の生活の断片を生きる工夫も、それぞれにしながら。

　レスリー伯母さんが自分の携帯で、母さんと父さんと話をさせてくれる。けれども、二人はわたしを長くは引き止めない。疲れさせるのを心配しているようだ。

「たくさん身体を休めるようにしなさいね」と母さんは言う。まるで、他の選択肢もあるかのように。

　わたしがデサリーヌのことを訊くと、父さんは声を詰まらす。そして、むせび泣きを隠すために咳《せ》き込む。

その夜のもっと遅い時間になってパトリック叔父さんがやってくると、わたしたちは叔父さんの新しいアーティストの話をする。パトリック叔父さんは、アレジャンドラといっしょに新しいレーベル、ヘメリタ・イズを立ち上げたばかりだけれど、このレーベルがエメリーヌと契約したというのだ。いつかイザベルといっしょに仕事をしたいと思っていた、と叔父さんは言う、プロデューサーかソングライターとしてね。叔父さんがイザベルにいちばん近づけるのが、このヘメリタ・イズなのかもしれない。

「イザベルがどんなにエメリーヌの音楽を愛していたかを知っている」と叔父さんは言う。「それでイザベルが」——と言いかけてやめ、息をつく——「事態が起こったあと、ぼくはエメリーヌを聴き始めた、二十四時間ずっと。そしてアレジャンドラもぼくも、彼女の声に恋してしまった」

エメリーヌの声は確かにパワフルで、傷ついたあとで聴くと優しく抱きしめて心を落ち着かせてくれるし、自分にはそんなことはもう絶対にできないと思っていても、立ち上がって踊らせてくれる。彼女の声はときには高く浮き上がり、ときには深く沈みこむ。これまでに聴き損なって、だから死ぬまでには聴きたいと願っているあらゆる声のよう。

「エメリーヌはぼくを笑わせた」とパトリック叔父さんは言う。「彼女はぼくを踊らせた。ぼくを泣かせた。ぼくたちに祈らせた。ぼくたちのレーベルに、どうしても彼女が必要だと思った。だから、彼女がイエスと言ってくれてすごく嬉しいよ」

わたしも嬉しい。イザベルは有頂天になって、嬉しくて飛びあがったことだろう。自分の大好きな三人がいっしょに音楽を作ると知れば、わくわくが止まらなかったことだろう。

パトリック叔父さんが帰ったあと、わたしは眠れない。イザベルのことばかりを考える。イザベルが逝ったと自分ひとりで悟ることができなかったのは、双子ゆえの失敗？　あるいは、感じたくなかったのかもしれない。信じたくなかった。

わたしが階段から落ちたあのとき、頭が痛みだしたイザベルは英語の授業中だった。頭痛とは違う痛みで、あまりに突然——頭を殴られたように——起こったので、養護教諭の使いが呼びに来る前からもう彼女には、わたしが頭を打ったのがわかっていた。

わたしたちはときどき同じ夢を見た。互いに、互いの頭のなかの旅人だった。わたしたちの夢は、学生が作った出来の悪いホラー映画のようで、ばらばらで脈絡のない筋書きでいっぱいだった。極端な冒険譚。ナイアガラの滝を樽で乗り切ったり、熱気球に乗って地震後の破壊されたポルトープランスの上空をあてもなく漂ったりした。巧みなスキーさばきで雪崩《なだれ》から逃れようと必死だったり、身体からハチの巣を素手で叩き落したりしている夢を見た。

わたしたちには、くり返してときおり見る、静かで元気づけてくれる夢がひとつあった。この夢のなかでわたしたちは、ブラジルの熱帯雨林の奥深くをどこまでも流れる川で、珍しいピンク色のイルカの群れといっしょに泳いでいた。わたしたちは二人とも、いつも清明な意識を持ちながら夢を見た。自分が夢を見ていることがわかっていたし、いつでも自分の夢をコントロールすることができた。イザベルは、自分の命が短いことを知っていたのかもしれない。いつも、できるだけ多く生きようとしていた。眠っているときでさえも。

第二十章

わたしは処方されたサングラスと退院時誓約書とを同時に受け取る。サングラスには暗がりでもよく見える高感度レンズが使われて、上の角には黒のスパンコールがついている。飛行士用の眼鏡がほしかったけれども、もらってみたら今手にしているものより劣ることだってあり得る。この眼鏡は、レスリー伯母さんが選んでくれたような感じがする。

退院に際してわたしに出された指示。文字を読んではいけない、テレビを見てもいけない。ラップトップも、その他のどんなスクリーンも見てはいけない。もしも見たりすると、脳を損傷する恐れがある。

リーダーアヒルは、ときおり吐き気がするのを覚悟しておくようにと言う。めまいがして、物忘れもするかもしれない。外に出るときは必ずサングラスをかけること。疲れを感じることが多くなるかもしれないし、騒音と光に極端に敏感になるかもしれない。気分の変化が起こるかもしれないし、うまく寝つけないかもしれない。

これだけのことがあっても、わたしは家に帰る気満々で、たとえ退院許可は出せないと言われても、逃げ出すだろう。

わたしの退院の日は、祝賀会のようになった。マーカスおじいちゃんは、モリスン高校のヴォルシー校長先生から贈られた、大きなデイジーの花束を持ってくる。

「これはほんの一例だよ」とマーカスおじいちゃんは、ジャン・ミシェルの絵を壁から外しながら言う。「きみが退院することを、みんなが喜んでいるよ」

わたしは、両親が教会用の服を着て、その同じ朝のイザベルの葬儀に行く準備をしているところを想像する。

レジーンおばあちゃんがバッグに入れて持ってきてくれたドレスを着る前に、リーダーアヒル医師の検診を受けなければならない。今回は、彼がアヒルの子たちを引き連れずにひとりで病室に入ってきても、レジーンおばあちゃんとマーカスおじいちゃんは出ていかない。

「ぼくたちは、今目にしていることに満足しているよ」とリーダーアヒルは、わたしの肺と心臓に聴診器を当てながら言う。そして彼はもちろん、あのペンライトをわたしの心を覗く窓に当てる。

「すべてのことについて、きみの両親とレスリー伯母さんと話し合ったよ」と彼は言い、レスリー伯母さんの名前のところで少し留まる。「きみは気を楽にして、たっぷり休息を取らなくてはいけない。今日の葬儀のあと、無理をしないように。家に戻ったら、自分でも体調はわかるだろうけど、二、三週間で復学できるはずだよ」

「はい」とわたしは言う。

彼を抱きしめたかったけれど、「ありがとうございます」とつけ加えるだけにする。

わたしの声はまだかすれていて、あまりにも低すぎるので、聞こえたかどうかわからなかったけれど、彼は「どういたしまして。それじゃあぼくは、きみの退院手続きの書類にサインしてこよう」と応える。

彼は、わたしが治療を受けていたときとは違う人のように思える。ただの横柄なアヒルではないし、それほど悪い顔つきでもない。前より若く、かっこよく見える。突然、とても自信に満ちた、とても

――遊び好きのアヒルというより――きりっとしたところが見えてくる。

彼の世話になりだしてから初めて、白衣に刺繡された名前に気づく。ドクター・エマヌエル・アイドゥー。名前の下には、同じダークブルーの字で、神経学とある。

アイドゥー医師が去ると、マーカスおじいちゃんもいっしょに出ていく。わたしが着替えられるように。

レジーンおばあちゃんが持っているバッグには、まだ値札がついたままの、膝丈の黒いドレスが入っている。わたしはやせてしまった。ベル型のドレスはゆる過ぎて、わたしが着るとテントをまとっているみたいだ。レジーンおばあちゃんは壁まで歩いていって、ネックレスを取ってくる。わたしはまたベッドに座る。おばあちゃんが掛け金を外して、首にかけてくれる。

マーカスおじいちゃんが戻ってきて、ドアをノックしてから中に入ってくる。

「これをみんな車に運ぶよ《ジャポルテ・セ・ショーズ・ア・ラ・ヴォアテュー》」とマーカスおじいちゃんは、ヴォルシー先生のデイジーも含めて、わたしの持ち物を集めながら言う。

マーカスおじいちゃんとレジーンおばあちゃんは、わたしを葬祭場へ連れていくための段取りをすべて整えているみたい。

マーカスおじいちゃんが行ってしまうと、赤毛の看護師が車椅子を押して入ってきて、わたしが乗りこむのを助けてくれる。彼女は、わたしには見覚えのない、漫画のキャラクターがいっぱいプリントされたピンクの手術着を着ている。車椅子まで歩いてくるようわたしに手招きをして、それからまるで玉座に迎え入れるかのように仰々しく腰をかがめる。

わたしは、速すぎるくらいに急いで座り込む。お尻への衝撃をやわらげてくれるクッションはない。赤毛の看護師が心配して、思わず息を飲む音が嬉しい。わたしは家に帰る。でもその前に、イザベルの葬儀に出る。

「サングラスをかけたほうがいいわね」と赤毛の看護師が言う。わたしはその通りにする。

「六〇年代の映画スターみたいよ」と彼女は言う。

サングラスは、外の世界のまぶしい光からわたしを守る前に、病院の廊下の世界から、手を振ってさようならをしている他の看護師たち——セクシーな男性看護師もいる——から、わたしを保護してくれる。他の患者たちが最後にわたしを見ようと振り向いて羨望の目を向けているのも、わたしにはよく見えない。眼鏡は、目に湧き上がる涙も隠す。

外で、レジーンおばあちゃんと赤毛の看護師とわたしは、マーカスおじいちゃんが車を移動させてくるのを待つ。マーカスおじいちゃんは、母さんのグレーのＳＵＶを運転している。

マーカスおじいちゃんがわたしたちの前に停まると、わたしはパニックになる。

車。

道路。

また頭を打ったら、死ぬかもしれない。

わたしの目は、素早くサングラスに順応する。背筋をしゃんと伸ばして、車の二列目のシートに滑り込む。レジーンおばあちゃんは、わたしがちゃんと座るのを待ってから、マーカスおじいちゃんの隣りの助手席に乗り込む。赤毛の看護師は、わたしたちが出発するのを見送って手を振り続ける。

「あの看護師の名前、わかるかしら？」とレジーンおばあちゃんはフランス語でマーカスおじいちゃんに訊く。「ジゼルがお礼の手紙を書ければいいと思うのだけれど」

「記憶しておいた《ジュ・レ・ノテ》よ」とマーカスおじいちゃんは答える。「彼女の名前は、フランシス・ハーパー＝ネイラーだ」

大好きよ、フランシス・ハーパー＝ネイラー、とわたしはそっとつぶやく。

マーカスおじいちゃんは、一般道を走り続ける。制限速度より、少なくとも十マイルは遅く走っている。

イザベルとわたしは、あと数週間で、十七歳の誕生日の直前に、仮免許を卒業して免許証を取得することになっていた。母さんと父さんが交替で、わたしたちの練習につきあってくれていた。そのときになったら、路上試験には父さんの車で臨むつもりでいた。

ときどきわたしは母さんが、わたしたちがマーシャル夫人を乗せて運転することについて冗談を言うのを聞いた。

「あの子たちが自分だけで運転するまで待ってなさい」と母さんは言うのだった、「そうしたらわたしたちはほんとうに困ったことになるから」

父さんは、わたしたちといっしょにドライブしたがる男の子たちをおじけづかせることについて、冗談を飛ばした。

「軍役時代の作業服と拳銃を引っぱり出してきてそいつらを脅して、少しは分別を叩き込んでやらなくちゃな」と言っていた。

わたしたちは今、住宅街に入っている。サングラスをかけていても、マーカスおじいちゃんが道を間違えているのがわかる。けれども、わたしは何も言いたくない。

マーカスおじいちゃんはそれから三十分間、さらに速度を落として運転する、平屋建ての家々と、きちんと刈った芝生の庭と、ときどき学校や教会を通り過ぎて。

そしてついに、レジーンおばあちゃんがはっきり言葉に出して言う。「道に迷ったの《ヌ・ペディ》？」

マーカスおじいちゃんは道に迷っているし、頭の中でも迷っている。

「迷ってないぞ、いいか？」とおじいちゃんは言ってから、ほんの少しスピードをあげる。

やがてわたしたちは、ほんとうはいたくない場所、けれどそこにいるために懸命に闘ってきた場所にいる。パックス・ヴィラ葬儀火葬場に。イザベルがわたしたちを待っている。

第二十一章

この前わたしたちがパックス・ヴィラに来たのは、サンドリンおばあちゃんの通夜のためだった。母さんは礼拝室をサンドリンおばあちゃんの絵で飾った。サンドリンおばあちゃんの銀色の棺《ひつぎ》はピカピカに光っていたので、最前列に座っているわたしたちにはそれに映った自分の姿が見えた。

「この棺は、神さまの目をくらませてしまうよ」と父さんは、レスリー伯母さんが死者への賛辞を述べているあいだにささやいた。母さんを笑わせようとしていたのだ。

「美しさのせいでね」と母さんは、手の甲で涙を拭いながらささやき返した。

サンドリンおばあちゃんの意識がはっきりしている（あるいは、それほどはっきりしていなかったかもしれない）ときに、カタログから棺を選んでくれるように母さんが頼んで、おばあちゃんは、ほとんど鏡のようなのを選んだのだった。

ほんの一週間前に、イザベルは、棺ではなく、車を選ぼうと考えていた。それでも、レジーンおばあちゃんとマーカスおじいちゃんのあとについて礼拝室の隣りにある遺体安置室につながるカーペットの敷かれた廊下を歩きながら、わたしは、イザベルの棺が素敵なものでありますようにと願い続けている。でも、その思いは意味がわからない。イザベルが死んでいるということが意味をなさないのと同じように。

どうもレジーンおばあちゃんとマーカスおじいちゃんは、この部分の手はずも整えてくれたみたいだ。わたしたちが礼拝室の後ろの待合室に入ると、葬儀管理士のダニエルズさんが二人を旧友のように迎える。

　おばあちゃんとおじいちゃんがダニエルズさんとくつろいで話しているあいだ、わたしの両親は、あまりのショックに何も感じられないといった表情に固まった顔で、部屋の中央にあるカウチに並んで座っている。父さんの片脚はまっすぐ伸びて、目の前にある車椅子の上に置かれている。父さんは、脚のギプスを隠す黒いスウェットパンツを穿いている。黒いジャケットが肩にかかり、腕のギプスの一部を覆っている。

　母さんのドレスはわたしのと同じだ――レジーンおばあちゃんのおかげで。母さんは黒いベレー帽を被っている。

　アレジャンドラが――彼女はいったん帰って、またニューヨークから飛行機で戻ってきている――最初にわたしに声をかける。

「ご機嫌いかが《コモ・エスタス》、わたしの可愛いお嬢さん《ミ・アモル》？」と彼女は訊く。

「まあまあです《マソ・メノス》」とわたしは答える。

「わたし好きだわ《メ・ウスタン》」と彼女は言って、わたしのサングラスを指さす。

　わたしは、自分がサングラスをかけているのを忘れている。でも、外さない。それは今では自分を守るもう一つの手段のように思われる。よろいのように、盾のように、感じている。

　レスリー伯母さんとパトリック叔父さんは、両親のうしろに立っていたのだけれど、わたしが父さんを抱きしめると、気をつけるようにと大声で言う。父さんの腕をずらしたり、脚につまずいたりしてほしくないのだ。

　母さんを抱くのはいくらか安全だ。母さんは、わたしに抱きつかれているあいだ顔をゆがめているけれども、それでもなんとか「あなた素敵よ。ほんとうに」と言ってくれる。

ダニエルズさんは、ゆったりした黒いスーツのなかで泳いでいるような感じの大きな人で、わたしたちのほうへ歩いてくる。

「あなたのご不幸にお悔やみを申し上げます」と、わたしの片方の手を握って言う。カウチの母さんの隣りの場所を指さして、そこへ行って座るようにわたしに促しているようだ。でもわたしはその場に立ち続けて、次の言葉を待つ。

「彼女をこちらへ連れてきましょうか？」と彼は、誰にともなく言う。

ああ、どうぞお願い連れてきて、とわたしは言いたい。でも、あの夜コンサートに出かける前の彼女を。連れてきて、彼女からわたしたちに、これはみんなジョークだったのよ、みんなをかつごうとずっと前から計画していたの、と言わせてほしい。わたし以外はみんな知っていたジョークなのだと。

イザベルのこれまでで最高の悪ふざけになるだろう。ハッカ味のオレオの中身をくり抜いてクリームの代わりに練り歯磨きを詰め込んだり、トイレの便座にワセリンを塗ったり、といった彼女の馬鹿げたエイプリルフールのいたずらをしのぐ悪ふざけになるだろう。

ダニエルズさんは出ていき、それから、キャスターを転がして棺を押す二人のアシスタントを伴って戻ってくる。ああ、なんという棺だろう！　イザベルが気に入るどころか、夢中になってしまいそうな棺だ。

ダニエルズさんは、その必要はないのに、棺の説明をする。家族を慰めたい気持ちを表わすひとつの方法が、彼にとってはきっと、家族がすでに目にしているものについて詳しく説明することなのだ。

「ご希望どおりです」と彼は、祖父母のほうを向いて言う、「これは絵棺で、百パーセントリサイクルの羽目板を用い、ハニカム構造をベースにして作られております。葬儀のために貸し出しているものでして、お嬢さまはこれに納められたまま火葬されるのではございません」

そうした細部が、彼にとっては明らかに重要なのだ。そしてわたしたちにとっても。わたしは、イザベルの遺体がここに来るとは知らなかった。彼女が火葬されるということさえ知らなかった。わたしたちの両親は、自分たちを火葬してほしいという遺言を書いている。それは、両親がイザベルとわたしに伝えたことで、両親の親たちの誰も同意していないことだ。

父さんとレジーンおばあちゃんは、そのことで何度も言い争ってきた。レジーンおばあちゃんは墓を、墓石を、訪れて花を捧げる場所を望んでいる。父さんは、それはスペースを取るだけだと、世を去ったあとまでも世界の資源をさらに無駄にすることだと信じている。

母さんがもしも、自分の考えを言い出せないほど悲しみに暮れているのでなければ、以前父さんと二人でイザベルとわたしに話したように、みんなに思い出させることだろう、家族の両方の家系を何世代遡っても、自分の子が埋葬されるのを見るために親が墓地に行った例はひとつもないと。あの追突事故で、たとえば、もしも父さんが死んでいたら、マーカスおじいちゃんとレジーンおばあちゃんは、開いた墓のそばに立って息子の遺体が地中に降ろされるのを、ただじっと見ていることはしなかっただろう。二人は礼拝堂に、あるいは教会に行き、それから家に帰って、他のみんなが食事をしに墓地から戻ってくるのを待っただろう。あとになってから埋められた墓を訪れるだろうけれど、親は子どもが地中に沈んでいくのを目の当たりにしてはいけないことになっていた。だから、わたしの両親はイザベルを埋葬しない。

絵棺はピンクで、巨大なハイビスカスの絵で覆われている。こんな棺は見たことがない。目が飛び出しそうな様子からして、両親も同じだ。

「この少しのあいだ、イズィが喜んでくれるだろうと思ったの」とレジーンおばあちゃんは、彼女のるかもしれない。

最高のパリジャン風のフランス語で言う。いつもだったら、父さんと両親のあいだに騒々しいクレオール語の口論を引き起こすきっかけになるかもしれない。

「母さん自身の好みだろう」と父さんは言ったかもしれない。

そうしたら、レジーンおばあちゃんは傷ついて唇をゆがめ、悲しんで目に涙を浮かべたかもしれない。するとマーカスおじいちゃんがやむをえず助け舟を出して、「お前がもう大人だということはわかっているが、わたしの国では母親にそんな口のきき方はしない」みたいなことを言っただろう。父さんは親に対する敬意から口を慎むだろうが、ほんの少しのあいだだけで、また続けてさらに文句を言うだろう。レジーンおばあちゃんは気力を取り戻して言うだろう。「またあなたのご機嫌を損ねてごめんなさいね」すると仲裁しなければならなくなって母さんが言うだろう。「お願い、ひと休みできる?」そうしたら、父さんが母さんのほうへ身を乗り出して言う。「あの二人はどうしていつもこんなことをするのかわからないよ」それに対して、母さんは言う。「それは、あなたがいつも今しているようなことをするからよ」

イザベルとわたしはもちろん、この会話にすっかり魅了されるだろう。なぜかというとまず第一に、この会話が全部クレオール語とフランス語と英語のミックスで起こるから。もしアレジャンドラがいれば、それにスペイン語も加わる。ボワイエ家の言い争いは、国連での口論のようだ。

「ワオ、人って年とってもまだ親と口げんかするんだ」とイザベルはジョークを言って、場の空気を、すっかりとはいかないけど、いくぶんやわらげるだろう。

でも、この日の葬儀場にそんな口げんかはおきない。父さんは明らかに棺に満足してはいないけれど、がまんはできる。なんといっても、これが今までに家族が目にした唯一の変わった棺というわけではないのだから。サンドリンおばあちゃんの棺も「ユニーク」だった。そしてもしも葬儀が、死者を見送るために集まる人びとのものというより、死者のためのものであるなら、イザベルはこの棺に大満足したことだろう。

「素敵」と彼女は言ったかもしれない、サンドリンおばあちゃんの棺について言ったのとまったく同じように。「特別」

「では開けましょう」とダニエルズさんは言う。

彼が「ましょう」と言うのを聞いて、わたしは、彼はそのためにわたしたち全員の力を必要としている、だってそれはとうていひとりでは不可能なことだから、と思う。巨大な重い岩を持ち上げるように。でも彼は、ただわたしたちに背を向けて蓋を上げる。そこには彼女がいる。

最初、わたしはまったく動かない。一メートルほど離れたところから、サングラス越しにただ彼女を見つめる。母さんはイザベルの名前を叫び、父さんはいいほうの腕を伸ばして母さんを抱く。パトリック叔父さんは一目見て顔を背け、レスリー伯母さんは叔父さんの胸ですすり泣く。

アレジャンドラがわたしの手を取ろうと手を伸ばすけれども、届きそうで届かない。わたしは、長椅子に抱き合って座る両親を見ている。その様子からは、この後二人がまた別れることになろうとはとても想像できない、たとえ一瞬でも、ましてやこれから先ずっとなんて。

わたしは棺に数歩近づく。

近くで見ると、レジーンおばあちゃんがこの棺を選んだ理由がわかる。それは、イザベルが好きだったとおりの、けれども本人が素直に好きだと認めることは絶対にないだろう、そんな女の子らしさに溢れている。棺の内側はピンクの絹で覆われていて、頭の下にはそれとお揃いの枕が置かれている。イザベルは、もとのままに見える。顔に施されたシナモン色の舞台用メーキャップの下には、切り傷や打撲の傷あとはない。

死者について誰もが言うことだけれど、彼女は確かに眠っているように見える。これだけの時が経ってさえ、彼女の身体がくぐり抜けてきたあらゆることがあってさえ、彼女は彼女のままで変わらない。そっとつつけば目を覚ますんじゃないか、とわたしはずっと考え続けている。

追突事故のあった夜と同じように、イザベルはオーケストラのための正式の衣装を身につけている。白のブラウスとペンシルスカート。コンサートの夜には、たくさん持っているビーズのブレスレットのうちの一つをつけたがっていたけれど、装身具は一切許されていなかった。光らない種類のものでさえ、気を散らすと考えられていた。光沢のある髪飾りをつけることもできなかった。そして棺の中でも、光り輝くものを何も身につけていない。おそらく、傷をうまく隠すために、編んだ髪の残りはみんないっしょに束ねて顔の近くにまとめられ、その端は両肩にかかっている。

この正装について彼女がどう感じたかは、わからない。

「これって、わたしは未来永劫フルートを吹き続けなきゃいけないってこと？」と言ったかもしれない。

だけど、メーキャップのほうは全部、すごく気に入ったことだろう。

「大量のステージ用マスクね」と彼女は言ったかもしれない。

でも、どれだけメーキャップをしても、彼女はやっぱりわたしのように見える。自分を見ているようだ。

去年、わたしの知らない一年生の男子生徒が自殺未遂事件を起こしたあとで、学校で行なわれた自殺防止集会に、最初から最後までずっと出ていたときのことを思い出す。ゲストの心理学者が言っていたことのひとつに、こういうのがあった。たいていの人は、特に若い人は、自分が死んだら、棺の中に横たわっているあいだ、自分のまわりで起こっているすべてを見ることができると思っている。

実際は、と彼は言った、きみたちは自分をいじめている者たちが泣くところを見ない。きみたちの両親の深い後悔の念を経験しない。きみたちの友人たちの心の痛みも感じない。死んだ自分がどんな顔になるのかも、決してわからない。

ただし、わたしにはわかる。自分が死んだらどんな顔になるか、正確にわかる。イザベルのような顔になる。

第二十二章

アレジャンドラがレンタカーに何かを取りにいく。そして戻ってきて、葬儀場の外に報道陣のトラックが来ていると教えてくれる。

ロビーも、葬儀のために礼拝室へ入るのを待っている人びとでいっぱいだ。

わたしはアレジャンドラといっしょに外へ出る。そのあいだ他の家族は、母さんと父さんが礼拝室の一番前の席まで行くのを手助けする。

ティナとジャン・ミシエルはロビーにいるだろうか？　ガラスのドアから覗いてみたけれども、中に入るのを待っている人びとのうち、教会の友人たちのグループのなかにも、学校の友人たちのグループのなかにも姿は見えない。アイドゥー先生が素敵な黒いスーツを着てロビーに立っているのが見えたけれど、錯覚かもしれない。

わたしには、大勢の人のあいだを歩きまわって友人を見つけるだけの、あるいはアイドゥー先生が本当にそこにいるのかどうかを確かめるだけの、勇気も元気もない。それに、他ならぬアイドゥー先生が予言したように、少し吐き気がして、目がぼやけて、頭がくらくらしはじめている。倒れてまた頭を打ちたくはない。アレジャンドラに頼んで、両親のところまで連れていってもらう。

礼拝室の前のほうへ歩いていくときにも、まだサングラスをかけている。アレジャンドラがひじをしっかりつかんでくれているのに、ふわふわと浮かんで、イザベルの棺に向かって流れているような感じがする。イザベルの棺は閉じられていて、両親の庭から取ってきた椿の花と極楽鳥花で覆われている。

棺のそばにはイーゼルがあって、そこにイザベルの大きな写真が飾られている。いちばん最近の、学校用の顔写真だ。いつでも明るすぎる学校専属の写真屋の電灯の下で、彼女の顔は少し光り過ぎて見える。スパンコールを散りばめた黒いブラウスを着て、人造真珠のチョーカーをつけている。編んだ髪は鎖骨のすぐ上まで伸びていて、微笑んでいる。

礼拝室はすぐに人でいっぱいになる。ベン牧師が立ち上がって、わたしたちを迎える挨拶をする。

「悲しく、理解しがたい日です」と彼は、白いあごひげをひっぱりながら言う。

ラザロは今どこにいるのだろう？　とわたしは考える。

わたしはもう消えられない。もう地下深くに沈めない。でも、地表に出るのも嫌だ。ときどき、自分がまた病院にいて、次第に姿を表わしたり、消したりしているような気がする。わたしはサングラスを動かして、その黒い色合いをもっと目に近づける。

パトリック叔父さんが立ち上がり、聖書台へと歩いていく。彼は、イザベルとわたしが生まれた日の話をする。

母さんは、妊娠期間中ずっと安静を保つ必要があった。そして、帝王切開で出産する予定だったが、出産予定日の一週間前に陣痛が始まった。パニックになった父さんは、車で母さんを病院へ連れていった。

「この子たちは、世界を見たくてたまらなかったのです」とパトリック叔父さんは言う。「生まれ出てくることを要求しました」

多くの不具合が起こり得ました、と彼は言う。わたしたちは、互いのへその緒にからまったかもしれない。どちらか一人が栄養素を全部とってしまって、もう一人を子宮のなかで餓死させたかもしれない。でも、わたしたちは最初から互いを愛し支えた。

レスリー伯母さんが立ち上がって、イザベルの音楽への愛について、世界中を旅して有名な作曲家になる夢について話す。イザベルがニーチェの言葉を、音楽のない人生は誤りだという言葉を、心底信じていたことを話す。イザベルのユーモアのセンスについて、家族への愛について話す。

わたしはまた意識がもうろうとしてきたので、無理に耳をふさぐ。そして声を聞く代わりに、礼拝室の中を見回す。

イザベルとつき合いのある、ほぼすべての人が来ている。ヴォルシー校長先生は、モリスン高校の何人かの先生たちと同じ列に座っている。学校の友だちも大勢来ていて、親といっしょに来ている子たちも何人かいる。

イザベルの友だちは簡単にわかる。演奏していないときはたいてい、自分が夢中になっているミュージシャンをあしらった服を着ているから。着古したTシャツで、常に自分の好きなミュージシャンやバンドを宣伝している。でも、今日は違う。みんな完璧にアイロンをかけた、ストレートの細身のドレスやスラックスやスカートに、地味な色のシャツやブラウスを着ている。

うしろの列には取材班がいて、その中には母さんの常連客のニュースキャスターもいる。彼らのカメラはまっすぐに、棺とわたしたちに向けられている。アレジャンドラの話では、キャスターたちの数人は、母さんと父さんの独占インタビューを取るために、毎日母さんの病室に花を届けていたということだ。両親は、インタビューは受けないと決めた。

わたしはうしろを見て、ティナとジャン・ミシェルを捜すけれども、見つけられない。ロン・ジョンソンを捜す。彼も見あたらない。

ベン牧師が、スクールオーケストラのイザベルのセクションから選んだ数人を発表する。イザベルといっしょにフルートを演奏していた、三人の男子生徒と四人の女子生徒だ。

イザベルの友人のロイスは、曲を紹介しながらすすり泣く。

イザベルにはあまりに多くの友人がいて、そのうちの誰かを親友と呼ぶわけにはいかない。けれども、もしも彼女に親友がいたとすれば、それはわたしのクラスメートの、騒々しくて、ガムを嚙むのが好きで、フルートを吹くロイスだった。

「イザベルが好きだった曲からの抜粋を演奏します」とロイスが言う。

イザベルの友人たちは、ストラヴィンスキーの「火の鳥」から「凶悪な踊り」を演奏する。その曲の途方もなく巨大な流れは耐えがたいほどで、演奏する彼らを呑み込んでしまいそう。そのテンポはわたしに、あの追突事故を思い出させる。沈黙、スピード、それから**激突**。

しばらく耳が聞こえない経験をしたあとで、今では妙に思えるけれど、イザベルの学校のオーケストラの演奏でわたしがいちばん好きだったのは、沈黙だった。それぞれの楽章と曲のあいだに、計算された沈黙と計算外の沈黙の両方があった。その沈黙が、作品にさらに命を吹き込んでいた。沈黙は、メロディーが立ち止まって息をつくための空間のようだった。

イザベルの友人たちは、うまく演奏できていない。リードしているロイスが始終棺に目をやり、集まった人びとを見て泣いているから。ときどき彼女はフルートを唇から離し、大きく息を吸い込んで、それから目に込み上げる涙を拭く。それから、息継ぎ分の沈黙、大休止、フェルマータがあって、わたしはこれが永遠に続いてほしいと願うけれど、そのあとにはさらにロイスと他の数人のすすり泣きが続く。

彼女たちの演奏で、葬儀はほぼ終了する。父さんは、パトリック叔父さんに車椅子を押してもらって待機室に戻る。

父さんとパトリック叔父さんが出ていくと、みんな列ごとに動いて、わたしたちのところへ声をかけに来る。わたしは、やってくる一人ひとりについて、イザベルとのつながりを探ってみる。

わたしたちの区画の人はみんな来ている。クリフトン夫人も。イザベルはクリフトン夫人を「クラフト・クイーン」と呼ぶのが好きだった。クリフトン夫人は数年前に客室乗務員の仕事を退職し、そのあとは終日家にいて、連続メロドラマを見ながら手工芸品《クラフト》を作る生活をしていた。彼女は、区画内でいちばん頼りになるベビーシッターでもあった。

クリフトン夫人は手を差し伸べてわたしの頬をなで、それから耳にかかっている何本かの三つ編みをアレンジしなおす。それで初めてわたしは、自分の髪がひどいことになっているに違いないと思い至る。髪をとかした覚えはないし。でも、頭のてっぺんを触ってみると、髪はきれいに分けられていてきちんと整っているみたいだ。たぶん、レジーンおばあちゃんがしてくれたのだろう。

クリフトン夫人はわたしに何も言わない。そして、わたしはそれがありがたい。話したい気分じゃないから。うちに来る郵便配達人のヒルトンさんが、やって来て立ち止まる。父さんの友人で地区の行政長官のモイも。うちの家政婦のジョシアンも、ハイと声をかける。ジョシアンの旦那さんもいっしょに来ている。

わたしたちの小児科医のローズメイ先生も、やはりやってきて立ち止まる。レスリー伯母さんの気分を害したくはないけれども、ローズメイ先生はおそらく世界中で一番エレガントな医師だろう。新生児からティーンエイジャーまでの患者を診ているのに、えりぐりの深い服を着て、爪は長く伸ばし、赤いマニキュアを塗って、一日中聴いていても飽きないフランス語とクレオール語を合わせたような話し方をする。

「お悔やみを申し上げます」とほとんど誰もが――ローズメイ先生も――言う。みんなが台本を渡されているみたいに。「わたしにできることがあったら、何でも言ってくださいね」と先生は言ってくれる。

ローズメイ先生はわたしを、すぐに今ここで、診察したいという強い衝動と闘っているように見える。わたしの両手首をつかみながら、ひそかに脈をとっているに違いない。

きっとわたしの目を見たいだろうと思って、わたしは先生のために眼鏡を上にずらす。

「ローズメイ先生は、二度ほど病院に来てくださったのよ」と母さんが言って、わたしたちのにらめっこの邪魔をする。「アイドゥー先生と連絡をとってくれて、あなたの治療の大半を引き継いでくださるのよ」

「覚えていないです」とわたしはローズメイ先生に言う。

「そうだとしても驚かないわ」と先生は言う。

イザベルの友だちのロイスは、やってくると、ローズメイ先生と同じように、家族の他のメンバーよりもわたしのそばに長く立つ。他のみんなは、なんとかそれに気づかないようなふりをしていたけれど、ロイスにはどうしてもできなかった。

「そっくりだわ」彼女は誰の目にも明白なことを口に出して、挨拶者の列の動きを完璧に止めてしまう。

数人が息を飲む。けれども、彼女は本当のことを言っているだけだ。気詰まりな真実だけれども、真実には違いない。わたしがイザベルの身体とイザベルの顔で歩き回っている限り、誰も彼女を忘れないだろう。姉さんは死んでいて、わたしは姉さんの幽霊だ。

学校の生徒たちがさらにそばを通りすぎていく。わたしの知らない生徒もいる。そしてとうとう、わたしはロン・ジョンソンに会う。

ロン・ジョンソンはライトブルーのシアサッカーのスーツを着て、ストライプのネクタイをしている。そのレトロなべっ甲ぶちの眼鏡には見覚えがあった。太陽光のなかでは、レンズがわたしのよりもさらに黒くなるものだ。そこに立つ彼は、びっくりして目を丸くしている様子で、わたしから何か声をかけるのを待っているみたいだ。前にイザベルが撮った写真のなかで、同じ前かがみの姿勢を見たことがある。

「こんにちは」とわたしは言う。

「こんにちは」と彼は応える。

初めてロン・ジョンソンの名前を聞いたのは、二頭のクジラが学校からそれほど遠くないところで浜に乗り上げて、イザベルの体育のクラスが朝、ジョギング中にそれに出くわしたときのことだった。

体育の教師も含め、その朝浜にいたすべての人のなかで、どうすべきかを知っていたのは、ロン・ジョンソンだけだった。二頭の色（黒と濃い灰色）とサイズ（約一～三トン）から、彼には、それがコビレゴンドウクジラで、進路を誤って浅瀬に迷い込み、そして浜に乗り上げたのだとわかった。ロン・ジョンソンは教師に、野生生物センターに電話をするように言い、通行人も含めた全員に、近づかないようにと指示した。体育クラスの生徒たちが帰ったあとも、ロンとイザベルはそこに残り、野生生物センターの人たちがクジラを海に引き戻すのを見ていた。

その夜、クジラが海へ戻っていってから、帰宅したイザベルの頬は紅潮していた。一日中日なたにいたからだったけれども、新しい恋の予感に興奮していたせいでもあった。

ロン・ジョンソンは彼女が典型的に好きになるタイプではなかったけれども、イザベルは特別な才能を持つ人に惹かれた。ロン・ジョンソンとクジラは、その日の午後全員が受けることになっていた

SAT〔学習能力適正テスト〕の模擬試験を無視させるのに十分なくらい、強力な組み合わせだった。

「あのね、ジズ」とその夜家に戻ると、彼女は言った。「ロンが教えてくれたんだけど、あの種類のクジラは何があってもいっしょにいて離れないんだって。どちらかが死んでいたら、二頭とも死んでいたかもしれない」

　わたしはちゃんと聞いていなかった。

「SATの模擬試験は次のを受けるわ」と彼女は、言葉に出さないわたしの気づかいを静めるように言った。「みんなこの手の試験をしょっちゅう受けているけど、ロンとわたしが見たものを見られる機会ってどのくらいある？」

「へえ、ロンとわたしなんだ？」

「わたしとロンのほうがいい？」と彼女は笑った。

　テレビのレポーターたちもわたしたちといっしょにずっと浜にいたわ、と彼女は言った。でも、わたしとロンは授業をさぼってたわけだから、カメラには映らないように避けてたけどね。今わたしは、何時間も続く二人の映ったビデオがあればいいのにと願う。わたしが思っていたことを、死ぬ前に姉さんが恋に落ちていたことを、証明してくれる場面でいっぱいのビデオ。

　その夜、彼女は携帯で撮ったクジラの写真を何枚も見せてくれた。そのうちのいくつかには、前景にロンが写っていた。クジラにすごく感動したようで、二枚に一枚は眼鏡を外して目の涙を拭っていた。

　今、礼拝室で、ロン・ジョンソンは眼鏡を取り、ジャケットの袖で涙を拭く。

「きみを抱きしめてもいいかな？」と彼は訊く。

　もうすでに、数人がわたしを抱きしめていた。たいていの人は、このタイミングでわたしの身体をきつく抱くのはよくないとわかっている。けれど、幾人かが許可も求めないで抱きしめた。わたしは、そういう人のほとんどを突き離したかった。奥の部屋にいる父さんのところへ行こうかとも考えた。でも、イザベルと共にいる最後の時間を、ロン・ジョンソンならばわたしを抱きしめてもかまわない。それに、ロン・ジョンソンはほんの少しでも逃したくない。離れなければならない最後の時まで離れたくない。

わたしは両腕を開き、ロン・ジョンソンは前にかがみこむ。彼の身体は、砂っぽくて湿った感じがする。髪は海草の匂いがして、顔はシアバターの日焼け止めクリームで光っている。夜明けの浜辺の匂いがする。イザベルのような匂いがする。

ロン・ジョンソンはわたしをきつく抱きしめない。軽く抱きさえしない。わたしは彼を抱く、優しく、注意深く、彼が姉さんであるかのように、もっとも傷つきやすい、もっとも傷ついた、ほとんど死んだような状態の姉さんであるかのように。

「きみは彼女のような匂いはしないね」と彼はささやく。

「あなたはするわ」とわたしは言う。

離れるとき、彼は少し震えている。それから彼はわたしの両手をつかむ。

わたしは、あの夜イザベルが見せてくれた写真を思い出して言う、「ゴンドウクジラ」

二人とも眼鏡をかけたままだったけれど、それでもわたしは彼の目に、気持ちがつながったしるしの光を見る。彼は用心しながら微笑む。たった今、暗い秘密のクラブに招き入れられたばかりの人のように。それから彼はわたしの両手を離して、歩き去る。

彼が去っていくのを見つめる。歩いていく彼の姿は、礼拝室の壁面のステンドグラスの窓の枠に収まっている。十六世紀に建てられたメキシコのカテドラルを、イザベルもわたしも大好きだったことを思い出す。訪れたカテドラルのすべてに、どんなに夢中になったかを思い出す。

マーカスおじいちゃんは、ポルトープランスに新しいカテドラルを建設しているチームの主任建築技師だ。去年の夏、おじいちゃんはわたしたちをその現場に連れていってくれた。そこは小山の頂上で、市のいたるところから見えるので、カテドラルの主尖塔は灯台として使われることになっている。

　マーカスおじいちゃんには、家族にもう一人建築家がいてほしいという望みがあって、イザベルとわたしは、そんなマーカスおじいちゃんの最後の希望だった。わたしたちはいつも、マーカスおじいちゃんと同じように、カテドラルにとても興味をそそられていたので、いつもハイチの代表的なカテドラルを見に連れていってもらい、もうたいていのところには行っている。

「そう、グアナフアトには壮麗なカテドラルがいくつかあるんだが」とマーカスおじいちゃんはわたしたちに言うのだった、「グアナフアトの聖者たちは、ここの聖者たちほど強烈な願いごとを数多く聞いてはいないと思うね」

　マーカスおじいちゃんは、一つの町から次の町へ、胃の中がひっくり返るような急こう配のでこぼこ道の続く丘を運転しながら、何時間もわたしたちに講義をした。おじいちゃんはいつも、レジーンおばあちゃんをナビゲーターに、自分で運転した。

「庭だって、簡単に独自のカテドラルになれる」とおじいちゃんは言った。「癒しの場所だったら、どこだってそうさ。人びとが、陽の光と風と雨のなかから出てきて、座って泣くことのできる場所なら」

「おじいちゃん《グランペール》、そんなこと言ってたら仕事がなくなるわよ」とイザベルは言ったものだ。

「自然がもうすでに実に見事にデザインしてくれているものに勝るものを造ることは、誰にもできないよ」というのがマーカスおじいちゃんの答えだった。

父さんは、礼拝室に戻るのに、ほとんどの人が出ていってしまうのを待っている。ダニエルズさんが、父さんの車椅子を押して入ってくる。ジャン・ミシェル、ティナ、ベン牧師、マーシャル夫妻がやってきて、わたしたちの後ろの席に座る。ジャン・ミシェルの両親も加わる。ジャン・ミシェルの顔は、両親の顔の完璧な組み合わせだ。中国系ジャマイカ人の母親の小さくて丸い鼻と、フランス系カナダ人の父親の皿のような丸い目をもっている。

ティナは手を伸ばして、わたしの肩を抱きしめる。わたしはずっと彼女に会いたくてたまらなかったので、どうすればいいのかわからない。

「連れていく時間です」とついにダニエルズさんが、母さんと父さんに告げる。

わたしたちは皆、百万年でもそこに座っていたことだろう。でも、その代わりに、葬祭場のスタッフが棺を押して火葬場へ向かうのを見つめた。

イザベルは火葬されて、そのあとわたしたちは、彼女の遺灰をどこにまくかを決めることになる。

母さんが叫ぶ。それからレスリー伯母さんが。わたしは目を閉じる、棺が礼拝室のドアを、これを最後に出ていくのを見ないように。父さんの車のなかでわたしたちの手が引き離されてからずっと、わたしはイザベルにさようならを言い続けてきた。

わたしは、もしも二人の運勢を占ってもらったら、イザベルの運勢の半分はわたしが占めるだろうと、ずっと思っていた。わたしたちが言葉にしなかった夢のひとつは、二人だけの、車での旅行だった。いつの日か、わたしたちは成長してすっかり大人の女性になったかもしれない。わたしたちは経歴を持ち、オフィスを持ち、アパートメントを持ったかもしれない。たとえ別々の都市に住んでいても、結局日に何度も電話で話をすることになったかもしれない。いっしょに世界一周旅行をしたかもしれない。互いの夢を見続けたかもしれない。もっと注意深く、ずっと優しく愛し合ったかもしれない。

そうした可能性のすべてに、あの追突事故以来、わたしはずっとさようならを言い続けてきた。

初めからずっと、さようならを言い続けてきた。

第二十三章

車が家の前で止まると、玄関のわきのガラスの向こうからデサリーヌがこちらをのぞいている。わたしは、ジョシアンがドアを開けるとすぐにデサリーヌを呼ぶ。デサリーヌはわたしの両脚にまとわりついて、永遠に履いていたいブーツのようにそこで丸くなる。

わたしは、デサリーヌがおびえないようにサングラスを外す。ジョシアンがかがんでデサリーヌを抱き上げる。わたしたちはリビングルームのカウチまで歩き、彼女はデサリーヌをわたしの膝の上に置く。デサリーヌはわたしの顔を、まるで全体にツナオイルが塗ってあるかのように舐める。わたしはそれに夢中になりすぎて、最初は他のことに何も気づかない。

家の中は、花と風船とテディベアで溢れている。ジョシアンが言うには、そのうちのいくつかは、イザベルの死について新聞で読んだりニュースで聞いたりした、まったく知らない人たちからのものだそうだ。キッチンとダイニングルームのあいだの島式のカウンターには、カードがいっぱいだ。開かれたカードが何列かに並べられている。たぶん、レジーンおばあちゃんがそうしてくれたのだろう。

デサリーヌはわたしの膝の上に数分いて、それからコーヒーテーブルを跳び越え、両親が座っているところへ行く。父さんは両脚をまっすぐ前に伸ばしていて、母さんは傷めた肋骨を守るかのように、両腕で身体を保護している。デサリーヌは二人の間で丸くなり、母さんと父さんは交互にその背中をなでる。

家へ戻る車の中で、マーカスおじいちゃんとレジーンおばあちゃんとわたしは、ほとんど口をきかなかった。マーカスおじいちゃんに、また道に迷っているから、他の皆がわたしたちより先に家に着くだろうと言いさえしなかった。

マーカスおじいちゃんは、やっと数語を口にしただけだった。

「イズィはイズィらしく見えたな」と。

家の中では、言うべきことはもっと少なかった。

ジョシアンが冷蔵庫まで行って、人びとが持ってきてくれた食べ物を取り出した。アルミホイルで覆われた大きな盛り皿がいくつもあり、とてもわたしたちだけでは食べきれない量だった。

「お腹がすいている人は?」と彼女は訊く。

誰もいない。

デサリーヌだけが空腹のようだ。あるいは、わたしたちに飽きたのかもしれない。キッチンの隅にある自分のランチへと突進する。

しばらくして、手持ち無沙汰で時間を持て余したジョシアンは、さまざまなラザーニャとキャセロールを切り分け始め、彼女とレジーンおばあちゃんはダイニングルームにいるわたしたちのために電子レンジで温めた食事を出してくれる。食べはしたが、味はわからない。ひたすらイザベルのことが思われる。あの場所に彼女をひとりで置いてきて、彼女はそれから線香花火のように火をつけられて、燃えて灰になってしまうのだと。

マーカスおじいちゃんは、イザベルの椅子に座っている。そこからは正面の壁にかかった、カラフルなハイチの絵画が見える。ときどき、イザベルが空想にふけっているとき、彼女は口に素早く食べ物を詰め込みながら、そこに描かれた――レジーンおばあちゃんとマーカスおじいちゃんの家の上のほうにあるような――いくつもの緑の丘と青い山々に、じっと見入っていた。

母さんはイザベルに、もっとゆっくり時間をかけて食べるようにとうながすのだった。

「飢饉はこないわよ、イザベル」と母さんは言った。

「そうね」とイザベルは答えた。

今、わたしたちは皆ゆっくりと食べている。この食事を永遠に続かせようとしているかのように。それが、これからわたしたちがしなければならなくなることだ。つまり、次に何をするかを考えなくてもいいように、今していることをできるだけ引き延ばすのだ。

食事が終わろうとするころに、ドアのベルが鳴る。じゃまが入ってホッとする。ベルに応えようと、パトリック叔父さんとレスリー伯母さんが立ち上がる。ジョシアンのほうが速くて、ベルがもう一回鳴る直前にドアまで行く。そして、ドアのわきのカーテンを分けて外を覗く。

「警察です」と彼女は言う。

「入れてくれ」と父さんが、予期していたかのように叫ぶ。

ジョシアンがドアを開けると、病院に来たあの婦警が入ってくる。今回は、男性の警官もいっしょだ。彼女より少し背が低くて、足取りは彼女より速い。

彼らはテーブルのほうを見やって、ジョシアンに何かささやく。

「いいタイミングとは思えないわ」と母さんは大声で言う。

父さんは、かまわず二人を招き寄せる。

「ほんとにいいのね？」とレジーンおばあちゃんが父さんに訊ねる。

「あの子は、話さなければならない」と父さんは言う。わたしのことだ。

警官たちは、わたしが座っているテーブルの向こうの端にいる。彼らは同じ黒のズボンをはき、黒の長袖シャツを着て、おそろいの星をつけている。あの日病室で、わたしの頭のなかで爆発したあの星と同じような。

「お邪魔してすみません」婦警が先に口を開く。

「全然邪魔じゃありません」と父さんが言う。

わたしたち以外に話しかける人があって、喜んでいるようだ。

「わたしはもう、皆さんとは顔なじみです」と婦警は言い、それからわたしを見やって、つけ加える。

「たぶんお嬢さんを除いて」

わたしもあなたを知っているわ、と言いたい、主に、あなたの胸にある星をだけど。

「もう一度、わたしの心からのお悔やみをお受け取りください」と彼女は言う。

横に立つ警官はうなずいて、静かに自らの悔やみの気持ちを加える。

「わたしは、バトラー巡査です」彼女はわたしだけに言う。「そしてこちらは、相棒のサンチェス巡査。わたしたちは、お姉さんの死につながった出来事について捜査しています」

彼女が事故ではなく、出来事と言っていることに気づく。

わたしたちは、起こったのは正確に事故だったとは言えないと考えています。

「わたしは病院であなたに会いました」とバトラー巡査は、わたしから目を離さずに言う。「サンチェス巡査とわたしは、すでにご両親と話しました。今日ここに来たのは、あなたから何かつけ加えることがないかを確かめるためです。あの夜起こったことについて、教えてもらえることが何かあるかもしれないと思って。思い出せることを、わたしたちに話していただけますか？」

両親が何を話したのかがわからないので、何をつけ加えるべきなのかわからない。わたしたちは車でコンサートに向かっていた。そして姉さんは死んでしまった。わたしは、その少しの言葉さえ口に出せない。

「わたしたちからあなたに少し質問をするのはどうかしら？」バトラー巡査は胸ポケットから小さな手帳を取り出し、わたしがまだ話していないのに、もう走り書きを始める。

「追突の前に、何か変わったことは起こっていましたか？」

誰もがわたしを見つめている。二人の巡査だけではなく、両親と祖父母とレスリー伯母さんとパトリック叔父さんとアレジャンドラも。

交通量は多くて、多くの車が渋滞に巻き込まれていた。でもそれは、マイアミのラッシュアワーにはよくあることだ。何を言えばいいかわからないので、首を横に振って、なかったと伝える。

「あなたたちにぶつかってきた車を、見たことがありますか？　あの日より前に、ということですけれど」と彼女は言う。

あの車を前に見たことはなかった。それで、少しつらいけれど、その質問にも首を横に振る。

質問がたどっている方向からすると、どうも彼らは、すでにわたしの知らないことを知っているようだ。わたしのほうから彼らに質問すべきではないのだろうか。わたしが気づいていなかった、異常なことが起きていたのですか？　わたしはあの赤のミニバンを、見たことがあるはずだったのですか？

「あの赤いミニバンを運転していた若い女性は、あなたの学校の生徒でした」とバトラー巡査は言う。

「彼女の学籍は、あの出来事の夜まであなたの学校にあったのです」

彼女がおそろしくゆっくりと話しているので、まだ耳が聞こえていないのかもしれないと思う。わたしは実際に、この言葉を聞いているのだろうか、それとも、彼女の唇を読んでいるのだろうか？

「モリスン？」とわたしは訊く。

「それがあなたの学校ですよね？」と彼女が訊き返す。

学校のいったい誰が、車を激突させるほどわたしたちを傷つけたかったの？

「あなたの学校の、グロリア・カールトンという生徒を知っていますか？」サンチェス巡査が質問を引き継ぐ。彼もゆっくりと話している。ただ彼は、一語ごとに顔をじりじりと近づけてきて、それからまた後ろに引く。

モリスンは、比較的小規模のチャーターハイスクール〔特別認可高校〕のひとつだ。それでも、生徒は六百人以上いる。その全員を知っているわけではない。

「何年生？」とわたしは訊く、それが大事なことだとでもいうように。四年生〔日本の高校三年生にあたる〕じゃなくて一年生〔日本の中学三年生にあたる〕だったほうが、わたしたちを殺したい気持ちが強かったとでも？

「比較的最近、あなたの学校の生徒になりました」とサンチェス巡査が言う。「九年生〔前行の一年生に同じ〕。学期途中に転入してきました」

この人はどうして学校のことを、わたしの学校と言うのだろう、まるでわたしが学校を所有しているかのように？

「知りません」とわたしは言う。

「あの車を運転していたのは彼女です」と彼が言う。「わたしたちはただ、すべての事実を集めようとしているのです」

そのグロリア・カールトンは何者？　なぜわたしたちを傷つけたいの？　運転ができる年齢にさえなっていないみたいじゃない。

「運転している人の顔は見ませんでした」とわたしは言う。「見えたのは、光だけです」

「そうでしょうね、わかります」とバトラー巡査。

母さんから聞くまでは、わたしは、誰か年上の人物にぶつけられたのかもしれないと思っていた。運転中に心臓発作を起こした老人とか。九十歳をだいぶ過ぎても運転していた老女とか。免許失効中の酔っ払いとか。わたしの年齢に近い人物だろうなんて、考えもしなかった。

「グロリア・カールトンは現場で収監されました」とサンチェス巡査が言う、「そして、確かに運転していた人物だと確認されました」

「どんな人ですか？」とわたしは訊く。

わたしがそう訊くのを待っていたかのように、サンチェス巡査は胸ポケットから大きな画面の携帯電話を引っぱり出して、キーを叩く。彼は画面を拡大して、携帯をわたしに渡す。画面は太陽光よりも、そしてあの日の病室でのバトラー巡査の星よりも、さらにまぶしい。サングラスをかけてもまだ、千本もの針で目を突かれているように感じる。でも、顔をそむけるわけにはいかない。

わたしが見ているのは、警察が撮ったグロリア・カールトンの顔写真なのだろうか。目がくらむようなまばゆい光があっても、グロリア・カールトンの肌はセピア色に見える。髪は短くカールしていて、両方の頬にそばかすがある。顔は丸い。目は垂れている。群衆のなかにいて目立つような、誰もがすぐに気づくようなタイプには見えない。彼女は、いつもここ以外の場所にいたいと思っている人のようだ。いつも疲れている人のようだ。

「この子は、何が起こったと言っているんですか？」わたしは、サンチェス巡査に携帯を返す。

「事故だったと主張しています」とサンチェス巡査は言う。

「あなたがたは、それを信じていないのですか？」とわたしは訊く。

「死者が出たときには、捜査しなければなりません」とバトラー巡査が口を挟む。

「きみがその子に会ったことがないのは、確かかい？」と父さんがわたしに訊く。

わたしの家族は、全員が得意分野を持っている。マーカスおじいちゃんとレジーンおばあちゃんは、ものごとをまとめて計画すること。レスリー伯母さんは、医療。パトリック叔父さんは、音楽。母さんは、美しさ、メーキャップ、人びとを美しくすること。父さんは、法律。人びとと面談して、彼らの話をよりよく理解するよう努めることも、父さんの得意分野のうちだ。

「イズィはこの子を知っていたのかい？」父さんが訊く。

「わからない」とわたしは答える。「というか、そうは思わないわ」

わたしとイザベルが互いの学校生活を別々にしていようと懸命に努めたのは、おそらく誤りだったのだろう。今わたしには、イザベルに関する質問で、答えられないものがある。わたしはずっと彼女といっしょにいたわけではなかった。彼女を殺したいと思っているおかしな一年生がいたのかどうかさえわからない。

「彼女は今どこにいるのですか？」とわたしは巡査たちに訊く。

「両親の保護監督下にあります」バトラー巡査が言う。

「じゃあ、釈放されたんですね」とわたし。

「そうです」とバトラー巡査が答える。

「学校に戻ったら、彼女に会わないといけないのですか？」とわたしは訊く。

「彼女の両親は、オンラインの学校を使っています」とサンチェス巡査が言う。

「ということは、彼女の身には何も起こらないんですね」とわたしは言う。

「まだ捜査中なのです」とバトラー巡査が言う。「また調査をして、新しい情報をお知らせします」

事情聴取は終わった。彼らはさようならと手を振って、ジョシアンが彼らをドアまで案内する。

「信じられない」彼らが帰ると、父さんは言う。

母さんは立ち上がって、両腕を身体に巻きつけたまま、家の反対側へ歩いていく。母さんのすすり泣く声が、まだわたしたちの隣りに座っているかのようにはっきり聞こえる。レスリー伯母さんが追っていき、母さんのところへ着くと、すすり泣きはやむ。

またドアベルが鳴ると、わたしはほっとする。今度はクリフトン夫人だ。わたしたちが葬儀を終えて戻ってきたという情報が伝わったのに違いない。マーシャル夫妻も、ベン牧師とともに立ち寄る。そのときには家は人でいっぱいで、座る場所はもうほとんどない。

わたしがやっとまたティナに会えたときには、彼女は怒っている。自分の両親がわたしの両親に挨拶しているあいだじゅういらついていて、ソファのわたしの隣りにドスンと座りながら、百五十二センチほどの身体を震わせていた。

「あなたの部屋に行こう」と彼女は言う。

わたしを救出しに来たのだ。ティナはわたしの二人目の姉妹、わたしの「双子ではなくなった」妹、つまりドウサのようだ。ドウサにも、自分を説明する必要はない。

けれども、わたしの部屋に行くということは、イザベルの部屋の前を通るということ。彼女の部屋のドアには、まだあの大きな手作りの「立ち入り禁止!」の表示板が掛けられている。彼女がそれを作ったのは、母さんが学校から薬物乱用防止策に関する通知を受け取って、定期的にわたしたちの部屋をチェックすると決めたあとだった。

わたしは、その表示板の前を走って通り過ぎたい。でも、ティナがわたしの腰に手を当てて支えてくれて、少し強くなった気がする。

わたしの部屋は、出ていったときよりも片づいている。ベッドはきちんと整えられて、ドレッサーとまっすぐに並んでいる。あの金曜日の夜に、服があふれ出している引きだしを開けたままにしたドレッサーだ。たぶん、ジョシアンがやってきて片づけてくれたのだろう。ジャン・ミシェル・ブランが描いてくれたわたしのポートレートも、すでに壁に掛けてある。

わたしはベッドにすべり込み、きれいな枕を引っぱって頭の下に置く。枕は、ポプリのクッションのような匂いがする。ティナはベッドの反対側に回って、わたしの横にもぐり込む。わたしたちは、バスキアの「死との乗馬」の複製画の真向かいに横になっている。

ティナとジャン・ミシェルとわたしは、それをプレゼンテーションで使う複製画のひとつに選んだとき、どういうわけか、いつかわたしが実際に死とともに駆けることになるとわかっていたのだろうか？

わたしは思い出そうとする。「死との乗馬」についてわたしたちが書いたこと、リュス先生のクラスでティナが話したことを。バスキアは、自分が若くして死ぬことを知っていたにちがいない。なぜなら、あの絵のなかで彼は死とともにいて、なおかつとてもくつろいでいるように見えるから。骸骨に乗っている男はまるで祝典に行く途中のように見えます、とティナは言った。

「わたしたちのジャン・ミシェルはどうしてる？」とティナに訊く。

「あとで会いにきてもいいかどうか、知りたがっていたわ」と彼女は言う。

わたしの携帯はどこにあるのだろう？　母さんのバッグの中？　あの車の残骸の中で、たぶん何百ものメッセージを受け取って。

グロリア・カールトンがわたしたちの生のなかでの骸骨の乗り手《スケルトン・ライダー》だけれど、すぐに彼女のことを話す気にはなれない。でも、ティナは彼女を知っているかもしれない。だから訊かなくてはならない。

「ねえ、ある人を知ってる？　名前は……」

ティナはわたしを遮る。

「警察が学校に来たわ」と彼女が言う。「その子について、大勢の生徒に話していった。その子を知っていた生徒が多くいたわけではないけどね」

「どうしてその子は？」わたしは、自分の考えを完結させることさえできなかった。でも、この件に関するどんなことについても、わたしよりティナのほうがよく知っているなどありえない。

「まったく行き当たりばったりだったのかもしれない」と彼女は言う。

そっけない言い方やいい加減な物言いをするつもりはないのはわかっているけれど、でもそんな感じになっている。何を言おうかと苦労しているのはわかるけれど、でもどうして彼女はこのグロリアという人物を人殺しと呼ばないのだろう？

突然わたしは、彼女に出ていってほしいと思う。わたしのベッドから出て、わたしの家から出て、離れていってほしい。みんなに離れてほしい。でも、もしもティナが離れていけば、わたしはまた自分の一部を失うことになる。

「どうして病院に来てくれなかったの？」とわたしは訊く。

「行ったわ」と彼女は答える。「長くはいなかったけど」

「ほんとに？」

「わたしたち、あなたのお母さんに、いていいのは三十分だけだと言われたの」

「わたしたち？」

「ジャン・ミシェルとわたしよ」

「彼も来たの？」

「怖かったわ」と彼女は言う。「あなたの目は開いたり閉じたりしていたけど、そこにいないようだったんだもの。あなたは医学上の謎だった。おじいちゃんはあなたをラザロと呼んだ。あなたの伯母さんは、数値は正常だと言い続けていた。伯母さんが、脳スキャンは大丈夫だったと言っていたのに、あなたは目覚めなかった。彼らが診たところでは、あなたは昏睡状態に陥っているとは言えなかった。本当に、深い眠りに落ちているだけのようだった、ただ、頻繁に目が開いていたというだけで。恐怖映画の眠り姫のようだったわ」

わたしもまったく同じように言っただろう。

「あなたに会いに行って、ジャン・ミシェルとわたしは学校のことを、特に芸術史とリュス先生のことを話したわ」と彼女は続ける。「彼は、あなたといっしょに活動した、あの選挙運動のことを話した。あなたのために制作したあのポートレートが病室に飾ってあるのを見て、嬉しそうだった。あなたのおばあちゃんが、あなたを愛している家族も友人もいることを思い出させたくて持ってきたって言っていたわ」

「何か感じたことを、かすかに覚えているわ」とわたし。「あなたたちは、わたしを生き続けさせるために話をしてくれた」

「努力したわ」と彼女。「でも、真面目な話、わたしたちは本当にあなたのことが心配だったの」

追突事故以来、今ほど話をしたいと思ったことはなかった。そして、もっと話したいという思いと実際に話そうとする努力が、わたしを疲れ果てさせる。でもそのおかげで、ティナと離れて自分がどんなに寂しかったかに気づく。彼女とはどんなに気楽に話せていたかに、そしてその機会を奪われていたことに。

「ジャン・ミシェルは病院でわたしにキスした？」とわたしは訊く。

「バスキアが？」彼女が訊き返す。「ドクターたちは、あなたにすごく強力な薬を投与したみたいね」

「誰のことを言ったか、わかっているでしょ」

「もちろん」彼女は深く息を吸い、拷問を引き延ばすためにため息をつく。「あなたたちにプライバシーをあげるために、わたしは目をそむけたの」彼女はもう一度ため息をつく。「あなたたちにプライバシーをあげるために、わた

「それで、彼はしたの？」

「確かにしたわ」彼女はもう一度ため息をつく。「あなたたちにプライバシーをあげるために、わたしは目をそむけたの。だから、唾液の交換があったかどうかは知らないわ」

　わたしは微笑《ほほえ》んでいると思う。今も、ずっと前のそのときの病室でも。

「グロリア・カールトンの件に戻ろう」とわたしはあせって言う。

「どうして？」彼女は訊く。「わたしたち、ずっとあのキスのことを話せるのに。感じた？」

「感じたと思う」

「たいしたキスだったに違いないわね」

「そうだったと思うわ」

　わたしは言葉でそのキスを薄めたくないし、グロリア・カールトンのことをもっと知りたい。

「全部教えて」とわたしは言う。「あなたがナンシー・ドルーばりの調査をしたに違いないのはわかっているわ」

「もちろん、したわ」と彼女は言って、探偵仲間のモードに切り替えた。「グロリア・カールトンについては、オンラインの情報は何もない。フェイスブックのページもない。何もない。存在しないみたいだわ」

　存在しないでほしいわ、とわたしは思う。そうであれば、イザベルはまだここにいるだろうから。

「声が聞こえるわよ」レスリー伯母さんが、ドアの向こうから叫んでいる。「わたしたちも入っていい？」

「わたしたち」とは誰のことか訊きたい。けれども伯母さんはすでにドアを開けていて、そこにジャ

ン・ミシェル・ブランといっしょに立っている。

「大丈夫かしら？」レスリー伯母さんは訊ねる。

彼女は部屋から出ていき、ジャン・ミシェルを入り口に残していく。

「入って」とわたしは言い、彼は入ってくる。

彼は部屋を見回す。すべてを記憶に留めようとするかのように。緑のカーテン。窓から射し込んでくる薄暗くなりつつある光。壁に掛かっているポスターと、彼のポートレートと、バスキアの複製画。ティナが起き上がって、ベッドの上に彼の場所を作ろうとするけれど、彼はそのままでいるようにと手で合図をして、わたしたち二人の間に割り込んでくる。

「あなたたち、今日は授業があるんじゃないの？」とわたしは訊く。

「今日は土曜日だよ」と彼が答える。


レジーンおばあちゃんが、夕食を部屋に持ってきてくれる。いろんな人がわたしたちに同情して届けてくれた、思いやりのしるしの食品で、大皿に盛られている。少人数の家族なら全員分をまかなえるほどの量だ――マカロニ・アンド・チーズ、フライドチキン、パイナップル・アップサイドダウン・ケーキとアイスクリーム。

大量の慰問食品、とイザベルなら言いそう。

みんなで黙って食べたあと、まだ半分残っている皿を、ジャン・ミシェルがキッチンへ運ぶ。しばらく戻ってこないところをみると、皿を洗っているか食器を食洗機に入れるのを手伝っているのだろう、とわたしは思う。それから、両親がグロリアについて彼と話しているのが聞こえる。

父さんが、その子を知っているかと訊く。

知らない、と彼は答える。

ジャン・ミシェルが戻ると、ティナは立ち上がってトイレにいく。

「どんな具合？」と彼が訊く。

「大丈夫よ」とわたしは答える。今起こっているすべてのことを考えれば、その言葉がどんなに説得力に欠けるかを知っていながら。質問するほうだってなってっていない。彼にもわかっているに違いないのに。

「みんながきみのことをすごく心配していたよ」と彼が言う。

「聞いたわ」

「きみを見舞っていたとき、少し泣いてしまった」と彼。

「恥ずかしがらなくてもいいわ」とわたしは言う。

わたしはあのキスを薄めたくないから、訊くつもりはない。わたしは訊かない。訊かないでいたい。でも訊かずにはいられない。

「病院でわたしにキスした？」わたしは彼に訊く。

「したかもしれない」と彼は言い、うなずく。「よくなかった？」

「ううん」

「よかった」と彼は、まだ頭を動かしながら言う。そして「僕は助けられる」とつけ加える。

助ける？　どうやって？　またわたしにキスして？　素敵な考えだ。でも彼は、自分の言っていることがよくわかっていないのではないかと思う。誰も、本当に助けることはできない。彼でさえも。みんなできると思っているけれども。見舞いにくることで。食べ物をどっさり持ってくることで。わたしをきつすぎるほど抱きしめることで。

「僕は助けられる」と彼は言う。「ティナも。僕たちは、コンピュータサイエンスラボですごいことを学んでいるから」

そこでやっとわたしは気づく。彼が言っているのは、彼とティナとで、グロリア・カールトンについてもっと知るための手助けができるということなのだ。おそらく彼らは、ティナがわたしに漏らした以上のことをすでに知っているのだ。抜け目のないティナ、彼女はおそらく、わたしにも秘められた事実の全容解明の当事者の一人でいてほしいのだろう。

「ありがとう」とわたしは言う。

「電話をくれよ」と彼が言う。「僕からはかけられないから」

彼がもう一度背中に手を触れて、わたしに自分を忘れさせてくれたらと願う。すべてを忘れさせてくれたら。

「わたしの携帯」と言う。「わたしの電話はどこにあるのかわからないわ」

ちょうどティナがトイレから出てくるときに、母さんがドアを開けて顔を突き出す。

携帯のことを訊こうとするけれど、その前に母さんが言う。「ティナ、ご両親がお帰りになるわよ」

母さんはジャン・ミシェルのほうに頭を傾けて、あなたもいっしょに帰ってねというメッセージを間違いなく伝える。

「またすぐ会えると思う」とジャン・ミシェル。

「早ければ早いほどいいわ」とティナ。

病院にいて、意識と無意識のあいだを漂っているとき、友人たちに来てもらうためならわたしは何でもしただろう。彼らが来てくれていたのを知っていたなら、ずっといてほしいと訴え、懇願していただろう。でも今は、二人が出ていくのを見て、なんとなくほっとしている。

二人を、悲しく孤独なこの場所にいっしょに閉じ込めておきたくない。彼らには、新鮮で希望に満ちた自分の目をもって実社会に出て、姉さんとわたしのことを考える必要など全然ない人生を生きてほしい。次に車に乗るときに、自分もイザベルと同じ目にあうかもしれないという恐怖感を持ってほしくない。あるいは、わたしのように、何とははっきりわからないこれに乗ることになるかもしれないという恐怖感を持つようになってほしくない。本当は死ではないこれ。なぜならそれは、これまでわたしがつながりをもってきた他のすべての死とは全然違うから。部分的にはわたし自身の死のようなこれ。あるいは、以前のわたしだったこの別の女の子の死。

　ジャン・ミシェルとティナが帰ったあとの家は静かだ。他の家族が寝てしまったあと、廊下の向こう側の両親の寝室で、二人が話しているのが聞こえる。両親は以前よくしていたように、低い声で話している。でも、以前のようにジョークを言い合ったり楽しいことを話したりしているのではない。二人は、イザベルの葬儀のことを話している。

　母さんと父さんは、これほど延期されたのを残念がっていたけど、わたしが最後にイザベルと会えたことは喜んでいた。大勢来てくれて、よかったわよね？　レジーンおばあちゃんが計画していた、葬儀後の会食を取り消したのはまずかったかも。でも、誰もそんな大騒ぎは望んでいなかったわよ、避けるのも難しかったけどね。いずれにしても、みんなうちに来たけどな、と父さんが言う。

　二人は、わたしがどう持ちこたえているか知りたがっている。自分たちの話しかける量が足りないということはないか？　レスリー伯母さんでさえ、わたしは予想以上によくやっていると思っている、と母さんは言う。あの警察官たちは何をやってるんだ？　と父さんが訊く。あのカールトンという娘がどうなってるのか、なぜわからないんだ？　それに、あの子の顔が写った画面をジズに見せるなんて。なんて無神経なんだ？

友だちが来て、少しのあいだいっしょにいてくれたのはよかった。二人はそう同意する。でも、あまり長くはよくないかも、と母さん。あの子たちにそのつもりはなくても、医者の命令に逆らって、一日中画面の前から離れさせないかもしれない。けれども、ジャン・ミシェルはいい青年のようだな、と父さん。

「ティナがいてくれてありがたいわ」と母さんが言う。「あの子は、ジズに何が必要か、そしてそれがいつ必要か、よく知っているから」

母さんと父さんは、明らかに親密さを取り戻している。

レスリー伯母さんの話では、父さんが戦争から戻ってきたあと、母さんはマイアミまで会いにきてくれるように父さんに頼んだ。二人は、父さんが陸軍に入隊して以来会っていなかった。母さんは、そのときのために特別のドレスを買った。肩を出すタイプのものだ。父さんは交通渋滞につかまって、再会のディナーに二時間遅れていた。母さんは、その間ずっと待っていた。やっとレストランに着くと、父さんは、座って母さんの肩に頭を預け、こう訊いた。「ぼくたちはいつ結婚するんだい？」

「昨日」と彼女は答えた。

二人は次の日に、判事の前で結婚した。

その夜、驚いたことに、両親の部屋から少し笑い声が聞こえた。けんかをしている人たちを仲直りさせるのに、レジーンおばあちゃんのやり方についての話し合いに勝る話題はない。

「あなたのお母さんはすごいわ」と母さんが言う。

「誰に言っているんだい？」と父さん。

わたしは、もう何も聞こえなくなるまで待って、シャワーを浴びに行った。

ジョシアンのおかげで、あるいはレジーンおばあちゃんが片づけたのかもしれないけど、バスルームにはイザベルを思い出させるものは何もなかった。曇った鏡も、石鹼水で満たされた洗面台も、バスタブに掛けられた濡れたタオルも、床に置かれたローブも汚れた下着もなかったし、キャビネットケースの中に残っているのは、彼女が好きでわたしは嫌いだった、イチゴの香りのボディソープだけだった。

わたしは、バスタブのなかに座ってボトルの中身を全部身体にかけ、どろどろねばねばしたイチゴの香りの液体が、背中を滑り落ちるままにしておく。それから、空のボトルをきつく抱きしめてお湯で液体を流す。

家はまだ静かなので、Tシャツと短パンを着て、イザベルの部屋のドアを開ける。バスルームからの光が、ベッドへの道を作る。

幼かったころ、わたしたちは二人で一つの部屋を使っていて、室内で石けりをしたり、ツインベッドから跳びあがってどちらのほうがより天井に近づけるかを競ったりした。花模様のカーペットを共有して、魔法のカーペットと名前をつけた。貝殻のシャンデリアも共有していたけれど、それは今、イザベルの部屋の天井に下がっている。ベッドのヘッドボードは本棚になっていて、彼女はそこにたいていアコースティック・スピーカーと雑誌を置いていた。そのうちの何冊かは、もう何年も前のものだった。

ベッドの反対側にはデイベッドがある。彼女が赤ちゃんのころのベビーベッドだったものだ（わたしのは、倉庫のどこかにある）。デイベッドの上には、メーソンジャー〔食品貯蔵用の密閉ガラス瓶〕が二つ置かれていて、中にはさまざまな形、色、大きさのボタンがいっぱい入っている。いくつかはまだ、新品の服の内側につけられていたときの小さなビニール袋に入ったままだ。ジャーのうちの一つは、以前はわたしのものだった。わたしは予備のボタン――彼女は代役のボタン、と呼んだ――を集めるのをやめたけれど、彼女はやめなかった。部屋にある他のすべてのものは、壁もシーツもカーテンも、彼女が好きな三つの色、赤か白か黒のどれかだ。壁は主に、忘れたくないもののための掲示板として使われていた。デイベッドの上には大きなカレンダーがあり、コンサートの日、つまり追突事故の日が、赤い丸で囲まれている。カレンダーの隣りには、何枚かの楽譜がある。学校のオーケストラ用のもの、教会の聖歌隊用のもの、個人的に練習していたもの。

　赤の色調のいちばん強い壁には、二十×二十五センチに引き伸ばした、イザベルとロン・ジョンソンの自撮り写真がある。二人は海辺にいて、背景には二頭のゴンドウクジラが写っている。彼女は頬をロン・ジョンソンの頬に押しつけていて、二人は歯を全部見せている。クジラたちが助かるとわかったときに、彼女はその写真を撮った。

　彼女のベッドまで歩いていくあいだ、わたしはサクラ材の床に濡れた足跡をつける。イザベルが見ていたら半狂乱になっただろう。わたしは彼女の机をさっと見て、ばらばらの紙に手書きで書かれた、数枚の物語と詩をざっと読む。その多くは、一番上に太い字で「いつか曲をつけること」と書かれている。

　紙片の中には、一語か二語だけ書かれているものがあって、それらの文字は逆に、鏡に映して読まれるように、書かれていた。「愛」や「心」や「ロン」のような単語だ。

「ロン」はロンのこと？

イザベルとわたしは、子供のころ以来鏡文字は書いていなかった。子供のころには、こうした言葉を、わたしたちの名前といっしょに、互いへの伝言として、家じゅうの鏡に書いていた。

わたしはクローゼットを調べて、彼女の服をいくつか着てみる。膝に穴が開いている赤いぴっちりしたジーンズ。それと、彼女のお気に入りの二枚のTシャツ――ラグタイム王スコット・ジョプリンと、オペラの女王デニス・グレイヴスの顔がそれぞれプリントされている。プラスチックの赤いベニバナサワギキョウで作られた花冠を頭に載せる。わたしたちはこれを、棺に横たわった彼女の頭に載せるべきだったと思う。

彼女のウインター・ブーツを履いてみる。ニューヨークに行くときに好んで履いていた、茶色の毛皮製のものだ。そして、わたしのものもいくつか見つける。フードつきのジャンプスーツ、ストライプのジャージのドレス、それに砂色のエスパドリーユ。

ちょっと動きすぎてしまったようだ。首はぐらつくし、痛くて力が入らないから、ずきずきする頭を支えられない。わたしはよろめきながらイザベルのベッドにたどり着くと、赤いシェニール織りの上掛けの下にもぐり込んで、頭の上までかぶせる。

その下にもぐり込むと、小さかったときによく、彼女のベッドに飛び込んだことを思い出す。わたしが悪夢を見て目を覚ますと、同じ悪夢から目覚めたばかりの彼女がそこにいて、間一髪のところでわたしを揺すり、また眠りにつかせてくれるのだった。でもこれからのわたしは、悪夢を見てもいつもひとりぼっちだ。

廊下の、「立ち入り禁止」の札が掛かっているドアが開き、足音が聞こえる。誰かがイズィのベッドに歩いてきている。ゴロゴロとのどを鳴らす音が聞こえる、床からではなく、上のほうから。デサリーヌが誰かの腕に抱かれているのだ。

上掛けを引っぱって頭からはがすと、母さんと父さんがそこにいるのが見える。父さんは、ドアのところで松葉杖に寄りかかっている。その身体は、半分壊れている。タンクトップを着て、パジャマの半ズボンをはいている。母さんは、丈の長いナイトガウンを着てベッドのそばに立っている。デサリーヌを抱いて。

「ここに誰かがいるようだと思ったのだよ」と父さんがドアから言う。

「おどかすつもりはなかったの」とわたしは言う。

「わたしたちはどうやら、お互いをびっくりさせたみたいね」と母さんは言う。

「きみが病院にいるあいだ、きみたちの部屋が両方とも空なのは変な感じだったよ」と父さんが言う。

その言葉は、わたしたち全員のうえにひどくずっしりと重くのしかかってくるので、もしもわたしたちが海に浮かぶ船だったら、ただちに海の底まで沈めてしまうだろう。

両親は、わたしたちを取り巻く超強力仕掛けの地雷原のなかに安全な場所は残されていないことがわかっているらしく、二人ともただそこに静かに立ってわたしを見つめている。するとデサリーヌがのどを鳴らして、一瞬でわたしたちをその呪縛から解き放ってくれる。

「仲間がいれば、あなたも嬉しいかと思ったの」と母さん。

母さんは前かがみになって、デサリーヌをわたしの腕のなかに入れる。デサリーヌは、わたしの頬にひげをこすりつける。そして脚でわたしの胸をもみ始めて、それからするりと離れてベッドの足のところで丸くなる。

父さんは松葉杖をついて、よろめきながら歩く。母さんがそれを手伝って、ベッドの片側から上がらせる。イザベルのすごく硬いマットレスに座りながら、父さんは苦しみもだえているかのようにうめく。母さんは電気を消して、反対側に入ってくる。二人で手すりになって、わたしが落ちないように守ろうとしているかのようだ。

ベッドは、わたしたちの重さにきしむ。わたしは、ボックススプリングがはじけてくずれ落ちるのではないかと心配するが、大丈夫だ。

デサリーヌは急いで出ていく。

「あの猫は、ぼくたちみんなを嫌っているね」と父さんが言う。

「イズィだけを好きだったのよ」母さんが言う。

わたしは、こう言いたい誘惑にかられる。「覚えてる？　あのとき……」と。そして、イズィとデサリーヌの話をしたい。そんな話は山ほどある。

「覚えてる？　イズィがうっかりデサリーヌをプールに落としちゃって、助けようと飛び込んだら、デサリーヌがもう少しでイズィの両目をひっかき出しそうになったときのこと」とわたしは言う。

「あれはうっかりじゃなかったと思うな」と父さんが続ける。「イズィは、デサリーヌが泳げるかどうかを確かめようとしていたんだよ」

「猫は水が嫌いなんだってことが、あの日わかったわ」と母さんが言う。

「だけど、あいつが泳げることは確かだね」と父さん。

「あの子たちは、あのあとすぐに仲直りしたわ」と母さんが言う。「それが、わたしの説が正しいことの証拠よ。あれがわたしたちのうちの誰かだったら、デサリーヌはイズィを許したようには許さなかったと思うわ」

デサリーヌは、イズィのベッド以外では絶対に寝ない。

もう一つ「覚えてる？　あのとき……」の瞬間。

デサリーヌが最初わたしたちの家に来たときに、わたしが風邪をひいて、両親はそれを猫アレルギーだと考え、あやうくデサリーヌをよそにやってしまうところだった。

「代わりにジズをやってしまえない？」とイズィは両親に訊いた。

一度、父さんの友だちのモイが新しい恋人を連れて日曜日のディナーに来たとき、きみたちは猫にデサリーヌと名づけて、偉大なるハイチの革命家ジャン＝ジャック・デサリーヌの名を汚している、と父さんに言った。

イザベルが反論として長広舌をふるう役を買って出たとき、両親が恥じ入ったか、誇りに思ったか、わたしにはわからなかった。

「自分の愛するものや人を、心身ともにできるだけ身近に感じるために、可能な限りの方法で敬うのは素晴らしいことじゃないですか？　猫をデサリーヌと呼ぶほうが、デサリーヌを忘れるよりいいんじゃないですか？　少なくともうちでは、わたしたちは日に何度かデサリーヌの名前を呼びます。自分の子供をデサリーヌと呼ぶ人もあるんじゃないですか？　ええ、あなたが、猫は人間の子供と同じじゃないって言いたいのは、わかります。あの猫がわたしの子供だったらどうですか？　アメリカ合衆国じゅうに、ジョージ・ワシントンとかエイブラハム・リンカーンとかトーマス・ジェファーソンの名前をとって名づけられた猫はまったくいないと、確信をもって断言できますか？　もしもいないんだったら、それを変えるべきです」

彼女は、ディベートチームでの二年連続優勝の実力をそこに投入していた。でもわたしは、イザベルが主に狙っていたのは、モイの恋人がテレビのニュースキャスターなので、自分にとって新しい聴衆となるその女性を感心させることだったと思う。

わたしはスピーチのそのあとの部分を覚えてはいないけれども、彼女が締めくくろうとしていたときに、背後で「リパブリック賛歌」の鼓舞するように力強い演奏が聞こえたような気がした。彼女がテーブルに上がってこぶしを突き上げ、スタンディングオベーションを待つのではないかと思った。

「彼女はいつか、立派な政治家になるだろうな」とモイが言った。

母さんと父さんは、ただ首を横に振っていた。

「すでに立派な政治家だと思うわ」とモイの恋人が言った。

でも彼女は、学生自治活動にはまったく興味を持たなかった。それは、あまりにも時間を要することだった——ディベートチームと同じように——音楽に捧げたいと思っている時間を。イザベルは猫の名前をデサリーヌにしてもいいという話もいつか音楽にしたいと思っていた。

両親とわたしは、このすべてを共有する。正確にどんな言葉でというのは、わからないけれども。言葉がわたしたちのあいだに漂って、それぞれが交替でギャップのいくらかを埋めていく。みんなが眠りに落ちるまで。

第二十四章

　パトリック叔父さんとアレジャンドラは、翌日ニューヨークに帰る。レスリー伯母さんは、もうしばらくここに留まることにする。そして、レジーンおばあちゃんとマーカスおじいちゃんは、夏の初めまでここにいることにしたみたいだ。

　マーカスおじいちゃんとレスリー伯母さんが、母さんと父さんを予約した診察に連れていき、わたしはレジーンおばあちゃんと家に残る。読めない、書けない、スケッチもできないし線画も描けない、画面も見られないし友だちにも会えない、ということで、わたしにできるのはラジオを聴くことだけ。

　台所のラジオのダイアルをあちこち回して、わたしたちのことを取り上げている地元のニュース局を見つけようとするけれど、どこも取り上げていない。わたしたちはもうすでに過去のニュースなのだ、あるいは全然ニュースではないのだ、と思っている。するとそこにレジーンおばあちゃんが、ハイチからのニュースを流しているクレオール語の局を見つけたあとで、新聞の切り抜きをいっぱい挟んだフォルダーをわたしに手渡す。

　ときどきレジーンおばあちゃんは、真の反逆者になる。たとえ、物言わぬ反逆者ではあっても。その彼女が今、わたしに新聞記事を渡している。わたしに何か文字を見せるかもしれない人を、客に迎えることさえ許されていないのに。

　母さんは、ティナとジャン・ミシェル・ブランに、医者からスクリーンを見てよいという許可が出るまでは会いに来ないようにと告げた。病院にいるときは会いに来てもよかったのに家では会えないというのは、矛盾しているように思える。ありがたいことに、レジーンおばあちゃんは医師の命令に素直に従う人ではない。

新聞記事の切り抜きの文字は、ぼやけて黒いかたまりになってしまう。でも写真は、ときどき目を離せば、なんとか見える。あるいは、目を閉じてそれから開ければ。

最初のは、追突事故についての記事に違いない。なぜなら破壊された車――わたしたちのと、グロリア・カールトンが運転していたのと――の写真があるから。事故の結果を、他の人たちが見た形で見るのは奇妙な感じだ。二つの車は、わたしが想像したのとは違って、ひとつになって潰れてはいない。赤いミニバンの前の部分は、ほとんどなくなっている。でも、わたしたちの車はほぼ全体の形を留めている。ただ、イザベルの側だけがへこんでいる。それと比べると、父さんのほうのドアは被害を免れている。イザベルひとりが衝撃をもろに受けたのだ。わたしたち全員に代わって。

次の記事には、わたしたちの学校の最近の生徒の顔写真――わたしのとイザベルの――が載っている。写真には学校の専属カメラマンのネームスタンプがついているから、彼のウェブサイトからダウンロードされたことがわかる。三つ目の記事は、イザベルの死についてのもの。「マイアミ・ヘラルド」紙の第一面だ。見出しはすごく大きいので、わたしにも容易に判読できる。**十代双子衝突事故犠牲者死亡。**

わたしは目を細めて、イザベルについて何と書かれているかを見ようとする。でも、イザベルの名前があるべきところにわたしの名前がある。誰もが死んだと思ったのは、わたしなのだ。

わたしは、ロン・ジョンソンを始め、イザベルの友人たち全員がこの記事を読んで、イザベルは生きていると考えているところを想像する。そのあとで彼女が死んだことを知って、死んだのがわたしではなかったのを残念がったことに対して彼らが抱いたうしろめたさを想像する。

次の切り抜きは、前の記事が間違いだったことを説明している。というか、頭がまたずきずき痛み始める前にわたしに判読できた部分からするとそうらしい。

ハイチ語のニュース番組が終わると、レジーンおばあちゃんはわたしに、記事をどれか読み上げてほしいかと訊く。

わたしはいいえと首を横に振る。おばあちゃんがすごい申し出をしてくれているのだとはわかっているのだけれど。彼女は人に読んでやるのは好まない。英語で読むのは好まない。つまり彼女は、父さんが使うかもしれない言葉を借りると、すごく最高のことをわたしにしてくれようとしているのだ。「読んでくれなくてもいいわ」とわたしは言う。「どういう話になっているのかはわかるから」

けれど、実はわかっていない。

頭のずきずきが止まってから、わたしはもう一度、レジーンおばあちゃんがわたしのために注意深く切り取ってくれた新聞記事の切り抜きの山に目を通す。おばあちゃんをよく知っているわたしとしては、これはたぶん、わたしが将来記憶喪失か何かになったときのためにしてくれたことだろうと思う。

もう一度切り抜きの山を見直すとき、わたしは、グロリア・カールトンに注意を集中する。グロリア・カールトンとその両親が、警察署から出ていくところの写真もある。スウェットシャツを頭からかぶっていて、両親は彼女のひじをつかみ、待っている車のほうへ誘導している。

わたしはこの写真に何か違和感を感じるのだけれど、それが何なのかすぐにはわからない。結局のところ、警察署から出ていく人が顔を隠すのはごく当たり前のことだから。グロリア・カールトンがしたようなことをしでかしたあとで、いったい誰が顔を見られたいと思うだろう?

突き刺すような痛みが両目に走るのを避けるために、わたしは目を閉じたり開いたりを繰り返さなければならないけれど、グロリアとその両親が警察署を出ていく写真を見るたびに、初めて見るような気になる。

短期記憶喪失症がとうとう始まった？　目と脳を酷使しすぎた？

なぜか、その写真をもう一度見なければならないような気がする。そして今度は、何がわたしの注意を引いていたのかに気づく。グロリア・カールトンの父親は、彼女のむき出しのひじに爪を突き立てている。下唇をぐっと噛み、ひどく顔をしかめているので眉が額の真ん中でつながっている。

グロリアの母親は、神経質そうな笑顔に固まっている。片手でグロリアを引っぱりながら、もう片方の手でカメラマンたちを追い払っている。三人のあいだには大きな齟齬があって、母親はグロリアと父親の両方から逃げようとしているかのようだ。

わたしはレジーンおばあちゃんに、すごく小さい字で書かれた説明を読んでもらう。「十代少女一晩の身柄拘束後警察署を出る」と読んでくれる。

ちょうどそのとき、ドアに鍵が差し込まれるのが聞こえる。レジーンおばあちゃんは、慌ててフォルダーをつかみ取る。

松葉杖をタップシューズのように床に打ちながら、父さんがカウチまで歩いていく。母さんは、父さんよりずっと具合がよさそうに見える。母さんは、今では綺麗なニットのベレー帽をいくつか持っていて、それを被って順調に小さくなる包帯を隠している。

「二人で何をしていたの？」と母さんが訊く。

彼らにはお互いの言葉を繰り返す癖が戻っていて、父さんがつけ加える、「そうだ、二人で何をやっていたんだ？」

レジーンおばあちゃんとわたしは互いを見る。

「たいしたことはしていないわ」とレジーンおばあちゃんが言う。

わたしたちは、共謀者のようにうなずき合う。


その夜わたしは、イザベルがグロリア・カールトンと知り合いだったのかどうかを知るヒントを求めて、彼女の部屋を捜す。引き出しのなかに隠された日記もないし、クローゼットに秘密の手紙もない。わたしが見たことのないものはすべて、ラップトップか携帯のなかにあるのだろう。

学校用のバックパックを捜してみるけど、見当たらない。たぶん、警察が持っているのだろう。母さんと父さんが持っているのかもしれない。母さんたちはどのみち、携帯を渡してはくれないだろう。ティナに助けてもらうほかはない。

暗いなかでキッチンの床に座って、家の電話でティナにかける。留守番電話につながる。たぶん寝ているのだろう。

いくら頑張っても、ジャン・ミシェルの携帯の番号を思い出せない。何度か憶測でかけてみるけれども、当たらない。

母さんの自宅内オフィスに行って、コンピュータを使いたいと思うけれど、残念ながら電灯がまばゆすぎて行きたいところまでは全然行けないだろう。

「電気は点けないわ」と声が聞こえる。「入って、あなたの横に座るだけよ」

レスリー伯母さんだ。

伯母さんは冷凍庫を開けて、一パイント〔四百七十三ミリリットル〕入りのアイスクリームを取り出し、それからわたしの横に座った。わたしたちはアイスクリームについている小さなプラスチックのスプーンを交互に使って、ナポリタンアイスの三つの味全部を食べつくして容器を空にした。

「医者の命令は守らなくてはいけないわ」と伯母さんは言う。「従わなくては。そう言うのは医者だからね、あなたの伯母さんじゃなくて」

「ただ家にいて何もしないのは辛いわ」とわたしが言う。

「病院のほうがよかった？」

「もっとうまくできるように努力するわ」

「もっとうまくやったほうがいいわね」と伯母さんは言って、くすくす笑う。

「こんなに長くわたしたちとつき合ってくれてありがとう」とわたしは言う。

「家族はそのためにいるのよ」と伯母さん。「あなたを苦しめて、あなたを愛して、ときどきはその両方を一度にするためにね」

　数か月前に、母さんと父さんとイザベルとわたしでいっしょにオーランドに行って、週末を過ごしたときのことを思い出す。伯母さんと母さんは、わたしたちの誰にもどこへ行くのか言わないで、何時間も姿を消した。わたしたちは、二人は何か大きなことを、サプライズを計画しているのだろうと思った。父さんのために、あるいはわたしたちみんなのために。今になって思うのは、二人は母さんと父さんの離婚のことを話していたのかもしれないということだ。

　レスリー伯母さんはいつでもまっすぐ核心に触れることを喜ぶので、わたしは告げる。「イズィがいなくなってすごく寂しい」

「知ってる」と伯母さんは言う。「わたしもよ」

「あの子は、イズィを狙っていたんだと思う？」とわたしは訊く。

「わからないわ」伯母さんが答える。

「イズィを憎んでいたか、でなければ嫉妬していたのかもしれない」

「あなたの姉さんを憎む人なんているわけないわ」と伯母さんは言う。

わたしたちは二人ともイズィをとっても愛していたから、同じように彼女を愛さない人なんて想像できない。

「イズィの携帯が必要なの」とわたしは言う。

「あなたたちの携帯は警察署よ」と伯母さん。

「イズィは、連絡先リストのバックアップをオンラインで保管している。あの子の電話番号が、イズィの連絡先リストにあるかもしれない」

「パスワードを知ってる？」と伯母さんが訊く。

「いいえ」

「双子は互いの心を読めるものだと思っていたけど」

「時にはね、いつもじゃない」

「あなたたち二人についてわかってきていることがたくさんあるわ」と伯母さんは続ける。

「伯母さんは、本当にわたしたちを区別できなかったの？」とわたしは訊く。

「どうしてそんなことを言うの？」

わたしは、意識の底に沈んでいたあいだにすべてを聞いていたと言いたかったけれど、そうしたらあらゆる種類の医療上の質問を浴びせられるだろうとわかっているので、言わなかった。

「あなたたちにうまくだまされたことも、確かに何度かあったわ」と伯母さんが言う。

「イズィのラップトップを見つけられたらなあ」とわたし。

「それも警察が持っているわ」と伯母さんが答える。「あなたたちのブックバッグもよ」

「じゃあ、警察はあの子とイズィが知り合いだったかもしれないと考えているの?」

「事故だった可能性もある」と伯母さん。「でも、彼らは確証を得たがっている」

「イズィの連絡先リストを手に入れるのに、パスワードをいくつか試してみてもいいわね」と伯母さんはつけ加える。「でも明日ね。今夜じゃなくて」

「どうして今夜じゃないの?」

「今夜これからわたしたちがするのは、ベッドに戻ることだけ」

「いついかなるときでも、医者なのね」とわたしは言う。

「それ、あなたの母さんがわたしによく言うセリフのひとつよ」

「知ってる」

「母さんは伯母さんのことが自慢なの」とわたしはつけ加える。「今までずっと、そう言っていたわ」

「そしてわたしは彼女のことが自慢よ、こんなに素晴らしい娘たちを育てたんだからね。でも、素晴らしい娘さん、思い出してもらわないといけないのだけど、回復のために必要なのは休むことで、あなたがたった今していたように興奮することじゃないのよ」

「興奮なんかしていない」とわたしは言う。「落ち着いているわ」もっとも、それは本当ではない。わたしは何よりも失望している。いかに自分が、姉さんのためにも自分のためにも、何もできないかということに。

「あなたの両親のあいだで進行中のことは知っているわね――別れるという話のことだけれど――それはあなたたちとは何の関係もないこともわかっているわよね?」と伯母さんは、話題を変える。

「わたしは五歳じゃないわ」と答える。

なぜかみつくような言い方をしているのか、伯母さんは理解してくれている。何もかもが意味をなさないとき、わたしにはそれを訴えることのできる誰かが必要だ。そして、わたしが訴えるだろうその人は、姉さんはもういない。

「あなたが五歳の子じゃないことは知っているわ」と伯母さんは言う。「わたしはただ、これがあなたの両親のいつものやり方なんだと知らせているだけなの」

「わたしの両親のいつものやり方？」

「あの人たちのやり方。あの人たちの手順。あなたの両親は、よく別れようとするの。彼がハイチを出たときとか、軍隊に入ったときとか、あるいは、あなたとイズィが小さすぎて覚えていないようなときの二週間ほどとか。それから二人とも、相手がいなければ生きていけないことに気づくの。そして何通も感傷的な手紙を書き合う。最近はきっとEメールだと思うわ。残念なことだけどね、わたしは読めないから。それからある時点で、元通りにいっしょになる。あなたの父さんは仕事を減らす。母さんはもう一つ別の人生の目的を見つける。すべてはまたうまくいく。そして何年か経つと、また起こるの。見ていてひどく疲れる。だからわたしは結婚しないんだと思うわ」

これは、ここしばらくでいちばんいい知らせだ。

「保証する？」

「わたしには何の保証もできないわ」と伯母さんは言う。「でもわたしはあの人たちを知っているから、そうなるほうに大金を賭けてもいいわ。けれども、あの二人にも時間をあげないとね。あなたの姉さんを失ったし。でも、あの人たちが最近くぐり抜けてきたすべてのことより前に、あなたの母さんは悪戦苦闘していたのよ、すごく若いころに妻になり、母親になったことで」

母さんと父さんの手紙を保管している箱のなかには、そのことについてのやりとりはなかった。イザベルとわたしが生まれたことで母さんの人生を止めてしまったとは、少しも考えなかった。でも、そうだったに違いないだろう。夫を学校にやり、家では二人の赤ん坊を抱えている、それも二十代の初めに、そんな生活が楽だったはずはない。

わたしたちが生まれてから最初の二年間、父さんはロースクールに通っていた、とレスリー伯母さんは言う。父さんが選んだ法律の専門は、あまり儲かる分野ではなかったため、マーカスおじいちゃんが彼らにこの家を買ってやらなければならなかった。わたしたちが学校に上がると、母さんはときどき臨時の仕事をして、それがメーキャップ技術の修得につながった。

「何も知らなかった」とわたしは言う。

「親は、いろいろなものから子どもを守る努力をするの」と伯母さんは言う。「自分たち自身の失敗や、ひどく悲しい思いも含めてね」

「母さんは何をしたかったの？」とわたしは訊く。

「昔は先生になりたがっていたわ」

「今からでもできるわ」

「それから、パイロット。それに、エンジニア。彼女自身にもよくわからないのよ」

「たぶん、二人は今度こそ本当に別れるわ、そうしたら……」

「彼女がその全部をできるように？」

「あるいは、そのうちの一つを」

「あなたの両親は、自分では気づいていないかもしれないけど」と伯母さんは言う。「二人は初恋のように互いを愛しているの。そしてそれが友だちのような愛になっていくのが怖いんだと思うわ。というわけで、ドラマが続くのよ」

両親のことを、心身を消耗するような激しい恋愛関係を退屈な日常生活のなかで現実に生きようとしている途方にくれた人びととして考えるのは、不思議な感じだった。

「これはわたしたちだけの秘密よ、もちろん」とレスリー伯母さんは言う。

「もちろん」とわたしは答える。

「秘密は全部片づけたから、わたしはもうあなたの親友になれるわ」

「約束する？」

「指切りげんまんよ」

わたしたちは、暗いなかで小指をからませた。

「診察が終わってから、あなたに必要なものを調べましょう」と伯母さんは言う。「連れていくように、あなたの両親から頼まれたの」

診察のことはすっかり忘れていた。たぶん、自分の生活からしめ出そうとしたのだろう。

「わたしはもう、医者にはまったくうんざり」とわたしは言う。「伯母さん以外は」

「そう言ってくれて嬉しいわ」と伯母さんは言う。「オーランドでの仕事を辞めて、マイアミの病院に移ろうと考えているからね。あなたの母さんとわたしは、今度のことが起こる前からそう話し合っていたの」

「ほんとうに？」わたしは喜んで叫びたい。けれども、そもそもなぜ伯母さんが動こうとしているかに気づく。それは恐らく、母さんの面倒を見るためだ。ということは、二人のいつものやり方にもかかわらず、わたしの両親は今回こそ本当に終止符をうつかもしれないということだ。

「自分の患者さんたちと離れるのは悲しいわよ」と伯母さんは言う。「でも、あなたたちの近くにいられるのはすばらしいことだわ」

伯母さんは、わたしの肩を両腕で包む。そしてわたしは、抱き返すというより伯母さんのなかに消えていってしまおうとする。

「あなたの人生のなかで、誰もイズィの代わりにはなれない」と伯母さんは言う。「わたしたちには、そうするつもりもない。それでも、わたしたちはあなたのためにここにいたいの」

人びとが――わたしの言うのは、レスリー伯母さんの友人のアイドゥー医師のような人びとだけれど――双子について話したがる奇妙なことのひとつは、実は双子でありながらひとりで生まれて、生まれなかったもうひとりを一生涯体内に持つ人が大勢いる、というものだ。それは、胎児内胎児と呼ばれている。これらの人びとのうちには、胎児内胎児の印をつけている人たちがいる。それは、黒かったり毛の生えたりしているあざで、彼らの失われたきょうだいの微小のシルエットだ。あるいは、双子のきょうだいの一部――ごく小さな肺や脊髄や、歯の場合さえある――を体内に持っている人たちもいる。

わたしは、胎児内胎児をすてきだと思ったことはない。わたしがほしいのは、目に見える、歩き回る双子。生きている双子だ。

でも、双子のきょうだいを亡くした双子は、何と呼ばれるのだろう？

わたしは、「双子のいない双子」ではない名前がほしい。シンプルで、リリカルで、洗練された響きの言葉が。それがわたしを慰めることなど決してないのは知っているけれど、今の自分自身を呼ぶのには美しい言葉がほしい。

もしもわたしたちがヨルバ人だったら、先に出てきたのだから、イザベルはタイウォ、つまり最初に世界を見た者、となるだろう。わたしはケヒンデ、つまり続いて来た者、となるだろう。イザベルは逝ってしまったから、誰かが彼女の小さな像を彫ってくれるだろう、わたしが常に身につけているための彫像を。

「わたしはまだ双子といえるかしら？」とわたしはレスリー伯母さんに訊く。

伯母さんは困ったような表情を浮かべる。アイドゥー医師によると、双子は一つの魂を共有しているると考える人びともいるということだ。それが本当なら、わたしの魂は今どこにあるのだろう？

「あなたは永遠に双子なんだろうと思うわ」とレスリー伯母さんが答える。

伯母さんは首に掛けているイザベルのネックレスに手を伸ばし、手のひらでファーティマの手のペンダントを摑む。

「あなたの母さんがわたしに、あなたが欲しがるまでこれを掛けていていいと言ったの」と伯母さんは言う。

わたしに口を開く時間も与えずに、伯母さんはネックレスを外して、わたしの首に掛ける。

今、わたしは二つのファーティマを掛けている。

「信じられないかもしれないけれど」と伯母さんは、ネックレスを掛けていた場所をさすりながら言う。「いつかあなたは彼女のことを考えて、微笑んで、ジョークを言って、笑えるようになるわ」

「今は想像できない」とわたしは言う。

「思ったより早くそうなることもあるわ」と伯母さん。

「伯母さんにはどうしてそれがわかるの？」とわたしは訊く。

「わたしの患者のなかには、成長できない子もいる」と伯母さんが言う。

それは考えたことがなかった。

「わたしはよく、そんな子どもたちの両親やきょうだいにかける言葉を考えなくてはならないの」

「これまでで伯母さんがかけた一番いい言葉は？」

「それは患者によるわ。子どもに。そのきょうだいに」

「わたしには何て言う？」

「わたしなら何と言うか？」

伯母さんは、効果をねらって顎をこする。

「どうも世界の多くの場所では、双子のひとりが死ぬと、神さまはもうひとりの悲しみを星に変えるらしいわよ」

これは、イザベルが聞いたら大喜びしたかもしれない、わたしたちがいっしょに聞いたら大喜びしたかもしれない話だ。

「それだけ？」とわたしは、伯母さんをからかって訊く。

「残念だけどそう」

「わたしにそのたぐいの神さまとの接触がなければ、どうなるの？」とわたしは訊く。

「あなたとつきあってくれる神さまを一人も知らないわけ？」

「伯母さんは『つきあう』なんて言わなかったわ」

「ごめんなさい、わたしのミスよ」と伯母さんが言う。

「『わたしのミス』とも言わなかった」

「告発どおりに有罪です」と伯母さん。

「患者さんたちともこんなふうに話すの？」

「時勢に遅れないように努力しているわ、そうよ」

伯母さんは声を出して笑う。そしてわたしは驚かされる、その笑いがいかにたやすく出てくるかに、わたしの家族の全員に、笑いがいつでもいかに楽に出てくるかに、言い争っているときでもけんかをしているときでも、死者を悼《いた》んでいるときでさえも。わたしは、伯母さんといっしょにキッチンの床に座ってアイスクリームを食べて、くすくす笑っているのがすごく楽しい。以前、伯母さんとイザベルとわたしと三人で、学校のこと、男の子たちのことを話しながら、そして両親についての不満を言いながら、何度もそうしていたように。

「あなた、定期的に誰かと話したい？」と伯母さんは訊ねる。

「わたしは伯母さんと話しているわ」とわたしは言う。

「わたしの言うのは、ソーシャルワーカーよ。カウンセラーは？」

「わたしは伯母さんと話しているわ」と繰り返す。

「わたしはあなたの役に立たなかった」と伯母さんが言う。

「どうしてそんなことを言うの？」

「病院であの日、イザベルが死んだことを知らせるべきではなかった。そのつもりはなかったの。ただただ、あなたに目覚めてほしかった。へまをしたわ」

「わたしには知る必要があったわ。神さまと星たちのことが起こり始めるために」

今思えば、わたしはイザベルが死んだ瞬間にそれを感じたのかもしれない。

それはきっと、バトラー巡査のバッジが頭のなかで爆発したとき、あの赤と赤褐色の星たちが目の前で破裂したときだった。ビーッという警告音と警報はイザベルのためのもので、わたしのためではなかったのに違いない。胸を稲妻で打たれた感じは、彼女の心臓を動かすために使われた蘇生用パドルから来たのに違いない。そしてあの最後の警告音が徐々に消えていったとき、イザベルが最後の息をしたのに違いない。それから彼女はわたしを下に引っぱり、しばらくのあいだわたしをいっしょに連れていったのに違いない。

第二十五章

わたしは、学校に通っていたときの時間の流れの感覚を失い始めている。けれども、今日がイースター休暇前の最後の授業日だということは知っている。

「まだ隔離されているの？」ティナが家に電話をかけてきて訊く。「ジャン・ミシェルとわたしがいつ電話しても、あなたの母さんは、電話に出られないって言うの。あなたが携帯を返してもらうのが待ち遠しいわ」

朝食の席で、ティナとジャン・ミシェルに家に会いに来てもらってもいいかどうか訊ねると、母さんと父さんは心配そうな様子を見せる。突然みんなが疑われはじめているようだ。みんながわたしを傷つけ得ると。

常に仲介役のレスリー伯母さんが、わたしをアイドゥー医師の診察に連れていったあとで、学校に連れていってもいいかと訊ねる。そうすれば、わたしがそこで、ほんの少しの時間でも友人たちに会えるだろうから。

「それがどんな助けになるのか、わたしにはわからないわ」と母さんが言う。

「この家で医者はだれなの？」とレスリー伯母さんが訊く。

「この子のためにはいいことだよ」と父さんが賛成する。

マーカスおじいちゃんは、朝食のテーブルの真ん中にカテドラルの設計図を広げて、わたしたちの気を散らそうとしてくれる。建設は、夏に始まる予定だ。その朝早く、マーカスおじいちゃんは、いくつかの修正を加える仕事をしていた。設計図はあまりに大きくて精密なので、わたしたちの誰も理解できない。

「この設計図の3D版を作れば？」とわたしはマーカスおじいちゃんに言う。

「それを待っていたんだ」父さんが言う。「それを待っていたんだよ」

「何？」と母さんが訊く。

「今ジズが言ったことだよ。これはまさに、今この瞬間にイズィが言っただろうことだよ」

わたしは歩み寄って、両腕を母さんの肩に回し、それから父さんのいいほうの肩に回し、それから二人をできる限り強く、二人が受けとめられる限り強く抱きしめる。二人とも驚いたようだけれど、手を伸ばしてわたしをもっと強く抱きしめてくれる。こうしてわたしは二人に、イザベルとわたしの分の、わたしたちのせいで二人が諦めなければならなかったことへの感謝の気持ちを示す。

アイドゥー医師は旧友のように、本当に昔からの友人のようにわたしに挨拶する。

机の向こう側から立ち上がり、わたしのために椅子を引き出す。彼とレスリー伯母さんはおしゃべりをする。そのあいだにわたしは、伯母さんがアクラにいる彼の両親のことを訊ねたことから、彼はガーナの人だと知る。また、離婚した元奥さんがいることを知る。この「元」の部分が、レスリー伯母さんの笑いを誘っているようだった。

会話のもっとずっと悲しい脈絡から、アイドゥー医師はイザベルが病院に運び込まれたとき、人工呼吸器をつけられていたときに、イザベルを見たのだと推測される。

アイドゥー医師とレスリー伯母さんは、わたしの病状について、二人が非常に密接に接触を保たなければならないということを――彼は「接触」という言葉を、それだけで一つの文になりそうなほど引き延ばす――再確認する。

わたしが目をぐるりと回すのを見てだろう、二人は専門的な話を始める。まあ、ほぼ。

どうやら、レスリー伯母さんは実は以前から、医学部で彼を知っていたようだ。そして伯母さんは、とりわけ彼がこの病院で特別の待遇を得ていることを知っていたので、わたしとイザベルの治療を特に依頼したのだった。

それから二人は、医学部時代の思い出を、検閲して一部削除したバージョンに沿ってたどる。そのなかには、飲みすぎたときのいくつかのエピソードがあり、医学上の暗号でわたしにわからないように話しているその他の事柄もある。これが実に延々と続く。彼がわたしの心音を聴き、呼吸音を聴き、耳を見て、目を見て、レスリー伯母さんの目を見て、それから、左右に動く彼の指の動きをわたしがどのくらい長く目で追えるかをチェックして、片手を前に伸ばしたままの姿勢で小さな診察室を何周歩けるかをチェックする、そのあいだじゅうずっと。

それが全部終わると、二、三週間後には、新しいMRIを撮ったあとで、学校に戻る許可を出すことを考えてあげてもいいよ、とわたしに告げる。その日わたしを学校に行かせても大丈夫というレスリー伯母さんの考えにも同意する。レスリー伯母さんからの提案のほぼすべてにイエスと言うのだろうな、とわたしは思う。

わたしは、今までずっと何度も彼のことを大きなアヒルと考えていたのを、悪かったと思う。お礼の手紙を書いたらきっと叱られるだろうから、わたしはただもう一度はっきりと言う。「どうもありがとうございます」と。

「レスリーがぼくに電話をくれて、よかったよ」と彼は、伯母さんの顔をじっと見つめたまま言う。

彼らは、互いの両方の頰にさようならのキスをする。唇が触れ合わないように互いに必死に自制している二人がするような、ぎこちないキスだ。

わたしがまた目をぐるぐる回すと、彼が言う。「ほらね、きみは目の回し方さえ、力強くなってきているよ」

アイドゥー医師の診察室をあとにして、レスリー伯母さんが車のエンジンをかけるのを待ってから、わたしは二人の過去について質問する。あの日斎場で、彼を見たと思ったのは幻覚ではなかった。実際にあそこにいたのだ。

道路を見なくてもすむように、わたしは目を閉じる。それから言う。「おばさんたちは以前、すごくやっていたでしょう？」

伯母さんは聞いていないふりをする。それでわたしはちょっと目を開けて伯母さんを見やる。そして、小さなにやにや笑いがどんどん大きくなって、顔じゅうに広がるのを見る。

認めたくはないけれど、伯母さんとリーダーアヒルはたぶん素敵で聡明な夫婦になるだろう。

「そうねえ、やっていたって言ってもいいわね」と伯母さんは言う。

「離れたのは彼のほうなの？」とわたしは訊く。

「あなた、どうしてそんなことを知っているの？」

「あら、わたしだって人の世に生きているんですからね。それにロマンチックコメディも見るわ。というか、以前は見ていたわ」

「それなら、あなたの今の病状にも希望のきざしがあるわ」

「どうにかするつもりはあるの？」とわたしは訊ねる。

「何を？」

「アヒル医師を」

「何て呼んだの？」

「アイドゥー医師のことよ」

「なぜわたしがどうにかしなくちゃならないの？」と伯母さんが訊く。「あなたのロマンチックコメディでは、そういう筋書きなの？」

「彼はどうにかするつもりでいるの？」

「たぶん」と伯母さんは言う。その目は輝いている。サングラスを掛けていなければ、その光でおそらく目がくらんでいただろう。

「いっしょに仕事をする方法を探してみるつもりよ」と伯母さんが言う。「ここで彼の仕事に加わるかもしれないわ」

「わあ、セクシーね」とわたしは言う。

レスリー伯母さんはアヒル医師とゴールインしようとしていて、一方でわたしの両親は互いを手離そうとしている。

「まだ誰にも話していないわ」と伯母さんは言う。「話すのはあなたが最初よ、彼の他にはね、もちろん」

わたしにしゃべらせないためだろう、レスリー伯母さんはわたしをまっすぐ高校に連れていく。学校に着くと、わたしたちがどこかへ行く前に、ヴォルシー校長先生がレスリー伯母さんとわたしに話がしたいという。

この手はずはすでにレスリー伯母さんと両親によって整えられていたのだと、校長先生の机の前にレスリー伯母さんと並んで座ることになってから気づく。

「わたしたちはすでに、お姉さんのことを話し合うための集会を開きました」とヴォルシー校長先生はわたしに向けて言う。

もう済ませてくれていてありがたいわ、とわたしは思う、自分がその集会に出るなんて想像できないから。

「カウンセリングも実施しました。そして、生徒たちの多くがそれを受けました」と校長先生は言う。グロリア・カールトンもそのカウンセリングを受けたのかしら、訊きたいけれど、訊かない。

「改めて、心からのお悔やみを述べさせていただきます」とヴォルシー校長先生は言う。「わたしたちは、できることならなんでも、警察に全面的に協力しています」

「警察があなた方から得たがったのは、どんな情報ですか？」とレスリー伯母さんは校長先生に訊く。

「それは、警察があなた方に直接伝えるはずです」ヴォルシー校長先生は答える。

「あなたから状況の一端を伺いたいのです」とレスリー伯母さんは言う。

わたしたちはイザベルのパスワードを考えつくことはできなかったけれど、レスリー伯母さんはすごく優秀な相棒だ。イザベルはきっと、パスワードをわたしに知られないように、できるだけの手を尽くしたのだろう。彼女は、簡単にわかるようなものは選ばなかった。少なくとも、わたしにわかりやすいものは。わたしの使っているものとか、わたしが選びそうなものとか。自分のミドルネームもわたしの名前もデサリーヌの名前も選ばなかった。ロン・ジョンソンもゴンドウクジラも、わたしたちのお気に入りの本や映画のタイトルや、有名なセリフや有名な文章の一部とかも。ティナとジャン・ミシェルだったら、きっとイザベルのアカウントに侵入できると思うけれど、わたしにはまだ彼らにそれを頼む心の準備ができていない。

「ええとですね」ヴォルシー校長は言葉を切り、注意深くわたしのほうを見る。「わたしたちは刑事から、グロリアの学業成績を提出するようにとの令状を受け取りました。警察は、あの出来事は間違いなく事故であったと、彼女が故意に誰かを狙っていたわけではないと、確認したいのです」

校長室から出ながら、わたしはレスリー伯母さんに「言ったとおりでしょ」と目で伝えた。

わたしはまだどこかで、廊下でイザベルに出会うのを期待していた。以前ときどき、思いもかけずに出会っていたように。彼女はよく、わたしが空想にふけっていたり、本を読みながら歩いていたりするのを見つけて、わざとぶつかってきた。

「ヘイ、ジズ」と彼女は大声で言うのだった。「起きて！」

レスリー伯母さんとわたしが校長室を出たのは、ちょうどフランス語のクラスに間に合う時間だった。廊下を歩いていると、レスリー伯母さんが横にいてくれてさえ、学校のなかはどこも幽霊にとりつかれているように思えた。人びとは、生徒も先生も、用務員の人たちまでもが、わたしをじろじろ見ないではいられない。これまで会ったことのない子たちがわたしに手を振ってくれて、わたしは手を振り返す、いくぶんは感謝の気持ちから。少なくとも、彼らにはわたしが見えている。少なくとも、わたしはここにいる。

レスリー伯母さんがいっしょにいてくれてありがたい。すばやくちょっと抱きしめられたりとか、知らない人たちの親切すぎる態度とか、聞こえないと思っているのだろうけれど大きすぎる「ほらあの子よ」という声を切り抜けられるのは、伯母さんのおかげだ。屋内でキャットアイのサングラスをかけているので、目が見えないのかと思っている人もいるだろう。すれ違いざまに、イザベルの名前をささやく人もいる。イザベルが生きているときに起こっていたのと同じ混乱が、今でも起こっている。彼らは、自分が誰を見ているのか確信が持てないでいる。あるいは、わたしが自分に問うている疑問を、彼らも自分に問うているのかもしれない。なぜ彼女なのか、なぜわたしではないのか？　と。

レスリー伯母さんは、フランス語クラスの教室の前でわたしを離してくれる。わたしといっしょに中に入りたがるけど、そうはさせない。わたしは、深呼吸をしてから中に入る。

みんなもう席についている。わたしはドアに一番近い席につく、クラス全体もブレイズ先生も、わたしが最後に授業に出たときから何も変わっていないかのようにふるまってくれることを願って。

ブレイズ先生が、わたしがそこにいないかのようにしてくれるのを見て、みんなわたしが戻ってくるときのためにリハーサルをしてくれていたのだなと思う。

普通通りにしてね、と先生がみんなに言ったのかもしれない。

それでも、ささやき声がしたし、メモが回されていた。わたしはいたずら書きをするノートさえ持っていない。ブレイズ先生がわたしのところまで歩いてきて、かがみ込んで、ささやく、「残念だわ」

わたしは席を立って、出ていく。

レスリー伯母さんとわたしは、だれもいない講堂へ行って、しばらく座っている。

わたしの頭には、そこであった過去のさまざまな集まりの様子が次々に浮かぶ。大会前の壮行会、授賞式、タレントのショー、スピーカー・デー、キャリア・デー、ホリデー・ページェントなど、イザベルとわたしがともに——それぞれの友人たちといっしょに、講堂の別々の場所にいてもともに——参加したすべての行事の様子が。

春季オーケストラコンサートは、ここで行なわれることになっていた。去年もその前の年も、ここで開催された。そのときには、誰も死ななかった。

黒いカーテンが開き、イザベルはステージに座って、友人たちとともにストラヴィンスキーを演奏しているはずだった。わたしたちは早く到着して、前列近くの席をとるはずだった。遅れるはずではなかった。そこにいないはずではなかった。

レスリー伯母さんは、わたしがもう一クラスに出てみるのを許してくれる。

わたしたちは、なんて不思議な試みを始めてしまったのだろう。それでも、さらにもう一日、家で休息して過ごすことのほうが難しかったかもしれない。芸術史のクラスでは、わたしがドアから入るとすぐに、リュス先生が授業の計画を変える。わたしにそれがわかるのは、みんなが本を繰って先生が話していることについてのページを探そうとしているからだ。

これから嘆きの芸術について手短に話します、と先生は告げる。

わたしの考えていたのは、リュス先生に挨拶して、気分がいいときにできる課題読書を少しもらって帰ろうということだった。でもそれから先生は、もう少しいられるかいとわたしに訊く。たぶんそのためだろう、わたしもここにいたいと思う。友人たちを元気づけるような何らかのパフォーマンスに、嘆きの芸術のライブに、参加していたい。

ジャン・ミシエルがうしろを振り向いてわたしを見る。他の生徒たちも、ほぼ全員が振り向いてわたしを見る。ティナ以外は。ティナはずっとうつむいている。

リュス先生は、嘆きの五つの段階を示す絵画の例を素早く見つけるのに、スマートボードを使わなくてはならない。先生は、照明を落としてログインする。嘆きの五つの段階の名前が、ボード上にはっきりと現われる。

一、否認と隔離

二、怒り

三、取引

四、抑鬱

五、受容

「さあそれでは、これらに当てはまる芸術作品を見つける作業に移ろう」とリュス先生は言う。

わたしはまだ、みんなの視線を感じている。スクリーンはすごく明るいので、眼球を突き刺す短剣を投げつけてくるみたいに思える。今までにない痛みを感じる、ハンマーが繰り返し額を打っているような。

もみつぶされるような痛みを避けるために目を閉じる。ティナとジャン・ミシェルの隣に空いている自分の席まで、ふらつきながら歩いていく。ジャン・ミシェルが手を差し伸べて、わたしの手を取る。彼の手は、わたしの手と同じくらい汗ばんでいる。彼はわたしのためにナーバスになっているのだと思う、あのスクリーンに何が現われてくるのかと心配して。

もしもわたしがリュス先生だったら、リストアップした嘆きの重要な段階のそれぞれに、違う絵画を選ぶだろう。「否認と隔離」には、フリーダ・カーロの「二人のフリーダ」を選ぶだろう。この絵のなかでフリーダ・カーロは、自身の鏡像と手をつないでいて、彼女たちのむき出しの心臓は一本の血管で繋がっている。「怒り」には、エドヴァルド・ムンクの「叫び」のなかのよじれた幽霊を選ぶだろう。「取引」(「もしわたしたちが十五分早く出発していれば……」)には、ハイチのアーティストでイザベルのお気に入りのひとりだったルイジアーヌ・サン・フルランの、泡の頭を持つ双子のポートレートを選ぶだろう。「抑鬱」には、アリソン・サアーの「素足」を選ぶだろう。胎児のように体を丸めた女性が、足の裏から木が生えてくるのを涙を流して悲しんでいる、等身大の木彫だ。そして「受容」には、バスキアの「死との乗馬」を選ぶだろう。

リュス先生が実際に何を選んだのかは知らない。もう少しここにいて見てみようとは思わない。ジャン・ミシェルに握られた手を離して、外に出る。急いで出ようとして、腕がジャン・ミシェルの背中をかすめて、危うくバランスを崩しそうになる。

自分にもっと時間を与えておけばよかったと悔やむ。わたしは、自分の人生を早送りしようとしている、あの恐ろしい夜と自分の間に、もっと距離をあけられるように。人生が大きく変わってしまったのに、人びとがどうして生き続けることができるのかを理解したい。わたしの内側に、この大きな空洞を持たずに呼吸する方法を学び直したい。

ティナとジャン・ミシェルが、あとから飛び出してくる。レスリー伯母さんは、ドアのすぐ外で待っている。

「わたしたちもいっしょに行くわ」とティナが言う。

わたしはいっしょにいたくない。わたしは彼らに嫉妬している。彼らには、読むこともスクリーンを見ることもできるから、わたしは彼らに嫉妬している。彼らは新聞を読んでも頭痛がすることはないから、嫉妬している。彼らはフランス語のクラスも芸術史のクラスも大事だとまだ考えているから、嫉妬している。

「大丈夫よ。わたしが引き受けるから」とレスリー伯母さんが言う。「あなたたち二人は授業に戻って」

彼らはためらう。それから、いっしょに教室に戻る。ティナがわたしに、ジャン・ミシェルだけ返して、自分とはいっしょにいてくれるようにと頼んでほしいと思っているのがわかる。二人ともにわたしを一人にしてくれるように頼んだのは、生涯続いてきた彼女との友情を、ジャン・ミシェルとわたしの間に起こっているのかもしれない何かロマンチックなことと同じくらい、もろい基盤の上に置くようなものだ。

離れていく前に見ると、ドアのプレキシガラスパネルを通して、ティナがこちらを見ている。彼女がわたしを気遣い、同時にわたしに裏切られたと感じているのがわかる。でも、彼女のためにできることはあまりない。わたし自身のためにできることさえあまりない。どんな慰めを彼女かジャン・ミシエルがわたしに与えることができるとしても、それはただいつまでも思い出させ続けるだけだろう、今はもうイザベルには不可能なことのすべてを、彼女がもう決して経験することのないことのすべてを、彼女がもう決して感じることのないすべてを、彼女がもう決して知ることのないすべてを。

ジャン・ミシエルが、小さな四角のなかのティナの顔の横に、自分の顔を押し込む。彼らの目と口とあごは今、かつて愛したけれどいまはあとに残していこうとしているすべてをさえぎっている――何枚ものスライドとスクリーンショット、いくつもの絵画、リュス先生、彼ら二人を。二人だけで。いっしょに。わたし抜きで。

第二十六章

次の日、わたしはロン・ジョンソンの訪問を受ける。レスリー伯母さんとマーカスおじいちゃんは、母さんと父さんをそれぞれの予約受診に連れていっている。わたしはレジーンおばあちゃんと家にいて、わたしたちはカウチに座り、視聴者電話参加方式のハイチ語のニュース番組を聞いている。ドアのベルが鳴る。レジーンおばあちゃんが歩いていき、玄関のドアを開けると、ロン・ジョンソンが、白いバラの大きな花束を持って、そこに立っている。

レジーンおばあちゃんは、腕に抱えたバラの一本一本を彼が売っているのだと思う。それで、ドアを半開きのままにして、財布を取ってくるので待っていてくれるようにと言う。彼は言われたことがよく聞こえないかわからないかで、おばあちゃんのあとについて入ってくる。

わたしは彼を見ると、驚いて飛びあがりそうになる。彼もびっくりしているようだ。これまでイザベル城の攻め方をいろいろ想像したけれど、これほど簡単な攻略法はひとつもなかった、というみたいに。

レジーンおばあちゃんは財布を取ってお金を探しているときに目を上げて、ロン・ジョンソンがお悔やみの気持ちの花束をもうすでにわたしに手渡しているのを見る。

それでもおばあちゃんは「おいくら?」と訊く。

ロン・ジョンソンは混乱している。わたしを見て、それからレジーンおばあちゃんを見て、それから最後に言う。「ご家族への贈り物です。売り物ではありません」

「あら」とレジーンおばあちゃん。

おばあちゃんは財布を置いて、イザベルが死んだあと絶え間なく花束が届いたために増えていった花瓶のひとつを持ってくる。

わたしは驚きのあまり口をきけずにいて、ロン・ジョンソンに座るように勧めるのも忘れている。それで、レジーンおばあちゃんが彼に座るようにと言う。おばあちゃんは花をコーヒーテーブルに置く。するとそれが、ロンとわたしのあいだに大いに必要だった、二人をへだてる仕切りとなる。おばあちゃんはそれから玄関まで行って、ドアを閉めるのだけれど、そのあいだずっとわたしたちから目を離さない。

ロンは無言で、わたしも何も言わない。彼になぜここに来たのかを訊きそこなって、言うことを何も思いつかない。

「あなたはあの壁の男の子？」レジーンおばあちゃんが、やっと彼が誰かに気づく。

「あの壁？」とロンが訊く。

「イザベルの壁よ」とレジーンおばあちゃんが言う。

「イザベルは壁にあなたの写真を飾っているの」とわたしはつけ加える。

「かなり大きなのよ」とレジーンおばあちゃん。「あなたたち二人がいっしょの」

ロン・ジョンソンは、それを聞いて嬉しくもあり、驚いてもいるようだ、そんなことを聞こうとは、まったく思ってもいなかったかのように。

レジーンおばあちゃんがべらべらしゃべっているのを聞いて、イザベルが屈辱を覚え、悔しがっているところを想像する。レジーンおばあちゃんはたった今、イザベルがロン・ジョンソンには知られたくなかったかもしれない秘密をばらしてしまったのだ。でも、それがなんだというのだろう？　死者は秘密を持つことを許されていない。

「何か飲み物はいかが？」とレジーンおばあちゃんがロンに訊く。

「じゃあ水を」と彼は答える。「おねがいします」

レジーンおばあちゃんが水を取りに行っているあいだに、ロン・ジョンソンが言う。「彼女のなまりは素敵だ」

「わたしの周りにいるのは、なまりがある人ばかりよ。わたしはもう、聞いても気に留めもしないわ」とわたしは言う。

「そういうこともあるだろうね」と彼は答える。

彼に、どうやってうちの住所を知ったのか訊きたい。けれど、誰の住所でも調べるのは簡単だ、グロリア・カールトンの以外は。

彼はあの子を知っていたのかな？　と思う。それで、訊いてみる。

彼はすぐに「いいや」と言う、まるであの子のことなど、あるいはほんのわずかでもあの子に似た人物のことなど、まったく知りたくない、とでもいうように。

「学校できみを見かけていないけど」と彼は言う。

彼に、これまでにわたしを――イザベルといっしょのところでも、イザベルがいないところでも――見たことがあるのかどうか訊きたい。たぶん、あるに違いない。もしも彼がイザベルと同じクラスにいたのなら、あるいは彼女に興味を持っていたのなら、少なくともわたしのことを知っていたに違いない。

「まだ学校に戻っていないの」とわたしは言う。「医者が、休む必要があるって言うから」あなたは今、わたしの休息のじゃまをしているのよ、とほのめかすように。

レジーンおばあちゃんが彼に水を持ってくるけれど、すごく冷えているのでグラスに露ができている。おばあちゃんは、わたしの分も持ってくる。家に来た客に、ひとりで飲ませるのは失礼だと思っているからだ、たとえそれがただの水でも。いっしょに飲まなければ、客は毒を盛られているかもしれないと心配するでしょう、とおばあちゃんは言う。

グラスはとても冷たくて、持っている手の指先がしびれる感じがする。ひと口すすって、いっしょにもらったコースターの上にグラスを置く。ロンは頭を後ろに反らせて、二口くらいで全部飲んでしまう。レジーンおばあちゃんはグラスとコースターを受け取って、歩き去りながらもまだ注意深く彼を見ている。

「ぼくがどうしてここに来たのだろうと考えていると思う」彼は声を故意に低く太くする、これから数年後にそうなるのだろう、男性のものに聞こえるように。

彼がここに来た理由はわかっている。イザベルにさようならを言うのが難しいから、わたしにそれを言い続けることができると考えているのだ。でもわたしは、彼が花を持ってくるための墓地になることはできない。彼のために、生きた記念碑となることはできない。彼のためにイザベルを広げて見せることは、彼がすでに受け取っている以上のイザベルを与えることはできない。

イザベルはもう限られてしまった。それ以上の彼女を、わたしが明かすことはできない。だから、もしも彼女が、好きな果物とか好きな色とかいちばん夢見ていることとかを教えていなかったら、お気の毒さま。彼はいま持っているものを保つべきで、わたしに切り込むべきではない。でも、ときには何か知らないことがあると、それがたった一つであっても、さようならを言うことを難しくする。

「じゃあイザベルは、クジラのことをきみに話したんだ」と彼は言う。

「ええ」

「そのほかにも、何かきみに話した？」

わたしは彼に、話さなかったと伝えた。彼女は実際に話さなかった。

「クジラといっしょにいたあの日、彼女がずっと言っていたことを知ってる？」

「いいえ」

「あの日きみは何をしていたの？」と彼は訊ねる。

わたしは思い出そうとする。すると記憶が甦る。わたしは――彼とイザベル以外の――同学年の生徒全員と同じことをしていた。SATの模擬テストを受けていたのだ。

「あの日一日中」と彼は言う、「言い続けていたよ」――彼はイザベルの声を、わたしの声を、真似してみる。とても上手だ。震え声の質も高さも完璧。――「『妹がこれを見られたらなあ。妹にこのことを話すまで待っててよ』って。きみのテストを台なしにしたくないという気持ちがなければ、電話していただろうと思うよ」

喉が締めつけられるような感じがして、涙が目にこみあげるのを感じた。ロン・ジョンソンは、実際はわたしに何かを与えるために来たのだ、わたしから何かを受け取るためにではなく。彼にはわかっている。誰かを失うときには、失われた人が一千もの破片に砕けてしまったようで、わたしたちがその人を失ったあとでしているのは、ばらばらになった破片のいくつかを拾い集めて、その人の元の姿を、もう一度作り直すことなのだと。そして、その破片の全部がわたしたちのものというわけではない。いくつかは他の人びとのもの。イザベルの一部は、今はロン・ジョンソンのものでもある。

「お願いがあるんだけど、彼女の部屋を見せてもらってもいいかな？」と彼が訊ねる。

わたしは気づく、彼が来たのは、そもそもこのためだったのだと。彼とイザベルは、他の誰も家にいないときにその部屋でひとときを過ごす計画を立てていたのかもしれない。彼に向かって叫んで、彼を投げ出して、追い払いたい。でも、そうはしない。彼が、イザベルの小さな塊《かたまり》を一つ——わたしからは失われた時のひとかけらを——わたしにくれたことへの見返りとして、何かを受け取って当然だという気がする。

レジーンおばあちゃんは、部屋の隅にひそんでいる。そうはしていないふりをしているけれども、一心に聞いている。わたしは、ロン・ジョンソンにイザベルの部屋を見せるわと、おばあちゃんに大声で言った。おばあちゃんは、イザベルの部屋が博物館か霊廟になっていたなんて知らなかったわ、というような表情をしてわたしを見たけれど、止めはしなかった。

わたしが立ち上がると、彼はあとについてくる。首のうしろに、彼の視線が感じられる。彼がわたしを見つめる視線はあまりに強烈なので、実際に軽く触れられているような感じさえする。

わたしは振り向く。すると彼は、イザベルのドアにかかった「入るな」の印を見て微笑《ほほえ》む。

「彼女が反抗的だとは思わなかったわよね？」とわたしは、ドアを開けながら言う。

「ああ、思わなかった」と彼。

「あれは主に両親向けなの」とわたし。

「靴を脱ぐべき？」と彼は訊く。

「メッカじゃないわ」とわたしは電気を点けながら答える。

彼は、暗い洞窟につま先立ちで入っていくかのように、ゆっくりと注意深く、眼鏡の奥の目を細めながら歩いていく。入念に部屋の様子を観察する、たぶん、今見ているものを、自分が想像していたものと比べながら。貝殻のシャンデリアを見上げて、それから本箱になっているベッドのヘッドボードを見下ろす。

「いいかな?」と彼は、もう一度年をとった男性のような声を出して、訊く。

「ご自由に」とわたしは答える。

彼はベッドの端に座り、本箱に手を伸ばす。イザベルの雑誌を二、三冊、ぱらぱらとめくる。黄色く変色した予約購読カードが何枚かこぼれ落ちると、拾い上げて元に戻す、別の時代の貴重な工芸品であるかのように。ある意味では、確かにそうなのだ。

彼はデイベッドまで歩いていき、手すりに指をはわせる。ボタンがいっぱい入ったメーソンジャーを手にとって、眼鏡の近くまで持ち上げる。一つひとつのジャーを回して、中のボタンを入念に見る、まるでそれらが彼女にとって、わたしたちにとって、正確にどんな意味を持っていたかわかっているというかのように。それは、わたしたちが成長して大きくなるにつれて大きくなった。わたしたちの年齢とともにスタイルと色を変えた。わたしたちが大人になるにつれてよりシンプルになった――漫画の登場人物の顔から、ベーシックな黒や白や赤や灰色へと。

彼はわたしたちのボタンを、まるで光に照らされているかのように、あるいはジャーの中でざわめいているかのように、見つめている。彼女のことを、わたしたちのことを、すべて知っているように、家族であるかのように、ボタンを見ている。

ジャーを下ろすと、その視線は他を見回して、壁の上の楽譜で止まる。手を伸ばしてそのうちの一枚に触れ、目を閉じて、指で苦労なく自然に音符をたどっていき、そのあいだずっとメロディをハミングする。

「フローレンス・ベアトリス・プライス、交響曲、ホ短調」と彼は言う。点字で何かを読んでいるように見える。

フローレンス・ベアトリス・プライスは、その交響曲のひとつが合衆国のメジャーなオーケストラで演奏された、最初の黒人女性だった。イザベルのオーケストラの先生であるミズ・ベッカーはイザベルに、スクールオーケストラは来年の春季オーケストラでプライスの交響曲を演奏すると約束した。それは、イザベルの高校最後の演奏になっただろう——なるはずだった。

ロンは、交響曲のもっとも繰り返しの多い、憂いを帯びた部分をハミングしつづける。彼も音楽を愛する人なのだ、とわたしは気づく。

ハミングを終えるとすぐに、目を開けて、今年のコンサートの日に赤丸がつけられている壁のカレンダーへと指を滑らせる。彼の人差し指は、赤丸を何度もなぞる。頭の中で、プライスの交響曲がまだ演奏されているのがわたしにはわかる。わたしの頭の中でも演奏されているから。わたしは、イザベルがそれを吹くのを何度も聴いた。音が弱められた部分もあるけれど、大部分は陽気で明るい曲だ。

ロンはそれから、彼とイザベルが浜辺でクジラといっしょに写っている写真のところへ歩いていく。二人の笑顔がフレームのほとんどを占領している。彼はこの写真を長くは見ない。

両手で顔を覆い、すすり泣く。

わたしは泣かないでいるために、この様子をイザベルが見たら、どんなに甘く素敵に思ったことだろうと、どんなに完全に決定的にむちゃくちゃロマンチックだと思ったことだろうと、想像してみる。そのことでわたしは、何年も彼女をからかい続けられたことだろう。でもそれは、彼女を一日中幸せな気分にさせるだろう。一か月幸せな気分に。一生最高に幸せな気分にさせるだろう。

彼は手の甲で涙を拭き、目を上げて言う。「ごめん」と。

「いいのよ」とわたし。

「もう行くよ」と彼。

わたしは彼に、イザベルとの写真をあげようと申し出るけれど、彼はそれを断る。「ぼくも持っているから」と。

彼は、わたしより先に部屋を出る。今度は、わたしが彼のあとをついていく番だ。

レジーンおばあちゃんは、リビングルームでわたしたちを待っている。

「もういいの？」とおばあちゃんはわたしたち二人に訊く。

「ええ」とわたしは言う。でも、わたしは嘘をついている。これからは、もういいなんてことは何もない。わたしはロン・ジョンソンを玄関まで案内する。彼のうしろでドアを閉めると、心臓のもう一つの部分が裂けて、粉々になる。今のわたしは、彼と姉さんが、浜辺で打ち上げられたクジラを見つめながら過ごした幸せな一日より、もっとずっと多くを共有していたことを知っている。これが、彼女がわたしから守ろうとした、ただ一つの大事な秘密だ。

「彼は迷惑な存在になるかしら？」とレジーンおばあちゃんは訊く。

なぜか、わたしはそう思わない。ロン・ジョンソンはもう、彼がイザベルにとってどんな意味を持っていたかを、わたしが完全に理解していることを知っている。そして彼は、わたしたち二人にさようならを告げたのだ。

第二十七章

一年に一度、復活祭の季節に、ベン牧師の教会で教会員のうち希望者は、お互いの足を洗い合う。わたしがそれをするのに十分な勇気を持てるまでには、かなり時間がかかった。けれども、イザベルはそれが大好きだった。

まず、わたしの足は美しくない。イザベルの足もそれほど美しくはないけれども、少なくとも彼女は、足を隠すためにも保護するためにも、家ではソックスを履く。足の裏が厚いからというのは、わたしが復活祭の洗足の儀式を避けてきた理由の一部にすぎない。もう一つの理由は、気持ちが悪いと思うからだ。

洗足の儀式は、とベン牧師は、復活祭の日曜日の朝に説明する、多くの非常に古い文化によく見られるもので、そこでは訪問者の足を洗うことは、思いやりのある礼儀正しい行為だと考えられているのだ。たいてい訪問者は、サンダル履きで長くほこりっぽい道を旅してきているから、足をごしごしこすってきれいにする必要がある。両親とレスリー伯母さんとマーカスおじいちゃんとレジーンおばあちゃんが、洗足の儀式が行なわれることになっている小さめの部屋のひとつで、さっぱりした白い部屋に入るようにとわたしにしつこく勧めているあいだ、わたしはその話を思い出す。入っていくと、白いプラスチック製の洗面器の向こう側に置かれた丸椅子に、ティナが座っている。

「わざとわたしを選んだの？」とわたしは訊く。

「わたしのおじいちゃんは牧師よ。一番いい足を洗う最初の権利はわたしのものなの」笑い声が部屋中に反響する。

ティナは洗足の大ベテランなのだ。彼女は、向かい側の椅子に座るようにと身振りで合図をする。わたしはかかとのないゆったりした靴を脱ぎ、両足を水の上で揺らす。

「怒っているの?」と彼女は訊く。

「儀式のあいだ、話をするべきなの?」とわたしは訊く。

わたしたちは、話してはいけないことになっている。実際はそのあいだ、祈っていることに、神さまに、わたしたちの最も慎ましい自己を、他の人びとへの心の底からの奉仕の感覚を、わたしたち自身に見せてくださるように、お願いしていることになっている。

ティナはわたしの両足を洗面器の中へ導き、お湯を両手いっぱいにすくって、つま先にかける。両足をさらに深く洗面器の中へ引き入れてから、つちふまずの部分を優しくマッサージする。

「ジャン・ミシェルが、あなたは彼にも電話していないって言ってる」と彼女は言う。

「あらそう?」

「わたしの母さんが言ってるけど、あなたみたいに頭を強く打った人は、気分の揺れが激しいんだって。だからわたしはあなたを許すつもりよ」

「うるさいわ、黙ってよ」

「そうしたいわよ、あなたの足がこんなに分厚くなかったらね」と彼女。

「わたしもイザベルが恋しいわ」と彼女は、わたしのつま先にもう何杯か両手でお湯を注いでから、つけ加える。「わたしも彼女を愛していたのよ」

前に一度、わたしたちにつきあってうちにいるときに、ティナは「双子テスト」なるものを始めて、イザベルとわたしに、もしもわたしたちが死刑執行を待つ身だとしたら最後の食事は何にするかを紙に書いて、と言った。最大限の警備体制の整ったその想像上の監獄は厳密な予算で運営されていて、わたしたちは三品しか選べなかった。

イザベルはティナに、最後の晩餐のメニューを書き留めるように言った。結果、わたしたち三人はほぼ同じものを選んだことがわかった。特大のバーガー、サツマイモのクルクル巻きフライ、そして三人それぞれ別の種類のミルクセーキ。わたしは、イザベルが選びそうなものは選ばないようにして、ティナの好きな食事を選んだ。イザベルは、わたしの心を読み取ったのに違いない。イザベルのもう一つの品はレジーンおばあちゃんのバニラ・ココナツ・ケーキで、監視の目を盗んで、それをティナとわたしにこっそり持ち込むように頼むわと言った。

「ますますうるさいわ、黙って」と、こんなことまで思い出させたティナに言う。

わたしたちは場所を交換する。今度は、わたしがティナの足を洗う番だ。ティナの足は、わたしのとは違って、きれいに手入れしてマニキュアを塗ってある。彼女の足を強くごしごしとこする。でも、歯のあいだに挟んで、ぐっと力をいれて嚙みつき、血を流させるか、さもなければ涙を流させるまではしない、本当はそうしてやりたいけれど。

洗足の儀式は、呪縛を解いて自分を明け渡す経験を共有する場だ。それは、ベン牧師が常々言っていることだ。友人との和解のときになるだろうとは、まったく予想していなかった。

「ハンセン病の人のためにしたほうが、やりやすかったかもしれないね」終わると、ティナが言う。

わたしたちは抱き合う。

「わたしたち、もう大丈夫?」と彼女が訊く。

「もう大丈夫よ」と答える。

「いつ学校に戻ってくるの？」と彼女。

「わからない」とわたしは言う。両親は、まだ戻る準備ができていないと言うレスリー伯母さんと同意見だ。

ティナとわたしはいっしょに脇の席に座って、父さんと母さんが互いの足を洗おうと努力する様子を見る。母さんの包帯はだんだん小さくなってきていて、凝った帽子の下では、髪の毛が再び生え始めている。肋骨の痛みも軽減している。動くときに顔をしかめることも減ってきているし、洗足のためにかがみこんだり立ち上がったりすることもできる。

父さんは、今は三角巾で負傷した腕をつっている。脚にはまだギプスをはめているので、母さんは片足だけを洗う。父さんの番になると、母さんは背の高い丸椅子に座らなければならなくて、執事のひとりが洗面器を持っていなければならない。見ていると、どんなに二人が力を振り絞っているかがわかる。父さんはお湯の中で、母さんの足をさする。いいほうの手でつま先をくすぐると、二人は父さんがそうしているあいだ、互いに微笑み合う。

イザベルがこれを見られたらなあ、とわたしは思う。

「驚きだわ」と彼女は言うだろう。

第二十八章

追突事故に関するオンライン記事の他には、グロリア・カールトンの情報はどこにもない。荷造りをするために町を離れる前に、レスリー伯母さんがマイアミ・デイド郡内に三十ぐらいのカールトン姓を見つけて、その全部に電話をかける。発信番号非通知で、高校の校長を名乗ってかけた電話で話をしてくれたカールトン姓の人のうちで、グロリアという名の娘を持っている人は一人もいない。

ロン・ジョンソンが予告なしに来てしまったので、母さんはティナとジャン・ミシェルにも学校帰りにうちに寄るのを許すことに同意する。

ジャン・ミシェルとティナは、午後の時間を使って、ラップトップでグロリア・カールトンの過去を知る手がかりを見つけようと、インターネットを綿密に調べた。わたしはまだ光に過敏に反応して頭痛を起こすことがあるけれど、サングラスをかけていれば、スクリーンを見ても眼球を針で突かれているような感じに苦しめられることはない。それでも、ジャン・ミシェルは、まるでわたしがまだ退院したてであるかのように、注意するようにと言い続ける。

ジャン・ミシェルとわたしは、いっしょにいてももう以前と同じようにはふるまわない。彼はわたしを相手に前ほどふざけないし、前よりずっと慎重だ。わたしの変わりように反応しているのかもしれない。ふざけることなど想像だにできないし、彼に対しても誰に対しても、十分に自分自身でいることさえできないわたしのありように。

いろいろなことが、ティナにとってももう同じではない。同じであり得るはずがない。イザベルが死んで、わたしにはティナと同じことをする権利は、前とまったく同じように生き続ける権利はない。でもわたしには、彼らの助けが必要。そしてわたしは、彼らが進んでわたしを助けてくれることが嬉しい。

わたしが本当にすぐに疲れてしまうので、検索をそれほど進められない。彼らは自分の家でやって、翌日わたしに答えを持ってくると約束してくれる。

「カールトンたちは」とティナが、ジェームズ・ボンドばりのイギリス英語の発音をまねて言う。「絶対に発見されないよう、手を尽くしているな」

翌日の午後に二人でやってくると、ジャン・ミシェルは、彼とティナがリサーチしたいくつかの新しいツールをつなぐために、ラップトップの電源を入れる。

ログオンするときに、背景の画面がフリーダ・カーロの「二人のフリーダ」になっているのに気づく。

どうして知っているのだろう、とわたしは思い巡らす、これがまさに、わたしが感じていることだと？　ときには半分に引き裂かれ、ときには二人分歩き、生活し、息をしている。わたしの胸の中で、二つの心臓が鼓動している。でもそれは、全然心臓のような感じがしない。

リュス先生だったら、これを感傷主義的盗用の瞬間と呼ぶだろう。ちょうど先生がわたしのために試みてくれた、嘆きについての授業のように。

「手に入れたと思うよ」とジャン・ミシェルは、キーボードを叩いて二人のフリーダを消しながら言う、「ほとんど夜じゅうかかって――」

「別々に作業してね」とティナがはっきりした口調で説明する。

「今日のランチタイムも使ってさ」ジャン・ミシェルは、自分の言いたいことを最後まで言う。

「あなたに見せるのが待ち遠しいわ」ティナは嬉しそうな叫び声をあげる。

これは彼女の大発表なのだ。

彼らが、自分たちのなしとげたことに満足するよりも、わたしのために興奮していることで、何らかの答えを手にしてほしい、ほんの少しでも平安を得てほしいと本当に願っているのだとわかる。

ティナはタイピングを全部ジャン・ミシェルに任せているけど、でも二人はいっしょに何かすごいものを見つけているみたい。新しく入手したソフトウエアとアプリを使って、彼らは、グロリア・カールトンという名前のマイアミの少女について、追突事故とは関係ない何かを見つけた。

ジャン・ミシェルは、わたしたちの学校の写真屋のウエブサイトにある、グロリア・カールトンの顔写真をわたしに見せる。彼は、その写真とサンチエス巡査がわたしに見せた写真——新聞に載った写真——のスクリーンショットとをモーフィングする。ティナはそのブレンドされたグロリアの写真を、大量の学校関連データベースにインポートする。何百という違う顔が次々と瞬時に現われて、それからやがてスクリーンの速度が落ちていき、そのあと停止して、わたしたちは、グロリアとマッチする画像の最高の読み取り値、八十五パーセント認識を得る。

新しい写真は、恐らく一年前のものだ。グロリア・カールトンは、マイアミの中心部近くにある、ミッドタウン・アカデミーと呼ばれる学校の門口に立っている。制服を着て。カーキのパンツと白のブラウスだ。その写真の下には、ジャニス・ヒルという名前が書かれている。

「わたしたちきっと、FBIで働けるわ」とティナがジャン・ミシェルに言う。

二人が夜の大半と、ランチタイムまで使ったというのもうなずける。

でも、すべてはわたしの傷んだ脳と早鐘を打つ心臓がついていけないほどのスピードで動いている。彼らがグロリア・カールトンに関して、警察さえまだ知らない事実を突き止めたなんていうことがあり得るの？

「この情報を警察に渡すべきだわ」とわたしは言う。

「警察には、わたしたちが教育委員会のデータベースに侵入したなんてわからないわよ」とティナが言う。

わたしは、ティナのこんな側面を見たことはこれまでに一度もない。ティナのよりクールで、より大胆で、より危険な姿だ。

「わたし、出生記録を見つけたわ」と彼女はわたしに告げる。

彼女は汗をかいている。顔中の毛穴から、汗が噴き出ている。

出生記録へのリンクは、ジャニス・ヒルがフロリダ州のゲインズビルで生まれたことを示している。実際は十六歳で、十四歳ではない。

「たぶん、あの子と家族は証人保護プログラム下にあるのよ」とティナは言う。「それなのに、あの子が台なしにしちゃったの。あの子はまた別の身分証明書を手に入れなきゃ」

ジャン・ミシェルは、からからと満足げに笑う。彼らは互いの目を見て、しばらく見つめ合ったままでいる。なんだかわたしは余計者の役立たずみたい。

ティナに、二人が発見したことを母さんと父さんのEメールアドレスに送るように頼む。スクリーンをずっと見つめていたので、頭がまたずきずきしだした。それでわたしは二人に、しばらく横になって目を閉じ、事態のすべてを整理したいので帰ってくれるようにと頼む。

それでもまだわたしは、彼らが見つけたことについて考え続けずにはいられない。どうしてバトラー巡査とサンチェス巡査は、グロリア・カールトンが変名だとわからなかったのだろう？

第二十九章

レジーンおばあちゃんとマーカスおじいちゃんは、夕方早くの散歩に出ている。わたしの両親は、けんかをしている。

寝室のドアを閉めているけど、二人の言っていることは全部聞こえる。洗足の儀式は、すべての人の関係を救えるわけではないのだろう。

どちらかがドアを開けて、それからバタンと閉めて、そしてまた開けたのに違いない。母さんはすごい大声で叫んでいるので、外にいる誰かが聞いて警察を呼ぶのではないかと心配だ。

わたしはよろめきながら、部屋から廊下へ出る。母さんも父さんも、そこに立っている。息を切らした様子で、背中を壁に押しつけて。

父さんは松葉杖に寄りかかって、手紙と封筒を握っている。目を上げて、わたしがそこに立っているのを見て、それからまた手紙のなかの言葉をつぶやく。そして、その手紙をわたしに渡す。

「この子は文字を読んじゃいけないのよ」母さんはわたしから手紙をもぎ取る。

「彼女からEメールがきたよ」と父さんが言う。

「わたしの友だちよ」わたしは言う。

「わたしたちから巡査に送ったわ」と母さんが言う。

「この手紙は何？」とわたしは訊く。

「臓器移植への礼状だよ」と父さんが言う。

「その人たちは、きみの角膜と心臓をもらったことに、礼を言っているのだよ」

わたしの角膜？　わたしの心臓？

「死んだのはきみだと思っていたときに、すでに署名していたのだよ」と父さんは言う。

二人の口から出る言葉は、どれも怒りをもって吐き出される。ただ、その怒りは互いに向けてのものではなく、この状況全体に、イザベルが死んだことをまた思い出させるものに向けてだ。でも、見ているとほんとうに互いを憎みあっているように思える。

わたしは、後戻りする必要がある。両親はイザベルの心臓と目を提供したけど、わたしには何も伝えなかった。だから、わたしが考えた、イザベルの死んだ時間は間違っていた。たぶん彼女は実際には、その臓器が他の人びとの身体へ入れられたときに、本当に死んだのだ。

それでもわたしは、イザベルの一部がまだどこかにいると思うと、嬉しい気持ちを抑えられない。彼女は、ただ燃えてくすぶって灰になったわけではない。彼女の心臓は、他の誰かの胸の中で鼓動している。彼女の角膜は、いろいろなものを見ている。花や雲や星を。

「イズィの心臓は、他の人の中にある」と母さんは身を揺すりながら言う。

父さんは手を差し伸べて、腕を回そうとするけれど、母さんが振りほどいて離れるので、倒れそうになる。すぐにバランスをとって、松葉杖をつかんで立ち直り、壁にもたれる。

「イズィの心臓は他の人の中にある」と母さんは言い続ける。

「きみが書類に署名したからだ」と父さんは言う。「ぼくたち二人で、すべての書類に署名した。きみが、イズはそう望んだだろうと言ったのだよ」

「わかっている《ム・コネン》わ」と母さんは言った。

イザベルの心臓が、他の人の身体の中にある。

その事実はいま、心にしみ込み始めている。

イザベルの目と心臓は、他の人たちのなかにある。

「その人たちが誰なのか、わたしたちは教えてもらえるの？」とわたしは訊く。

「彼らからの便りを受け入れる用意はある、とわたしたちは言ってある」と父さんが言う。

彼ら。今は部分的に、わたしの双子になった人？　今は部分的に、母さんと父さんの子どもになった人？　その人たちが何歳であろうと。あるいは、そういうふうにはまるでならないのかもしれない。その人たちはどこに住んでいるのだろう？　どんな言語を話しているのだろう？　イザベルの心臓を持っていると、その人もわたしたちを愛するようになるのだろうか？　彼女の角膜を受け取ると、その人はわたしたちに会いたくなるだろうか？　わたしたちが元気だと確かめたくなるだろうか？

「あの夜そう言ったのは、きみ自身だということを忘れないでくれ」と父さんは思い出させる。「二人の娘のうちのひとりが心臓を必要としているとしたらどうする？　と」

「自分が言ったことはわかっているわ」と母さんはかみつくように言い返した。「だからといって楽にはならないのよ」

二人はふだん、わたしの前で本格的なけんかをすることはない。けれど今は、わたしがここに立っていることとさえ忘れているようだ。

「ぼく一人の考えだけで決めたような物言いはやめてくれ」と父さんが言う。

「わたしは怒ってない《ム・パ・フアシ》」と母さんが叫ぶ。

怒っているように聞こえるけれど。

「自分が何に同意したか、わかっているわ」と母さんは言う。「でも気が変わったの。返してほしい。

あの子の心臓を返してほしい。あの子の目を返してほしい。あの子を全部返してほしい」

「それがどんなに気違いじみて聞こえるか、わかっているのか？」と父さんは訊く。「気が狂《フゥ》ったのか？」

「あの子が死んだことより気違いじみてはいない」母さんは言う。「そうよ、あの子の全部を返してほしい」

「お願いだよ」と父さんは言う。「座って理性的に話せないか？」

「この状況に理性的なことなんて何もないわ」と母さんは言う。

「葛藤を覚えるかもと覚悟しておくように言われただろう」父さんは言う。

「葛藤？　馬鹿にしてるの？　葛藤？」

母さんは寝室に戻って、うしろ手にドアをバタンと閉める。

この叫びの応酬と乱暴なドアの開閉で、頭の上で巨大な鏡を粉々に砕かれたような気がする。

「大丈夫かい？」と父さんが訊く。

「横にならなくちゃ」とわたしは言う。

「こんなところを見せてすまなかった」と父さんは言う。

母さんはうろたえているけれど、わたしにはわかる、イザベルはきっと他の人の身体のなかで生き続けることに――そう言ってもかまわなければ――わくわくしたことだろうと。

「イズは賛成しただろうと思うわ」とわたしは言う。「父さんたちがしたことに、大喜びしただろうと思う」

「ぼくたちもそう感じたんだ」と父さんが言う。

イザベルの身体は、いまでは星雲になった。他の天球へ、他の宇宙へ広がっていった。彼女の心臓と角膜は、まだ身体のなかにあるときでさえ、悲しみと希望と祈りの対象だった。あの夜、彼女は打ち壊され、粉々に砕かれてしまったけれど、その一部はどこか他のところに安全に降り立ったのだ。

第三十章

翌朝、バトラー巡査とサンチェス巡査が立ち寄る。グロリア・カールトン――またの名をジャニス・ヒル――が消えた。

父さんからあのEメールと電話を受けとったあと、巡査たちがいくつか質問をするために彼らのアパートへ行ったところ、荷物をまとめて出ていったことがわかった。

彼らのミニバンはまだ警察に押収されたままで、彼らの名前で――カールトンでもヒルでも――登録された他の車はなかった。逮捕令状が出されたけれども、今のところ警察は居場所をつかめていなかった。

わたしたちは皆――母さんと父さん、レジーンおばあちゃんとマーカスおじいちゃん、そしてわたし――で巡査たちの周りに集まって、詳細を聞く。

「奇妙なことがおきています」とバトラー巡査が言う。「あなた方の内々の情報は本物でした。あの少女はいくつか変名を持っていて、両親も同様です。もしも彼らが彼女の両親ならば」

わたしは、ジャン・ミシェルとティナに、彼らがナンシー・ドルーばりの謎解きを見事にやって、事件を解決したのだと、早く伝えたくてたまらない。

マーカスおじいちゃんは、クレオール語で何かつぶやく。そして、ジャケットのタバコを入れてある場所を、手で軽くたたく。おじいちゃんが言っていることでわたしにわかるのは、何度もくり返される言葉だけだ。

「あんまりだ《トゥオブ》。あんまりだ《トゥオブ》」

レジーンおばあちゃんは裏のテラスへ続くガラスの引き戸を指さして、マーカスおじいちゃんに、もっと取り乱す前に外に出るようにと、黙って勧める。

「次にすることは？」と父さんは、マーカスおじいちゃんが行ってしまうと、訊く。

「彼らを見つけます」とバトラーが言う。「あなた方のためにも、あの少女のためにも。彼女は危険にさらされているのかもしれません」

「彼らは、彼女の意志に反して彼女を離さないでいるのかもしれない、というのがあなたたちの考えなのですか？」と父さんが訊く。

「われわれは彼女を連れ戻して、質問に答えてもらわなければなりません」とサンチェス巡査が言う。

マーカスおじいちゃんは、タバコを吸って戻ってきてもまだ何かぶつぶつつぶやいている。前よりもずっと動揺している様子だ。レジーンおばあちゃんがおじいちゃんのあとについてキッチンまで行き、おじいちゃんに紅茶をいれるためにケトルを取り出す。

「われわれは、ニュースで報道される前に、何が起こっているのかをあなた方に伝えに来たいと思っています」とバトラー巡査が言う。彼女の声は、病室で最初に聞いたときから変わっていない。感情のない、単調な話し方だ。

マーカスおじいちゃんが巡査たちをドアまで送る。

「その狂った連中を見つけてください」とおじいちゃんは言う。

わたしはキッチンの電話に飛んでいって、ティナに電話をする。日曜日だということを忘れていた。ティナは教会にいたけれど、それでも電話に出る。

外に出てジャン・ミシェルにもつなげるかどうかを訊くと、彼女は言う。「わたしたち、電話に出るために外に出てきたのよ」

「わたしたち、って？」

「わたしとジャン・ミシェル」

「ほんと？」

「彼はここに、わたしのそばにいるわ」と彼女。「今朝わたしに電話をくれて、教会に来たいって言ったの」

わたしは電話を切る。でも、なぜ？　いっしょに教会に行くつもりだなんて、わたしには言ってなかったわ。

折り返し向こうからかけてきても、わたしは出ない。わたしには、考えなければならないもっと大事なことがある。もう一度かけてくると、わたしはレジーンおばあちゃんに、昼寝中だと言ってもらう。

両親のけんかは続く。

「報奨金を提供すべきだわ」と母さんが叫ぶ。「警察がこの人たちを見つけられるように」

「警察の仕事は警察に任せるんだ」と父さんが言う。

「それで、わたしたちは何をするの？」と母さんが言う。

「ぼくにプロの殺し屋を雇えっていうのか？」と父さんは、嫌みゲームをエスカレートさせて訊く。

「それとも、ぼくに自分であの連中を探し出して殺せっていうのか？」

「モイから警察にもっと圧力をかけてもらえばいいわ」と母さんは言う。

マーカスおじいちゃんが二人のあいだに割って入ると、二人は足を引きずってふらふらしながら、家の中の別々の場所へ歩いていく。

デサリーヌが、わたしの足にまとわりつく。わたしはデサリーヌをつかみ、サングラスをかけて、腕に抱いたまま裏庭に出ていく。プールデッキの日陰の部分に座っていると、デサリーヌだけがわたしの友だちだと感じずにはいられない。デサリーヌがまたすごい勢いで逃げ出すまでは、ということだけれど。

裏庭は、ペットの墓地と言ってもいい。そこには、デサリーヌの先輩たちが葬られている。ペチョン〔ハイチ建国の父の一人アレクサンドル・ペチョン（ハイチの初代大統領）から〕という名前のカメ――わたしたちはピートと呼んでいた――、トゥーサン〔トゥーサン・ルーヴェルチュール（ハイチの独立運動指導者）から〕という名前のウサギ、ジェファーソンという名前のテンジクネズミ、リンカーンという名前のイグアナ、それから、庭で死んでいるのをわたしたちが見つけた何匹かのリス。

デサリーヌは今でもまだ、わたしを無視しつづけている。それで、わたしは一人でガレージに入っていく。両親は、しばらく家を留守にするとき以外は車をガレージに入れない。普段はたいてい、家の前の道路に駐車する。ガレージの壁際には、床から天井まで箱が積み上げられている。その箱の中にはわたしたちの古い物が、母さんと父さんが手放せない昔の服やその他の思い出の品々が、いっぱいに詰まっている。いくつか新しい箱もあって、その中にはカードやぬいぐるみ、それからクリフトン夫人と彼女のキルトグループの人たちがわたしたちのために作ってくれた礼拝用の敷物や癒しのためのキルト《ヒーリング・キルト》が詰められている。

後ろの壁には、サンドリンおばあちゃんの絵が四つの束に分けて立てかけられている。わたしはその絵を、おばあちゃんが生きているときにはアパートで、通夜の際には礼拝室で見たことを覚えている。今その絵は、あのころとはまったく違って見える。カンバスはプラスチックで覆われているけれど、絵の具がカンバスにしっくりとなじんでいる。

わたしに見えるのは一番前の四枚だけなのだけど、サンドリンおばあちゃんの画風の特徴がとてもよく現われている。ひとつは、深皿に盛ったスパゲッティのようだ。もうひとつは、コーヒーの染みがランダムに散らばっているみたい。三枚目は、もう少し計画性がうかがえる。大きなカンバスの中央に赤い輪があって、たくさんの血まみれの足（サンドリンおばあちゃんの足？）がその輪から歩き去っている。

最後のは、わたしの好きな絵だ。サンドリンおばあちゃんは、新聞や雑誌から褐色の肌の老いた女性の顔を何百枚も切り抜いて、ひとつの巨大な頭にコラージュした。そして、真ん中に黒い絵の具の太い線を引いて、それを引き裂いた。これは、おばあちゃんが描けなくなる前に描いた最後の何枚かの絵のうちの一枚だった。イザベルとわたしは、これはおばあちゃんが生きたいと願う気持ちと死にたいと願う気持ちのあいだでどんなに引き裂かれていたかを表わしているのだと、ずっと考えていた。

第三十一章

次の日は、レジーンおばあちゃんとマーカスおじいちゃんがわたしをローズメイ先生の予約診察に連れていってくれる。わたしはもうあまりにも医者にうんざりしているので――ローズメイ先生にさえ――そうした診察には、わたしの持っている短期記憶喪失という選択肢を自発的に採用する。

ローズメイ先生は、気分が落ち込んでいるかどうかを訊く。

彼女がどんな答えを予期しているのかわからないけど、早く帰れるように、いいえと答える。

人生最悪の経験が耳の感染症にかかったことだったころには、彼女に会いにくるのはとても楽しかった。

彼女は視力検査をして、聴力検査をして、すべての認識作用に関わる検査を繰り返す。逆に数えるとか、後ろ向きに歩くとか。わたしはただもう、彼女も生活から締め出したい。

でもその気分は、ずっと聞きたかったことを彼女が言うと、消える。

検査をしおえると、ローズメイ先生は、今学年度が終わるまでは、学校に戻る可能性はおそらく排除すべきだろう、と言う。あなたの状態が悪化しているからではないのよ。現にあなたはよくなってきているもの。でも夏までは、もうほんの二、三週間しかないし、勉強の遅れを取り戻そうとする努力は、負担が大き過ぎるでしょう。アイドゥー先生とあなたのお母さんとお父さんに電話して、あなたを学校に戻す代わりに、サマースクールにやるように勧めるつもりよ。

両親がそれを拒むことはできないだろうと思う、起こったことを考えれば。それに、どのみちわたしの心は英語や数学、フランス語や社会科、芸術にさえ向かわない。わたしの思いはイザベルに、両親のけんかに、ジャニス・ヒルの失踪に、そしてティナとジャン・ミシェルがだんだん互いに近づいていき、わたしから離れていっていることに注がれる。

病院の診察室から家に戻ると、母さんと父さんがキッチンのテーブルに、イザベルの遺灰の入った壺を挟んで座っている。壺はわたしに、注ぎ口のない銅製のティーポットを思わせる。

イザベルのフルネーム「イザベル・レジーン・ボワイエ」が、誕生と死亡の日付と並んで、彫り込まれている。日付のひとつはわたしのものでもある。

わたしたちがテーブルにつくと、レジーンおばあちゃんの目に涙が溢れる。この壺を選んだのはおばあちゃんだ。

世間の人びとは、双子のうちのひとりとそっくりな別人は世界でただ一人と考えがちだ。イザベルはわたしたち全員の少しずつを持っていたけれど、レジーンおばあちゃんからはたくさん受け継いでいた。彼女もレジーンおばあちゃんも、自分の歩く道を自分で切り開き、刻んでいきたいと思っていたけれど、それをどうはっきりと表現すればいいのかについては確信が持てなかった。

何時間もと思えるほどの長いあいだ、わたしたちは皆でそこに座り、壺を見つめる。そしてキッチンの電話が鳴る。

マーカスおじいちゃんが歩いていって受話器を取る。おじいちゃんは受話器を口から離して、母さんに言う。「君の友人だ。マダム・マーシャル」

「あとでこちらからかけると言って」と母さんは言う。

「緊急だと言って《エル・ディ・ク・セ・ウージャン》いるよ」とマーカスおじいちゃんが言う。「ニュースをつけるようにと言っている」

母さんは壺を抱えてリビングルームへ行く。父さんも続く、松葉杖をついて、わたしたちのうしろから足を引きずって歩いてくる。マーカスおじいちゃんがテレビをつける。

重大なことだと、わたしにもわかる。誰もわたしにテレビを見るなとは言わないから。マーカスおじいちゃんはチャンネルを次々と変えて、四時のニュースをやっているところに行き着く。ニュースキャスターの声を聞く前に、わたしたちはテロップを見る。

速報——十代双子を殺した人物逮捕

まるで犯人追跡があったような言い方だ。実際のところは、ジャニス・ヒルと両親は、アトランタ行きのグレイハウンドバスの運転手に気づかれただけだった。運転手は警察に通報し、警察はバスを停止させて、彼らを逮捕した。こうやって、とわたしは気づく、おそらくたいていのミステリーは解決されるのだ、普通の人びとによって、ナンシー・ドルー的にではなく。そしてパトカーのあとを報道の車が追い、すべてがテレビのために記録された。

家族がバスを降りる場面では、ジャニスには不安がっている様子はまったくない。少し笑ってさえいる。抑えてはいるけれど、本物の笑みだ。ほっとして浮かぶ笑みだ。

それを目にしたのはわたしだけかもしれないけれど、深呼吸をしているように見える。レポーターのひとりがその顔の前にマイクを突きつけて、「イザベル・ボワイエさんの家族に何と言いたいですか?」と訊くとき、一瞬顔を上げて、カメラをまっすぐ見つめる。目が曇った浮かない表情になり、唇が震える。もう一度深呼吸をしてから、とても柔らかい声で言う。「できれば、彼女と入れ替わりたいです」

その声の他、わたしの周りはまったくの沈黙に覆われる。声はとても低く静かなので、レポーターは彼女の言葉をくり返さなければならない。

あとでこのニュースが何度もくり返し報道されるときには、彼女の発言を誰もが理解できるように、放送局は字幕をつけるだろう。

わたしは、自分がレポーターのひとりになって、彼女にもう一つ質問する機会を得るところを想像する。

「あなたがイザベルと入れ替わりたいというのは、正確にはどういう意味ですか？」とわたしは訊くだろう。

「代わりにわたしが死にます」と彼女に言わせるだろう。「わたしはイザベルにではなく、どこかの壁に衝突して、ガラスを突き破るのはイザベルのではなくわたしの頭で、彼女のではなくわたしの臓器が、まさに今、他の人びとの身体のなかにあるでしょう」

彼女にこう言わせる。それは、わたしが自分でも言いたいことだから。

なぜかわからないけれど、わたしは彼女の言葉を信じる。あのレポーターに言ったことは本心だと、もしもできることなら彼女はイザベルと入れ替わるだろうと、信じる。わたしは何かを、何でも、信じる必要がある。だから彼女の言葉を信じる。

結局のところわたしたちは、ジャニスとわたしは、同じように有罪ではないのだろうか？

もしもわたしたちが十五分早く出ていれば、まったく彼女とは出くわさなかっただろう。

ニュース放送が次のもっと恐ろしい話題に移っていくと、母さんは大きなうめき声をあげる。

父さんはうつむく。マーカスおじいちゃんとレジーンおばあちゃんは互いの手を取る。

放送が終わらないうちから、人びとはわたしたちに電話をかけ始め、ノンストップで続く。レスリー伯母さんがオーランドからかけてくる。パトリック叔父さんはニューヨークから。アレジャンドラはロサンゼルスから。マーシャル夫人とティナは玄関に現われる。二、三台の報道のトラックと、隣人たちの半数くらいも。

「来ていただかなくてもよかったのですが」と父さんがみんなに言う。

そして、母さんが腕に抱いている壺を見ながら、マーシャル夫人と数人が言う。「いいえ、来るのは当然ですよ。来ないではいられなかったのです」

ティナとわたしは、彼女とジャン・ミシェルがいっしょに教会に行ったあの日曜日以来、話をしていない。わたしには、人に話せることがだんだんなくなってきている、ティナも含めて。そのための力もエネルギーも、あまり残っていない。

家に人がいっぱいになってくると、わたしは目を閉じて、訪問客たちがわたしの周りで揺れ動くままに放っておく。だけどときどき目を開けてみると、もっと人が増えている。父さんが取り上げようとしても母さんが抱えて離さない壺をなでている人たちもいる。

外の光がだんだん弱くなっていき、家にはだんだん人が増えていく。夜明けなのか夕暮れなのかさえ、もうわたしにはわからない。わたしが自分なのかイザベルなのかも。家にいるのかまだあの車に乗っているのか、またあの車に乗って、今とまったく同じような金曜日の午後に、春季オーケストラコンサートに向かっているのか。

やがて、窓から射し込む光が薄れていく。マーカスおじいちゃんとレジーンおばあちゃんが、電灯を点ける。そしてわたしは、薄暗がりから突然目のくらむようなまばゆい光に変わるこの瞬間が、あの追突事故そっくりに思えることに不意に気づく。

あの金曜日の夜のまさにこの時間に、イザベルは、学校の講堂に着き、友だちに挨拶をして、フルートの準備をし、それからステージに上がって学校のオーケストラとともに彼女の好きな曲のひとつを演奏することになっていた。

見ると、部屋の隅でモイが父さんに話しかけている。モイ長官（わたしたちは、今では彼をそう呼んでいる）は、警察がわたしたちの事件にこれほど力を入れていることと何か関係があるのかもしれない。そういう関係があったかもしれないしなかったかもしれないけれど、ともかく父さんは彼に会えてとても嬉しそうだ。笑って握手をして、ほとんど勝利のガッツポーズをせんばかりだ。

部屋の反対側では、ティナとジャン・ミシェルがいっしょに立って話をしているのが見える。わたしはもう、彼らに腹を立ててさえいない。怒ってもいない。彼らのあいだで飛び交っている小さな火花——彼ら自身が気づいてさえいない火花——を嫉妬してさえいない。

ティナとジャン・ミシェルは、わたしには今はしようという気さえ起こらないようなことをしている。その人生は、わたしが行けないところへ彼らを連れていこうとしている。それに、あの夜わたしがジャン・ミシェルのために自分を綺麗に見せようとあんなに気にしていなければ、姉さんは今でも生きていたかもしれない。今わたしの周りに集まっているティナやジャン・ミシェルやその他の人たちはみんな、悪夢から出てきたもののように思える、過去のものとして捨てる必要があるように思える。彼らはみんなペンティメントのようだ。

車の中であれほどひどく頭を打ったために起こりうる生涯続く影響のひとつは、とアイドゥー医師は、一番最近の診察の際に、レスリー伯母さんとわたしに告げた。偽延髄麻痺性情動と呼ばれるもの——神経学的症状のひとつで、何の脈絡もなく突然に声をたてて笑ったり、泣いたり、あるいは両方を同時にしたりする——を発症するかもしれないことだと。

リビングルームで、この人たち皆に囲まれて座り、わたしは何かそれらしいものが来ているのを感じる。フォ・リール、つまり気のふれた笑い、とわたしの祖父母なら呼ぶだろう、ハイチでマーカスおじいちゃんがよく連れていってくれたカテドラルで、葬儀のときにときどき人びとがするのをイザベルとわたしとで見た、笑うのと泣くのとが入り混じったものだ。嘆きはいつでも激しかった。けれどもときどき、人びとが笑っているのか泣いているのか、見分けられなかった。彼らの喜びと悲しみは、同じところから来ているようだった、誰かを失ったことで、彼らの脳のあらゆる神経が一時的に溶け合って一体となったかのように。

わたしは全力を尽くして、笑いと涙が互いを打ち消し合うように強いる。だからわたしに今残っているのは一種の無感覚、身体の内側のあの空っぽの洞穴を、アマゾンのように長い川が流れている。もしもイザベルがわたしの代わりにここに座っていたとしたら、何をしているだろう、と考え続ける。おそらく、わたしのために戦争をする、と誓うだろう。その戦いに負けて、誰彼かまわずみんなに、出ていってくれと怒鳴っているかもしれない。その気のふれた笑い《フォ・リール》は、わたしには振り払えないこの無感覚を押し砕いたかもしれない。

わたしたちはテレビをつけたままにして、ニュースが繰り返されるのを見る。ニュースキャスターやレポーターはイザベルに言及するたび、イザベルはわたしたち家族に「自分の死後も生き残られた」と言う。

彼女は母親と父親と双子の妹に、自らの死後も生き残られました。

「生き残られた」というのは違和感がある。

どうして彼女がわたしたちに生き残られるということがありえるだろう?

彼女を殺した不思議な運命の巡り合わせで、わたしたちはうまく生きのびた。わたしたちは、彼女の死後も生き残った。彼女はちょっとのあいだシートベルトを外していて、頭から窓に激突した、けれどもわたしたちは生き残った。

とうとうティナとジャン・ミシェルがこちらにやってきて、わたしの隣りに座る。ティナとジャン・ミシェルとわたしがいっしょにミステリーの全容を解明したのだったら、たぶんもっといい気分になっていることだろう。わたしたちが、一から十まですべてを、最初から最後まで、いっしょに推理し解決したのなら、もっと幸せな気分でいることだろう。

もう一つの最新ニュースは、バトラー巡査とサンチェス巡査が推測したとおり、ジャニスといっしょに逮捕された人たちは彼女の親ではなかったということだ。彼女を里子にしていた一番最近の家族が彼女を連れて逃げて、それからウェブサイトに広告を出し、別の人たちに彼女を与えた。ジャニスはあの金曜日の夜、この新しい夫婦のミニバンを盗って、彼らから逃げようとしていたのだ。

この事実が、わたしを完全に納得させてくれるのを待ち続ける。いくばくかの安心と静けさと深い満足感を与えてくれるのを望み続ける。わたしは何かを祝っていたい。悪人が捕らえられた。失われた少女が救出された。オオカミ？　王女？　火の鳥？　でもイザベルは救出されなかった。イザベルはまだ失われたままだ。彼女は、まだ母さんが体から離そうとしない骨壺のなかにいる。

たぶんわたしたちはあまりに多くを持ちすぎ、他の人たちはあまりに持たなすぎる。他の人たちが絶えず苦しみのなかで生きているのにわたしたちには喜びを味わう資格があると、いったい誰が言うのだろう？　毎日を死とともに過ごす人たちがいるのにわたしたちはいい人生を送らなければならないと、誰が言うのだろう？

わたしの心はあまりにひどく押しつぶされているので、どうしたらジャニスのために喜べるのかさえわからない。姉さんは死んでしまって、友人たちは恋に落ちているらしい。ジャニスは生きのびた、けれどわたしは取り残されている。

自分の気持ちを説明したいとは願わない。説明しても、十分に理解してくれる人がいない。イザベルだけがわかってくれただろう。

イザベルは、ここには勝者はだれもいないということも理解しただろう。この種の祝福は、どっちみち一時的なもの。母さんがあの壺を持って自分の自宅オフィスに消えたことから推してみると、生き残った者たちは、死者をどうするか考えるだけで精一杯なのだ。

第三十二章

アイドゥー医師が許可をくれたあと、わたしはまた描き始める。たいていは、広い風景のなかに人が一人でいる場面を好んで描く。それなら素早く楽に描けるから。

好んで描く画題のひとつは、日中太陽が一番高く昇っているときに、ひとりの人が浜辺を歩いているところ。わたしはいつも人物よりも、その人の影を描くほうに時間をかける。影のほうがわたしにはずっと面白いから。光源次第で、影を長くも短くもできるのが好き。

九年生のときの芸術の先生、ミズ・ウォーカーは、上手に描くには簡素化しなければならないとよく言っていた。ものを、小さな部分へと——線やダッシュや点へと——分解しなくてはならない。身体は輪郭になる。顔は円になる。胸は四角になる。脚は円柱と錐体になる。

絵を描くプロセスでわたしがいちばん好きなのは、濃淡をつけていくところ。鉛筆で描いた輪郭の中を埋めていくこと、だんだんに暗くなる層を重ねて深みをつけていくこと。壊れたものを描くのも好き。

「破壊されたものは」とミズ・ウォーカーは言った。「完璧なものより、ずっと描きやすいのです」

そして今、わたしはここで破壊されたものに囲まれている。

わたしは裏庭のスケッチから始める。まずマンゴーとアボカドの木を、それから新しい赤いハイビスカスの茂みとジャスミンとレジーンおばあちゃんの植えたクロッカスを加える。そして、腎臓の形をしたプールとデッキを。デッキでは、レジーンおばあちゃんとマーカスおじいちゃんが並んでぶらぶら歩いている。二人の顔は、つばの広いわら色の日よけ帽で覆われている。マーカスおじいちゃんはグリーンの水泳パンツを穿いて、レジーンおばあちゃんはお揃いの色のモノキニを着ている。二人は静かに太陽を身に浴び、同時にわたしの両親を見ている。両親は二人の向かい側、プールの反対側の木陰に、上から下まで服を着て座っている。

母さんの頭はもうほぼ完全に癒えていて、額の傷は日に日に目立たなくなってきている。父さんはまだ松葉杖をついているけれど、腕の三角巾は軽くなり、片方の脚にはギプスの役目を果たす医療用ブーツを履いている。もうすぐ理学療法を始めることになるだろう。

以前は、今のような瞬間を――音のない、気詰まりな瞬間を――描こうとしているとき、もしもイザベルがそこにいたら、ときどき振り向いてわたしを見て、自分に気づかせるように、まるでカメラに向かってするように、わたしに手を振ったものだった。それでわたしは、イザベルを描き入れる。わたしの残骸の真ん中に。

あとで彼女に濃淡をつけよう。彼女がプールで平泳ぎで泳いでいるところと、わたしがプール際に座ってそれを見ているところを描こう。わたしたちみんなを入れよう。みんなでイザベルが泳いでいるのを見ているところを。デサリーヌがどこかの隅に隠れているところまで描き入れよう。

そのすべてを構想して描こうとしながら、わたしは願い続ける、もっともっといきいきさせて、本当のように思わせる方法があればなあと。それでわたしは、スケッチブックを下に置いて、誰も見ていないときに、プールの中へ滑り込む。平泳ぎで泳いでいるあいだ、目まいはしない。沈まない。溺れない。

母さんと父さんとマーカスおじいちゃんとレジーンおばあちゃんは、立ち上がってプールの端まで来る。最初、みんなはおびえたような顔をしている。それからわたしは、みんなの顔にちょっとした感嘆のような表情を見る。ワオ、みたいな。あの子が泳いでいる。あの子は本当にここにいる。あの子の姉さんはいなくても。

いつの日かわたしは、自分がひとりでいるところを描けるだろう。いつか、自分をもはや双子のひとりとしてではなく、ドウサとして、双子ではなくなった者として描けるだろう。ほどけて別れた者として。でも、まだ今すぐにではない。

第三十三章

母さんと父さんのうち、先に仕事に戻るのは父さんだ。まだ運転はできないから、法律事務所のパートナーのひとりが朝迎えに来てくれて、午後に送ってきてくれる。予約受診と理学療法にも、事務所の誰かが連れていってくれる。

レスリー伯母さんがしてくれた話とは違って、父さんの生活はすでに、前に動いている、家の外へ、わたしたちから離れて。

父さんはこれまでずっと、働いているときのほうが落ち着くようだった。母さんは、父さんよりも面白い仕事をしているように思えるのに、仕事に向かうときはいつでも緊張しているように見える。

大勢の報道関係者にわずらわされて、ついにいらいらも限界に達したのだろう、ある日、レジーンおばあちゃんがわたしたちのために料理してくれた、豆入りご飯と貝のシチューのぜいたくなディナーを食べているときに、母さんは仕事を辞めたと発表する。今度はほんとうにこれで最後だと。

次に何をするかはまだ決めていないけれど、メーキャップはもうやりたくないと考えている。

「学校に戻ってもいいかなと思っているわ」と言う。

でも、何を勉強したいのかはまだわからない。

わたしの友だちのひとりに、どのアドヴァンスト・プレイスメント・クラス〔大学入学試験運営委員会が運営するプログラムで、高校三年生に大学レベルの教材を学習させ、試験に合格すれば大学の単位を与える〕を取ればいいのかわからない子がいるけれど、母さんもその子みたい。

「わたしには医者の姉がいる」と母さんは言う。「そんなに難しいはずはないわ」

「誰もきみに、やりたいことを何でもやれるわけじゃないと言ったことはないよ」と父さんが言う。

すると母さんは他のみんなを無視して、わたしに向かって話しはじめる。

「あなたがわたしだったら、どうする、ジズィー？」

母さんはその質問をいかにも無雑作に軽く言うけれど、わたしは真剣に受け取る。

わたしは母さんに言いたい、何も変えないように、同じ仕事を続けるように、そして父さんと結婚したままでいるように。とても多くのことが変わってしまったわ、とわたしは言いたい、その他のものは全部同じままにしておきましょうよ。

でも、実際には言えない。同じなのは、わたしも嫌だから。ひとつには、わたしは遠くに行きたい、起こってしまったすべてのことから遠く離れたい。

「夫婦関係は変わるわ」と母さんはみんなに宣言する。「それに、わたしたち全員が最近知ったように、人生は短い。だからわたしは何も逃したくない」

レジーンおばあちゃんとマーカスおじいちゃんは、同時にフォークを置いて母さんを見つめる。二人とも口を開けて、唖然としている。すっかりびっくり仰天しているようだ、横柄な子どもの、当惑した親のように。

決して成長できない人がいる。決して成長をやめない人もいる。母さんは、とわたしは気づく、まだ成長しようと努力している。他にどんな夢を持っていたにせよ、イザベルとわたしを育てるために、母さんはそれを諦めた。そして、それがどんな夢だったのかをひと言も言わないことで、わたしたちが責任を感じなくてもすむように全力を尽くした。わたしは、夢を持っていた自分を守ろうと懸命になる母さんを見なければならなくなって、初めて母さんのそうした側面を十分に理解し、喜んで認めることができた。

「きみが自分の人生を生きる機会を逃してきていたことに、ぼくは気づかなかった」と父さんが言う。その声は胸が詰まったように、涙をこらえているように聞こえる。

「わたしはもう少し、自分のために生きる必要があるの」と母さんは言う。「すべてが起こる前にも、あなたに言ったように」

それじゃあ、別れるのは母さんの考えだったんだ。

それを聞いて、数か月前に母さんと父さんとイザベルとわたしがマイアミのペレス美術館で、床から立ち上げられた台座の上に並んだ中国の花瓶を見ているときのことを思い出す。花瓶のうちのいくつかは、二千年以上前のものだった。それらは中国の美術家アイ・ウェイウェイによって明るいパステル調の淡い色合いに塗られていて、わたしたちが持ち歩いているパンフレットによると、それぞれ百万ドルの値打ちがあるとされていた。

わたしたちは一時間近くかけて十六ある花瓶を全部見て、父さんは彩色が花瓶の外観を損ない、芸術品としての価値を下げていると言った。母さんは塗り直されているのを気に入り、再生のしるしと見た。イザベルは、友だちに会いにモールに行きたいのをかろうじて耐えていて、一番近い出口目がけて駆け出さないよう必死だった。

わたしたちが部屋から出ていこうとしているそのとき、一人の男の人が入ってきて、花瓶のひとつを持ち上げ、床に落として粉々に砕いた。男はそのまま静かにそこに立ち、警察が来て彼を逮捕するのを待った。

二人の警察官に手錠をかけられているときに、彼は、自身も芸術家であり、美術館に対する抗議行動を上演しているのだと警察官に言った。他の人びとは、彼のしたことを生の芸術と見た。二人の旅行者は、拍手さえした。

あの夜、車で出かけたとき以前に、家族全員で遠出したのはこれが最後だった。

最後のときのことを考えないようにしつづけるのは難しい。

イザベルはよく言っていた、いいことの場合は最初のを考えると。悪いことの場合は最後のを考える。

わたしが覚えておきたい最初のこと、絶対に忘れたくないことはこんなものだ。

ときどきイザベルは、本を逆に読んだ。最終章から読みはじめて、表紙へと向かっていく、人生が変わったあとの登場人物たちについて、最初に読めるように。イザベルは、車での旅行が大好きだった。スキーを習いたがっていた。ホットドッグと、ヘアドライヤーの音が嫌いだった。そして、誰のプールパーティーでも、いつも一番にプールに飛び込むのは彼女だった。フルートを吹くために息を止めるのは、泳ぎや飛び込みのために息を止めるのとすごく似ている、といつも言っていた。


この前ティナとジャン・ミシェルがいっしょにいるのを見たとき、わたしは二人に、ペレス美術館で待っているので来てくれるようにと頼んだ。そこにはアイ・ウェイウェイの残りの十五個の花瓶がまだ展示されていて、耐久性の高い警報装置が新しく取りつけられ、警備員も数人増員されていた。マーカスおじいちゃんとレジーンおばあちゃんが、わたしをそこまで乗せていってくれた。でも二人はカリブ美術の展示場を見にいって、そのあいだわたしはアイ・ウェイウェイの壊された花瓶の目に見えない残骸の真ん中で友人たちと話をした。

わたしは、ティナとジャン・ミシェルがそうしてほしいかどうかわからなかったけれど、二人を祝福した。

「あなたたち二人に一度だけ言う、そうしたら、もう二度とこんなことを口にする必要はないわ」とわたしは言った。彼らはわたしを挟んで両側に立ち、体重を片脚からもう一方の脚に移して、そわそわしていた。

言葉はすらすらと出てはこなかったけれども、二人に告げようと努力した、二人のあいだで何が起こっていようと、二人はわたしの心を、あの芸術家がアイ・ウェイウェイの百万ドルの花瓶を打ち砕いたように、打ち砕きはしないだろうと。わたしの心はもうすでに、百万の破片に砕けている。誰も、何も、それをまた粉々にすることはできない、イザベルを失ったときのようには。

二人はわたしと同じように、ひどく動揺しているようだった。そして、どちらも何と言えばいいのかわからないようだった。

「イザベルを愛しているように誰かを愛することは、二度としたくない」というのが、わたしが本当に言いたいことだった。けれどそうは言わずに、わたしは彼らに、旅行の許可が出たらすぐに、夏を祖父母といっしょに過ごすためにハイチに行く、と言った。それから九月に、たとえそれで、イザベルとわたしのもともとの予定よりも遅く卒業することになるとしても——そうなるとすれば、だからこそ——ニューヨークに行って、パトリック叔父さんのニューレーベルでインターンをして、叔父さんとアレジャンドラといっしょに暮らしながら、ブルックリンで高校を修了する。

彼らは二人とも、わたしに手を差し出した、まるで、倒れるのをくい止めようとするかのように。でも、わたしに倒れる気配はなかった。自分のさなぎの奥深くにいて、ある種の、アレルギーを誘発しない蝶に変身するのを待っていた。

「誤解してる」と彼らが言うのが聞こえた。

「違う！」と二人は同時に叫んだ。

同時に発した否定は、彼ら自身をも驚かせた。ジャン・ミシェルの口は開いたままで、まるで何千ものごちゃ混ぜの言葉を、目に見えないようにまくし立てているかのようだった。ティナの顔は、懸命に動揺を表わさないようにしているのに、紙のようにくしゃくしゃになった。泣かないように必死だった。わたしも同じだった。

それから、これ以上はないほどの意味ありげな沈黙のあとで、ティナは小声で何かをささやいた。わたしに聞こえたのは「まあ、何でもいいけど」だけだった。それからジャン・ミシェルがそれをそのまま繰り返して「ああ、何でも」と言った。そして、たぶんわたしに話し続けるだけのために、突然冷静に、まったくうろたえていない声で、こう言う。ジャニスを見つける手伝いをしていて、自分は視覚芸術家というよりプログラミングマニアだと考えるようになった、それで、サマーアートプログラムに参加するのをやめて、マイアミ大学でコンピュータのクラスをまとめて取るつもりだ、と。ティナは彼を見習い、教会で演説するときの一番いい声で、自分も町に残って、祖父のベン牧師といっしょに教会のサマーキャンプの仕事を受け持つつもりだと言った。

ときにわたしたちは、手放すべきときを知らなければならない。それでも、ティナとジャン・ミシエルが話しているあいだに、わたしは考え続けた。「わたしがたった今してしまったバカな決定をイザベルが聞いたら何と言うだろう！」それからまた、イザベルがもういないことを思い出した。

最後にジャニス・ヒルについて聞いたのは、バトラー巡査からだった。バトラー巡査はある夜、一人でうちに立ち寄った。ジーンズにTシャツという格好で、わたしたちの携帯とイザベルのバックパックとラップトップとフルートを返しに来たのだった。

巡査がイザベルのコンピュータを父さんに渡すと、父さんはそれを胸に抱きしめた。わたしはフルートケースに手を伸ばし、母さんは残りのものを取った。

外側の革に少し引っかき傷がある他は、フルートケースは問題ないように見えた。血痕はなかった。わたしたちが大きな精神的ショックを受けることがないように、バトラー巡査が拭き取ってくれたのかもしれない。

カウチへ歩いていき、鍵をスライドさせてケースを開けた。暗赤色のベルベットの裏張りに指を沿わせていったけど、フルートに触るのは避けた。でも、歌手のエメリーヌのイアリングが、フルートの下の仕切りのひとつに入っているのを思い出した。

フルートを組み立てて唇に当て、どんな音が出るのか吹いてみたかった。できるだけ長く音を伸ばしている間、時間を測ってと両親に頼みたかった。イザベルに何百回も測ってあげたように。でも、イザベルがするのを何度も見ていたのに、傷める危険をおかさずに、どうやってフルートを組み立てればいいのかわからない。

その代わりにフルートの本体を持ち上げて、エメリーヌのイアリングがケースの裏打ちのなかに大切にしまい込んであるのを見つけた。イアリングを手に取り、小さな金属の蝶たちをなでて、それから元の場所に戻した。

母さんも父さんも、持っているものを開けなかった。ラップトップも、バックパックも。父さんは、訊きたくないような様子だったけれど、あえて訊いた。

「どうなっているのかな――」

父さんは、どうしても彼女の名前を言えなかった。

「ジャニスですか？」とバトラー巡査が言った。

「ええ」と母さんが答えた。

「よい養家に引き取られています」とバトラー巡査は言った。彼女はわたしたちよりも苦しそうに見えた。わたしたちにもっとずっと多くの情報を提供したいと願っているのに、できないかのように。

「どうしてその人たちがいい人だとわかるの？」と母さんは、声を荒らげながら訊いた。「その人たちがあの子をまた売買しないと、他の誰かに売り飛ばさないと、どうしてわかるの？」

　わたしも同じことを考えていた。

「彼らはそんなことはしません」とバトラー巡査は言った。「わたしが責任を持って、絶対そうはさせません」

　巡査がわたしたちを安心させようとしているのが、わたしには信じられなかった。ジャニス・ヒルのことで！　あるいは、わたしたちは皆自分自身を安心させようとしていたのかもしれない。

「告発はあるかい？」と父さんが訊いた。

「ジャニスに対してはないです」とバトラー巡査は言った。

　州検事は、ジャニスをオンラインで取引した夫婦を、違法児童売買で告訴しようとしている。でも、ジャニスの酌量すべき事情のために、イザベルの死は非常に不幸な事故と裁定された。ジャニスが近々運転免許証を手に入れるということはないだろうが、刑務所行きにもならない。


　イズィの心臓のレシピエント〔移植を受けた人〕からわたしたちが便りをもらった最初で最後のとき、受け取ったのは、ごく小さな筆記体で手書きされた一ページの手紙だった。

　その手紙が来た日の夜、イザベルのベッドで、ちょうど母さんが壺を胸に固く抱いていたように、その紙を胸に押し当てて眠った。なぜか、その紙を抱いていると、電話に残された伝言を聞くとか彼女のラップトップ上のファイルを読むとかするよりも、イザベルといっしょにいるような感じがした。

彼女のラップトップのファイルを読んで、あるいは電話の伝言を聞いて、彼女が書いていたのが、あるいは言っていたのが、わたしについての悪口だと知るのが怖かった。彼女がひそかにわたしを嫌っていたとか、わたしが生まれなければよかったとときどき願っていたなんていうことは、知りたくなかった。

「あなたたちに連絡するにはとても早いことはわかっています」と女性――ただロバータ（「人びとはわたしをボビーと呼びます」）とのみ名乗っていた――は書いていた。「でもわたしは、あなたたちがわたしのためにしてくださったことをいくら感謝しても感謝しきれません。わたしは現在二十九歳で、十二歳のときからずっと、楽しい日、気苦労のない日は一日もありませんでした。これまで、恋をしたことはありません。わたしにも恋ができると考えることは、心臓が決して許さなかったのです。それは今までのことです。あなた方の娘さんのジゼルのおかげで、わたしは新しく生まれ変わりました」

ロバータは、心臓を与えたのはわたしではなくイザベルだったという知らせを受け取っていなかった。

イザベルのラップトップ上にわたしがついに見つける多くのファイルのうちの一つは、「ロン」と題された短い詩だ。

わたしは感じた、わたしを求めるあなたの手を
あの夜初めて
時に誘われ、わたしにやさしく触れようと。
わたしはいそいそとあなたにこたえ

全身をほどいて、あなたの手と
心の両方を満たした。

第三十四章

レジーンおばあちゃんとマーカスおじいちゃん、母さんと父さん、パトリック叔父さんとアレジャンドラ、レスリー伯母さんとアイドゥー医師、そしてわたしが、イザベルの死後初めて集うのは、イザベルとわたしの誕生日のためだ。家族はそのお祝いを、ハイチのマーカスおじいちゃんとレジーンおばあちゃんの家で予定通りに行なうことにする。

表門近くのパッションフラワーの蔓《つる》を通り過ぎ、わたしたちは祖父母の家の庭の中央の、下に広がる町を見渡せるいくつかのスポットのひとつで立ち止まる。

マーカスおじいちゃんは以前、わたしとイザベルに家の最初の図面を見せてくれたことがある。おじいちゃんは、山々と木陰の東屋と海とを見渡せるこのパノラマのような眺望の周りに、すべてを設計していた。丘の斜面を埋め尽くす家々と下の破壊された街は、大富豪と極貧の者たちがドミノのように次々と家を積み重ねているこの光景は、あとから加わったものだ。

イザベルは、この庭とこの眺めをとても気に入っていた。ここからだと、街全体を――たとえ半分壊れていても――両手のなかに持っている気分になれるから。そして、イザベルがこの庭を大好きだったから、両親は彼女の遺灰の一部をここにまくことにした。

遺灰の残りは、マイアミのわたしたちの家に置いておかれることになるだろう。そしてそのあと、わたしたちが生きているあいだ、いっしょに旅をすることになるだろう。イザベルがいつか――おもにその音楽シーンに興味を抱いていたので――行きたいと夢見ていた場所へ。ニューオーリンズ、ダカール、ケープタウン、キングストン、ウィーン、サンクトペテルブルグ、バイーア、リオ。

わたしたちは、この家の巨大なパンヤの木の木陰に立っている。するとマーカスおじいちゃんが、ヒョウタンの実を半分に切った器をわたしに手渡す。これはたぶん、この瞬間のためだけに、この土地に育ったヒョウタンノキの一本からもぎ取られて中をくり抜かれたものだろう。

イザベルがこんな形でここにいることは、一瞬、別の形の帰郷のように思える。まるで彼女が、通過儀礼としてある種の旅に出されていたかのように。森の中に入っていき、先祖たちの足跡をたどり、ここに、今少女としてではなく女性として、再び姿を現わしなさいと告げられていたかのように。ただ、彼女は森から自分の足で歩いて出てきたのではない。わたしたちが抱いてここへ連れてこなければならなかった。

母さんは、家に置いてきた壺の小型のものを傾けて、遺灰の一部をヒョウタンの器に振り入れる。この前イザベルとわたしが二人でこの場所に立っていたとき、わたしたちはマーカスおじいちゃんとレジーンおばあちゃんにステップダンスを見せてあげた。

夏の終わりで、わたしたちはすぐに暇乞《いとまご》いをすることになっていた。誰もが悲しかった。イザベルは、祖父母のために少しステップダンスをしてあげれば、二人を元気づけられるだろうと考えた。

身体を前後に揺らして、ゆっくり始めた。それから、足をドシドシ踏み鳴らして軍隊式に行進した。身体がドラムになったかのように、両手で胸や脚をバンバン叩いた。動きをどんどん速くして、全力で互いの肩とヒップの旋回運動をまねた。でも、どんなに頑張っても、シンクロしているようにも美しく巧みに動けているようにも見えなかった。互いに相手の動きを大声で指図していると、レジーンおばあちゃんが、まるで憑依されているようだと言った。

こんなことを考えるたびに、イザベルがいっしょにいるように感じる。少なくともしばらくのあいだは。それからわたしは、彼女を旅立たせなければならない。

いま、祖父母の庭に立っているわたしは、再び彼女を手放すように要求されている。しかも、わたしたちの誕生日に。つないだ手は、こじ開けられ、引き離されようとしている。あの夜の車の中でのように。わたしたちが生まれた日に引き離されたように。

首にかけた二本のネックレスを引っぱり、それから周りの顔を見ながら、両手を半分のヒョウタンの丸い形に添える。父さんは最近使うようになった杖に体重を預け、うなずいて、もう離してもいいよとわたしに合図を送る。小さいほうの壺は、母さんの折り曲げた片腕のひじの内側にしっかりはまっている。でも、もう一方の手は父さんが握っている。二人の指はしっかりからみ合っているので、よく見なければ結婚指輪のきらめきに気づかないかもしれない。

父さんは身体をかがめて、母さんの頰にキスをする。二人は見つめ合う。その涙をたたえた目と中途半端な微笑《ほほえ》みを見て、わたしは思う、レスリー伯母さんの言ったことは正しく、二人のいつものやり方がおそらく作動するだろうと。たぶん父さんは家にもっといるようになって、わたしもイザベルも家にいなくなって、母さんは次に自分がやりたいことを考えつくだろう。

わたしは、二人を再び結びつけたのはイザベルのやり方なのだと思わずにはいられない。レスリー伯母さんとアイドゥー医師もそう。アイドゥー医師は、病院のベッドに半ば意識を失った患者が誰もいないときには、むしろかなり静かな人だとわかった。アイドゥー医師、彼がこの旅に加わったことを、誰もが静かに受け入れている。

事態のこの展開は、イザベルを本当にたまげさせたことだろう。わたしたちはあまりにも多くの悲しみを味わってきたから、と彼女は言ったかもしれない、たぶん誰もが愛を、大文字の愛を、求めているんだわ、と。レスリー伯母さんとアイドゥー医師、パトリック叔父さん、アレジャンドラ、レジーンおばあちゃん、そしてマーカスおじいちゃん、みんな頭《こうべ》を垂れて、地面の草をじっと見ている、そこにはすぐに、イザベルの一部が落ちてくるだろう。彼女の吹き散らされない部分。ここで根を伸ばし、やがて花となって咲くだろう彼女の一部分。パンヤの木の木陰で、永遠に憩うだろう彼女の一部。

かける頻度はだんだん減っているけれど、キャットアイのサングラスをかけているのがありがたい。目を上げると、黒いレンズ越しでも、雲一つない明るい青紫色の空が見える。

温かいそよ風がわたしたちの頭上を吹き渡っていて、そこに立ち続けていれば、もしかしたらヒョウタンの遺灰を、わたしがまく前に吹き飛ばしてしまうかもしれない。

タンポポの小花のようにイザベルをふっと吹き飛ばせればいいのになあと、わたしは思う。風船のように、彼女のなかに息を吹き込めればいいのにと思う。彼女が自分で、あの明るい青紫色の空のほうへ浮かんでいくのを見ていられたらいいのにと思う。そこにある木の後ろから彼女が飛び出してきて、そのやり方をわたしに教えてくれたらいいのにと思う。

彼女の灰をほんの一振り、パッションフラワーの上に振りかけたい。アザレアの上にいくらかを振りかけて、黄色いセイヨウキョウチクトウの上にも少しかけたい。でも何よりも、彼女がまだわたしの手を握っている、そのままの状態でそこに立っていたい。そして、ヒョウタンを少し傾けて真昼のそよ風が遺灰を掃き去り始めている今、その灰にわたしたちの元へ帰ってきて、周りで妖精の粉のように舞ってほしいと、もうすでに思っている。

もちろん、わたしはやり方を間違えている。前に、後ろに、左右に、風の流れに乗せて、流れに逆らって、でたらめにまいている。でも、イザベルはどのみち最終的には、自分のしたいことをするだろう。どこでも望むところに落ちるだろう。わたしが導いていくことはできないどこかに。

わたし以外の家族のメンバーの一人ひとりが、古くからの人も新しい人も、顔にくっついている極小のイザベルの一部を――かつては彼女の皮膚だったかもしれない砂のような粒子がぽつぽつと着いているのを、かつては彼女の骨だったベージュのかすかな光を――拭い去ろうとしているのを見て、苦笑せずにはいられない。

太陽は容赦なく照りつけている。わたしたちはすごく汗をかいている。汗と遺灰が混じり合って、胎児内胎児の印をつけられたように、あるいは部分的にイザベルの仮面をつけているように見せる。イザベルがわたしたち全員を見下ろして、声をあげて笑っているところを想像する。わたしたちがどんなに懸命に彼女にしがみつこうとしているかに、彼女のほんのわずかずつを、ごく少量だけを手放そうとどんなに努力しているかに、彼女が感嘆しているのを想像する。

その辺のどこかで、彼女はきっとささやいているに違いない。「わたしを驚かせて。わたしをたまげさせて」

わたしたちは、間違いなく努力している。

第三十五章

昼食の前に、わたしたちは全員がシャワーを浴び、イザベルに覆われた服を着替える。レジーンおばあちゃんが寝室を割り振って、みんなはスムーズに二人ずつのペアになる。

母さんと父さんは、前に父さんとパトリック叔父さんがいっしょに使っていた寝室に入る。パトリック叔父さんは、めったに使われていない他の部屋を選ぶ。レスリー伯母さんも同じだ。わたしは、これまでずっといつもイザベルといっしょに使ってきた部屋で寝る。この部屋には、わたしたちがいっしょに寝ていたクイーンサイズの四柱式ベッドがあり、その天蓋の上には蚊帳《かや》がかけられている。祖父母は、ここはわたしたち二人の部屋だと言っていた。

いつも訪問が終わるたびに、イザベルとわたしは、自分たちのテリトリーに印をつけるためにわざと何かを置いてきたものだった。そして次に行ったときに、それが動かされているかどうかを見ようと、置いてきた場所でそれを捜すのだった。わたしたちが置いてきたものは、服、本、ＣＤ、ハンドヘルドのビデオゲームなど、果てしなく続く退屈な時間を埋めるために必要だろうと考えたものだった。けれども、そんな時間は決して来なかった。マーカスおじいちゃんとレジーンおばあちゃんが、いつもわたしたちのスケジュールに、彼らの友人宅への前触れなしの訪問や車での長旅を入れていたから。

アイドゥー医師が祖父母の家の庭をカーキの半ズボンとプレード柄の木綿《もめん》のシャツを着て歩き回っ

ているのを見るのは、何か奇妙な感じだ。彼は妙にくつろいで、熱心にすべてを観察している。自分でも自分の故郷だとまったく知らなかった場所へ帰郷している人のように見える。レスリー伯母さんが、この場所を彼に説明してきたのだろう。わたしには、これから見ることになるものについての予備知識を彼女が与えているのが、聞こえるような気さえする。

わたしたちは滞在することになるわ、と告げたかもしれない、丘の上の途方もなく大きな家にね。同じような家を持っている人は、他にほとんどいないような場所でね。美しい庭があるの、秘密の花園のような。美しくないはずなのにそれでもまだ美しい、この国の壊れた都市の上に。

これは、もしもアイドゥー医師がイザベルの脳にアクセスできたならば、彼女がしたかもしれない描写でもある。彼女がロン・ジョンソンに、あるいは好きな他の誰かに、したかもしれないこの場所の説明だ。イザベルはレスリー伯母さんと同じものをたくさん持っていたし、レスリー伯母さんはイザベルと同じものをたくさん持っている。

わたしたちのあいだで唯一、血縁関係にも婚姻関係にもない人たちとして、アイドゥー医師とアレジャンドラは、残りのみんなからゆっくりと離れていく、おそらく、印象を語り合うために。

わたしの周りで家族のペアが別れて、新たなペアになる。みんな兄弟姉妹として、夫と妻として、ボーイフレンドとガールフレンドとして、くっついたり離れたりする。わたしだけ相手がいない。ひとりだ。みんなわたしにそう感じさせないように努めてくれるけれど、くびきをはずされ、結びをほどかれ、姉さんを失った身なのだ。

イザベルがもしもここにいてくれたら、わたしは彼女といっしょにいて、そうしたカップリングに臨んでも全然奇妙に感じることはないだろう。一人外れて、残った少女にはならないだろう。でも、わたしはそうなった。遅めのランチのために、みんなで祖父母の家のテラスの長いベンチつきの、通常十二人が座るテーブルに着くときでさえも。

レジーンおばあちゃんは、わたしをテーブルの上座に座らせる。左右には、それぞれ両親が座る。また両親の身体が緩衝器となってわたしを保護するのだけれど、でも忘れさせてはくれない、テーブルの向こうの端に座っているはずなのは、マーカスおじいちゃんではなくイザベルでしょうと。できるだけわたしから離されて。彼女もわたしも、他の人びとと話すしかないように。

他の人たちは、できるだけの工夫をしてテーブルを埋める。空いている場所を埋めるように座り、いない人は誰もいないかのように、ここにいるべき人はみんなもうすでにいると見えるように。

レジーンおばあちゃんはよく好んで言う、人が食事をしているテーブルに空いているスペースがあれば、それは、さまよっている魂たち――食事以上のものに飢えている魂たち、仲間に飢えている魂たち――が加わるために余地を残しておくことになる、と。

祖父母の二人の初老の料理人、デリアとアネイズが食事を出してくれているあいだ、ふと気づくと、レジーンおばあちゃんが体をすべらせ、パトリック叔父さんから離れて父さんに近づき、人の体一つ分の空間を作る。もう一人誰か別の人が隣に座れるくらいの空間だ。

このランチは、誕生日祝いと通夜の両方を兼ねたもので、わたしたちはイザベルの話をする。わたしたちは深い悲しみを交換し、自分だけのイザベルの思い出を語り合う。

「覚えてる……？」とわたしたちは言う。

「あなたたち二人が、十三歳の誕生日にフラフープの競争をしたのを覚えてる？」とレジーンおばあちゃんが始める。みんなが理解できるように、英語で。「骨が痛んで、翌日は二人とも歩けなかったわ」

「カパイシアンのカテドラルの前で、イザベルが自分の靴を脱いで女の人に渡したときのことを覚えてるかい？」とマーカスおじいちゃんは言う。

ある日の午後、イザベルとレジーンおばあちゃんとマーカスおじいちゃんと、カパイシアンの大聖堂から外へ出たのを覚えている。わたしたちのまわりには、お金と食べ物を乞う人びとがいっぱいいた。イザベルは、小さな赤ん坊を腕に抱いた裸足《はだし》の女の人を見た。赤ん坊にはまったく毛がなくてすごく痩せ細っていたので、それぞれの耳たぶに開けられた小さな穴に、涙形イアリングのような形の輪にした白い糸が通されていなければ、男の子か女の子かまったく判断はつかなかっただろう。イザベルは、女の人の泥のかたまりがこびりついた足を、それから自分の足を見下ろした。イザベルとその女の人とわたしの足は、同じサイズのように見えた。イザベルは、ヒョウ柄のバレエ用フラットシューズ――いや、わたしのヒョウ柄のバレエ用フラットシューズで、彼女がわたしの許可なしに勝手に借りていた――を脱いで、その女の人に渡した。女の人はあまりのショックで靴を受け取らなかったけれど、まわりの何人かが、あんたが受け取らないならあたしがもらうよ、などと叫んで彼女をせきたて始め、とうとう受け取った。

イザベルは、わたしたちがその話をするのを嫌がった。偽善っぽい話よ、と彼女は言った、まるでわたしが聖人になろうとしていたかのように聞こえる、ただ衝動で動いただけなのに。

あの靴は、彼女のものでさえなかった。わたしのだった。イザベルとわたしだけが、そのことを覚えていた。それでも、わたしには自分の履いている靴をあげようという気は起こらなかった。

あの日もしも彼女がお金を持っていたら、それを全部あの女の人にあげただろう。あの夜、学校の春季オーケストラコンサートに向かっていて、父さんの車の中でふくれっ面《つら》をしていたときに、どうしてそれを思い出さなかったのだろう？

カテドラルと靴の話は、レスリー伯母さんに、オオカバマダラ行脚《あんぎゃ》を、それからグアナフアアトへの旅を思い出させる。パトリック叔父さんは、ブルックリンの彼のアパートでわたしたちが過ごした猛《もう》吹雪《ふぶき》の日のことを思い出す。

母さんと父さんは、ずっと黙っている。あまりにも多くのことが、あまりにも速く、押し寄せているはずだ。選ぶのは困難に違いない。

それから父さんが思い出す、わたしたちが九歳のころ、イザベルとわたしがある朝目覚めて、自分たちが縮んでいっていると考えたときのことを。わたしたちは二人とも、自分の手と足を見て金切り声をあげた。逆に歳を取っているので、また赤ちゃんになる、と怖かったのだ。それは、イザベルの悪夢のひとつがこぼれ出て、わたしの頭の中だけでなく、夜明けの中にも入りこんだときのことだった。

父さんはわたしたちを寝室のドアの内側に貼ってあるキリンの形の測定表に、背中を当てて並ばせた。すると、わたしたちの身長は実際には、前回から半インチ伸びているのがわかった。

「夢の中では、物事がうしろ向きに起こることがあるのだよ」と父さんはそのときわたしたちに言った。「ぼくは葬儀に行っているのを夢に見ると、きっと素晴らしい日になるんだ」

父さんの夢は、今でもまだそういう具合にいくのだろうか。

母さんが割り込んで、鏡の話をする。

わたしたちが赤ちゃんのころ、母さんは、ベビーベッドの内側に鏡を貼っていた。母さんは、イズィがいっしょにいるとわたしがよく指でその額を、鏡の表面を叩くのと同じように、とんとんと叩いたのを覚えている。たいていの赤ちゃんは、鏡を見ると、誰か他の人を見ていると思う。イズィとわたしは、互いに触れているときはいつでも自分の3D映像を見ていると思ったに違いない。

わたしたちは小学校ではジュニア科学者だった、と父さんがつけ足す。わたしたちは父さんと母さんに、水を分解して結晶体を作り、にせもののワインにする方法についての本とキットをねだったものだった。

わたしたちは重曹を使って見えないインクを作ったりもした、と母さんは父さんに思い出させる。わたしたちは、ティッシュペーパーで、ラバランプと火山と熱気球を作った。

母さんと父さんは、イザベルとわたしがいっしょに登場する物語だけを話している（両親は、ジゼルだけの物語とかイザベルだけの物語とかを、何か知っているだろうか？）。両親の話では、わたしたちは魔術師のように聞こえる。

両親にかかると、わたしたちは魅惑的にも聞こえる。

「あなたたちはよく二人で歌ったわね、二人だけで」と母さんは、わたしから目を離さないで言う。

「覚えてる？」

もちろん覚えている。

わたしたちの中学校の音楽の授業は週一回で、グループでギターのレッスンを受けた。わたしは、ギターはかなり早い段階で諦めて、たまにイザベルのボーカリスト役を買って出た。イザベルが三つの音を何度もくり返し鳴らすのに合わせて、短い簡単な言葉だけの歌を作ったものだった。

家の中で！
ジャン！　ジャン！　ジャン！
雲の中で！
ジャン！　ジャン！　ジャン！
雲の中の家の中で！

ジャン！　ジャン！　ジャン！　ジャン！　ジャン！　ジャン！　ジャン！

今度はわたしの話す番かもしれないと思って、イザベルとわたしがよく祖父母の家のポーチに立って、髪に石鹼の泡を塗りたくり、下着だけになって、雨の中に出ていったことを、口ごもりながら言ってみる。一度、マーカスおじいちゃんとレジーンおばあちゃんも、わたしたちといっしょになってやったことがあった。おじいちゃんとおばあちゃんは、わたしたち四人が雨の中で下着だけでダンスしているのを見たら、母さんと父さんはどう反応するだろうねと言って、くすくす笑った。

「きみたちがそんなことをしているのは知っていたよ」と父さんが言う、一つには、彼が来るなと察した津波のような涙を、わたしに流させないために。

「わたしたちはすべてを知っているわ」と母さんは言って、クックックッと笑う。

わたしは、母さんの言葉を完全に信じる。

レジーンおばあちゃんは、バースデーケーキにまつわる困難――誰の名前を書くか、ロウソクは何本立てるか、ケーキは一個にするか二個にするかを決める苦しみ――をわたしたちみんなに味わわせないようにしてくれる。代わりに、わたしたちにはおばあちゃんのバニラココナツケーキが切り分けて出される。イザベルの好物だ。それから、みんながイザベルに「ハッピーバースデー」を歌い、レジーンおばあちゃんがちゃんと計ってそのきっかり九十秒後に、わたしに「ハッピーバースデー」を歌う。これまでもずっとそうしてきたように。

来年は、みんなは先にわたしのために歌わなければならないのかもしれない。わたしは今はもう、公式にはイザベルよりも年上だから。

その夜わたしは両親のベッドで、蚊帳の下でいっしょに寝る。わたしは上を見て、闇の中まで視線を伸ばし、頭上にある白い天井の形跡を見つけようとする。イザベルがここにいれば、いっしょのベッドに寝て、彼女が寝ているあいだに同じことをしているだろう。仲間からはぐれたホタルも探すだろう。ホタルはときどき部屋に入ってきて、壁のあちこちを小さく照らしてくれるのだ。

両親は眠っていないけれど、動かないし話さない。だから、わたしも動きもしないし話もしない。

真夜中に、蚊が一匹わたしの耳の中でぶんぶんいっているのを聞く。

わたしは、この蚊はイザベルだと想像する。勇敢にも蚊帳をかいくぐって、自らわたしたちといっしょの空間に捕らえられたのだ。わたしは知っている、これから先はわたしはいつでも、生きて息をしてわたしの近くに来ようとするすべてのものに、イザベルの痕跡を見つけたいと願うだろうと。わたしは知っている、あらゆる曲の中に彼女の息が聴こえないかと耳を澄ますだろうと。花の中に、すべての教会とすべてのカテドラルの内に、すべての猫、蝶、イルカ、あるいはゴンドウクジラの中に、彼女の顔を捜すだろう。いつも捜すだろう、彼女が、わたしとのあいだのこの我慢のならないベールを刺し貫いて穴をあけようと、フルタイムで働いているしるしを。

あなたを愛している、と言いたくなるのだろう、蚊にさえも。ホタルに言うほうがまだやさしいかもしれないけど。

わたしはベッドの足元まで滑っていき、蚊帳を持ち上げて外に出る。真っ暗な部屋を、手探りでドアのほうへ行く。

両親は、互いにもわたしにも何も言わない。二人が暗闇の中で、わたしのうしろを手探りで進んでいる音が聞こえる。わたしのあとをついてドアのほうへ、そしてたぶんあのホタルのほうへ進むのだろう。その何匹かのホタルは、もしかするとパンヤの木にとまってわたしを待っているかもしれない。

わたしは、両親の身体が溶け合って、新しいバージョンのイザベルに変わるのを想像する。イザベル二・〇——自由自在に、好きな姿で、現われたり消えたりできるイザベルだ。

わたしはベッドに戻り、横になる。

両親も同じようにする。

第三十六章

次の日、マーシャル夫妻がティナを連れて到着する。わたしには、これがしばらく前から計画されていたことだとわかる。両親はすでに、自分たちには援軍が必要なことを予期していた。わたしがこれから先新しい友人を作ることがどんなに困難かも知っている。わたしに、二人の姉妹を同時に失ってほしくないと思っている。

ティナが前に進み出て、わたしたちが抱き合っているあいだに、すべてを教えてくれる。イザベルが死んでから初めて、わたしは本当に泣くのを自分に許す、涙の波が押し寄せて、溢れるたびに肩を震わせて。

わたしは庭の隅の日陰を指さし、ティナはあとについてそこまでくる。ティナに、イザベルの一部が落ちた草の上の場所を、土がすでに彼女を飲み込んでしまい、そのあと朝露が彼女を流し去ってしまったその場所を、指し示す。

「もっと持っているわ」とわたしは遺灰のことを言う。でも、それはわたしたちの記憶のことでもある。

パンヤの木の、イザベルとわたしが以前自分たちの名前を彫りつけた、くぼんだ隆起部を見つける。大きくて曲がった大文字が、わたしたちを見つめ返す。イザベルのくり抜かれた名前がわたしの名前の上にあって、二つのあいだはほんの五、六センチしか空いていない。わたしたちは何日もかけて、マーカスおじいちゃんのスイス製のアーミーナイフを使って名前を彫りつけたのだった。

二人の名前の周りにハートを彫ろうと考えたけれど、レジーンおばあちゃんが、ハートはわたしたちをもっと強く縛りつけて、そのためにこれから先の人生をずっといっしょに過ごすことになり、猫だらけの家で二人のオールドミスになるかもしれない、と言った。

わたしたちがこちらに来る前に、母さんがデサリーヌをマーシャル家に預けていたので、わたしはティナに、デサリーヌをどうしたのか訊く。

ベン牧師が見てくれている、おじいちゃんとデサリーヌは仲良くやっていくわよ、と彼女は言う。ジャン・ミシェルがデサリーヌを世話していると言ってくれないかなと期待していた、そうすれば彼のことも訊けるから。

彼女はそれを察して、訊かれずとも話してくれる。

「あの日のことについて、すごくすまないと思っているわ」と彼女は言う。「美術館で素直に話すべきだったわ。それか、そのあとでも」

「わたしがそうする機会を与えなかったんだわ」とわたしは答える。

「彼がそんなふうにわたしを好きだったことは一度もなかった」と彼女。「彼はあなたを好きだった。今でもあなたが好きよ。あなたがああいうふうに言ったとき、わたしたちは二人とも、あなたはわたしたちに離れていってほしいのだと感じた。わたしたちは事実、去ろうと努力したわ。でも、別々によ、いっしょにじゃなく。遠く離れて」

わたしたちは、木陰の涼しい場所を見つける。そこではまだ、真昼の熱が地中にまでしみ込んでいない。わたしはティナに、二人で木の幹を抱いても、真ん中で手を合わせられないことを教えようとする。彼女は、テントウムシ形のファニー・バッグを取って地面に落とし、全身で木に触れられるようにする。

　あの日の美術館でのわたしは、自分自身が理解不可能だったように、彼女にも理解不可能だった。

「彼はあなたを好きなの、わたしじゃなく」と彼女は繰り返す。

　男よりも女の友情、なのだ、結局。

　彼女はファニー・バッグを地面から拾い上げる。

「わたし、彼に電話して、ここに来るんだって教えたわ」と彼女は言う。「そうしたら彼は、あなたにってあるものをわたしにあずけたの」

　彼女に、テントウムシのファニー・バッグがとても可愛い、と言ってあげたいけれど、彼がわたしに送ったものを見たくてわくわくしていて、それどころではない。心臓がものすごい速さでドキドキしている。

「落ち着きなさいよ」と彼女は言う。「金の延べ棒じゃないから」

「石鹼の棒でもないわよね」わたしは冗談を言おうとする。「キャンディーバーでもないわね」

　次の学年度には彼女がいなくてどんなに寂しいだろうと、彼ともいっしょでなくてどんなに恋しく思うだろうと気づく。大学の計画をいっしょに立てはしないだろうし、学年末のダンスパーティーにいっしょに行きもしないだろう、そのどちらもイザベルといっしょではないのと同じように。

　ティナはわたしに、枠つきの絵を渡す。葉書の半分のサイズだ。赤いプラスチックの枠には、フリーダ・カーロの「二人のフリーダ」の縮小コピーの文字がある。

　二人のフリーダの顔よりも、心臓が、わたしに向かって飛び出してくる。一方の心臓は深紅色で鮮紅色の血を押し出していて、もう一方は黒ずみ、生命を奪われ、ほとんど血の気を失っている。

　わたしは、彼はどちらのフリーダだろう、と考える。

わたしは、どちらのフリーダだろう。

「持ってくるのをやめようかと思ったわ」とティナは言う。「それが彼の待ち受け画面だってことは知っているけど、彼ったらそれにちょっとした手紙も何もつけなかったのよ。あなたにはわかるだろう、って言っただけ」

理解するのにしばらくかかったけれど、わたしにはついにわかった。彼が伝えようとしているのは、イザベルが死んで以来誰もがいろんなふうにわたしに伝えていることで、わたしはずっと血の気のないフリーダのままでいるわけではなく、いつか、その心臓はまた生命で満たされるだろう、ということだ。彼はこうも言おうとしているのかもしれない、イザベルが万が一追突事故を生き延びたとしても、その結果は、破壊に打ちのめされ苦痛に満ちた人生を、ただひたすら耐えることになったかもしれないと。残されたわたしたちにもそうなる可能性はあったし、今でもあるのだけれど。

自分の解釈をティナに伝えてみると、彼女は言う。「なんで彼はテキストメッセージを送るとかEメールを送るとかできないの？　紙に書くとかだっていいけど？　これの裏に書くとか？　なんでもすべて言わないでおく必要があるわけじゃないわよ」

「謎めいたことが好きなのよ」と気づいたら彼を弁護している。「だから彼には、ジャニス捜しを手伝うのはすごく簡単だったのかもしれない」

他の人のミステリーのほうが、自分のミステリーを解くより簡単なときもある。

ティナとわたしは、パンヤの木の下の涼しい場所に座って、何時間もと思える時を過ごす。わたしは、彼女を心から閉め出そうとしたあとに起こったことをすべて話す。臓器提供の手紙、フルートケース、州検事の決定。でも、そのすべてを彼女はすでに両親から聞いて知っている。彼女の両親は、わたしの両親からすべてを聞いたのだ。

わたしたちは地平線を見渡し、都市のさまざまな場所を見下ろす。下のほうの積み重なった家々、山々、それから海。

やがて、海の上で雨が降り始める、イザベルとわたしが以前何度も見たのと、まったく同じように。ティナとわたしは私有地の端まで、低いコンクリートの壁の上のほうにある急勾配の崖のところまで、歩いていく。わたしたちが海のほうを見晴らすと、覆いのかかった太陽のまわりに徐々に広がる輪ができて、ライラック色とエメラルド色とスカーレット色と金色の組み合わせがかすんで見える。

「あれは何？　虹なの？」とティナが訊く。

「グローリーっていうの」とわたしは言う。

「かっこいいを超えてるね」と彼女。

「イザベルとわたしはたくさん見たわ」

マーカスおじいちゃんがイザベルとわたしに、わたしたちがこれほど多くのグローリーを見られるのは、この地所の高度と角度のおかげだと教えてくれたのを覚えている。おじいちゃんは、建築は日常生活の身体的詩作の一部であるべきと信じているので、自然の神秘を考慮してこの土地を選び、家を設計したのだった。

ティナとイザベルとわたしが初めて人が死ぬのを見たのは、七歳のときだった。わたしたち両方の家族は、オーランドのレスリー伯母さんの家の近くの海辺にいた。一人の小さな少女が——わたしたちより一歳か二歳年下のように見えた——母親と父親が読書をしながら日光浴をしていたビーチチェアの近くで、午前中ずっと、自分用に身体の大きさの穴を掘っていた。少女とその両親は、それぞれのやっていることを中断しては水辺まで走っていき、しばらく泳いだ。でも少女は、いつもまた戻ってきては掘り始めて、とうとう中に座れるようになり、数フィート〔一フィートは約三十センチ〕離れたわたしたちからその頭は見えなくなった。

　それが起きた瞬間をわたしたちは見ていなかったけれども、ある時点で砂の穴が崩れた。少女のまわりの穴があっという間に埋まり、少女は消えた。

　すぐに母さん、父さん、レスリー伯母さん、マーシャル夫妻、他にも大勢の人びとが少女の両親に加わって、素手で少女を掘り出そうとした。砂が移動したのに違いなかった。少女はいるはずのところにいなかった。

　消防のレスキュー隊が到着する直前に、父さんとマーシャルさんが少女を見つけた。二人が引き出したとき、彼女は砂でできたミイラの人形のようだった。レスリー伯母さんが彼女を蘇生させようと最善をつくしたけれども、遅すぎた。

　わたしは、これが、母さんと父さんがイザベルを埋葬したくない理由だと思う。両親は、イザベルを地面の下にいさせたくなかった。そこでは、自然の怒りがもっと彼女の身体を攻撃するかもしれないし、このグローリーのようなものが、彼女の視界から永遠に隠されたままになるから。

　わたしは想像する、イザベルは今もっとたくさんのグローリーを、そして残された人たちにはどう名づければいいのかまだ思いもよらない、さらに多くのものを見ていると。彼女が美しいものを作っているところも想像する、死んだら空に絵を描くために与えられるはけやペイントを使って。

　ティナとわたしは、海に降っている雨がやみ、太陽が雲のうしろからはって出てきはじめるまで、グローリーを見つめる。グローリーは消えていきはじめ、すべての色がかすんで鈍い灰色になる。虹色のコマを回していると、あまりに速く回るので目が追いつけなくて、全部の色が混じって一つになるときのように。

　わたしの世界全体が、しばらくのあいだそんなふうだ。あまりにも速く回っていて、脳も心も追いつけない。わたしは目を閉じて、グローリーを長続きさせようとする。目を開けると、グローリーは消えているだろうと知りながら。

「あなたも目を閉じて」とわたしはティナに告げる。

「え？」

「いいから、やってみて」とわたしは言い、彼女はその通りにする。

「わたしを押してこの山から落とすつもり？」と彼女は訊く。

「山じゃないわよ」とわたしは言う。「それに、あなたを押して落としたりしない。ただ目をつぶっていて」

「何をするの？」と彼女が訊く。

「グローリーにさようならを半分ずつ言うの」

「出会いの挨拶をした覚えはないけど」と彼女。

「やって」とわたしは言う。

「どういうこと？」

「イザベルのためよ」とわたしは言う、そう言わなければ、ティナがわたしをからかい始めるだろうと思って。

　イザベルがいつも、グローリーにくり返し戻ってきてもらうために、さようならを全部言うのを嫌がったことを話す。

「いいわ、それなら」とティナは言う、まだ十分に納得したような声ではなかったけれど。

「あなたが『グッド』って言うの」とわたしは言う。「そしてわたしが『バイ』って言う。そうしたら、わたしたちはそれぞれさようならの半分ずつを言っただけになるでしょう」

彼女がようやく理解すると、わたしは彼女に先に言わせる。

目を閉じたままで、記憶の中にグローリーをたっぷりと、そしてカラフルに、いきいきと留めるように努める。

「グッド?」ティナがささやく。

「バイ」とわたしが言う。

謝辞

ある日まったく思いがけず、私に、このような本の用意がないかと問い合わせる便りをくれたリサ・サンデルに感謝しています。私の人生のなかにいてくれた、愛する双子たちにも、深く感謝しています。アレクシスとゾウイ・ダンティカ、それからナタリーとアデル・オースティンは、直接に、また間接に、双子の生活を私に観察させてくれました。彼女たちの身に、この本のなかで起こるようなことが降りかかりなど、ほんの少しでさえもしませんように。

法律に関する情報については、エイミー・フェラーとマギー・オースティンとキャシー・シュトロバッハに大変お世話になりました。パトリシア・エンゲルからは非常に重要な助言をいただき、ありがとうございました。フェド、ミラ、レイラ、そしてマダム・ボワイエに、共に過ごしたすべての瞬間をありがとう。そしてありがとう、ママ、わたしのイザベル、最後の最後まで私に愛と希望と勇気がどんなものなのかを教えてくれて。

訳者あとがき

本書はエドウィージ・ダンティカ著*UNTWINE*の全訳である。訳者にとって作品社より出版するダンティカ作品の五冊目の翻訳書となる。二〇一〇年に第一作目の『愛するものたちへ、別れのとき』（*Brother, I'm Dying*）を出版して以来、日本の読者のみなさんにダンティカの作品を一つでも多く届けたいという訳者の願いに応え続けてくださり、今回もその願いを実現する機会を与えていただいた作品社に、心より感謝している。

ハイチ系アメリカ人作家、エドウィージ・ダンティカは、一九六九年にハイチの首都ポルトープランスで生まれた。父は彼女が二歳のときに、母は彼女が四歳のときに、親子二代にわたるデュヴァリエ独裁政権による圧政下の生活苦を逃れてアメリカに渡り、ニューヨークのブルックリン地区に住んだ。ダンティカは弟とともにハイチに残され、父方の伯父夫婦に育てられた。両親がダンティカと弟をアメリカに呼び寄せることができたとき、ダンティカは十二歳になっていた。ハイチの学校ではフランス語で授業を受け、日常生活ではハイチクレオール語で暮らしていた彼女にとって新しい言語である英語を十二歳から学び始め、バーナード大学でフランス文学を、ブラウン大学大学院で創作を専攻した。大学院の修士論文として書いた『息吹、まなざし、記憶』（*Breath, Eyes, Memory*）が作家としてのデビュー作となったが、この作品は一九九四年の出版当初から高い評価を受け、以後発表する作品が次々と文学賞を受賞し、現在では間違いなくアメリカを代表する最も力のある作家の一人である。その略歴と輝かしい受賞歴は、『愛するものたちへ、別れのとき』と『骨狩りのとき』（*The Farming of Bones*）の「訳者あとがき」に記したので、どうかそちらを参照していただきたい。

ハイチのディアスポラとしてアメリカに生きるダンティカの作品は、すべて故国ハイチとハイチの人びとがモチーフとなっている。歴史と大国の覇権主義に翻弄されてきたハイチの人びとの暮らしや、苛酷な条件のもとで生き抜く人びとの心理を、不条理と不正義へのひるまぬ抗議を込めたリリカルで静謐な文体で描き出し、大きな注目を集めてきた。ピュリッツァー賞受賞作家アリス・ウォーカーは、「深い智恵に満ちた彼女の文章は、ハイチの現在の混沌と騒音の背景に流れる静かな川だ。（…）彼女の故国を、彼女抜きで考えることはできない」と述べている。読者のみなさんにも、ダンティカの物語のなかに生きるハイチの人びととの出会いを楽しんでいただき、そしてまた、いま私たちと同じ現実の世界に生きているハイチの人びとにも思いをはせていただければと願う。

多くの読者は、「ハイチ」と言われても、どこにあるどんな国なのか、はっきりとしたイメージを持てないのではないだろうか。十五年前に初めてダンティカの作品を読み、すぐに心を奪われてしまったときの訳者もそうであったように。それでも、二〇一〇年一月に大規模な地震に襲われたカリブ海の小さな国、また昨年十月には大型ハリケーン「マシュー」に直撃された国、と言えば、ああそうだった、気の毒なことだった、と思ってくださる方も少なくないかもしれない。二〇一〇年に大規模地震がハイチの中心部を襲ったときには三百七十万人が被災し、死者は三十二万人に達した。そのときに家を失った人びとのうち、七年近くを経た今でもまだテント生活を強いられている人が数万人もいるハイチに、過去五十年で最大規模と言われる大型ハリケーン「マシュー」が襲いかかった。二百十万人が被災し、死者は千人に達したとも言われ、農業セクターにおいては国の収穫の九十パーセントが破壊された。恐れられていたコレラも発生した。コレラはもともとハイチにはなかった疫病だが、二〇一〇年の大地震の際に国連平和維持軍のネパール部隊が駐屯していた国連基地から広がったもので、国民に安全な飲み水を供給するシステムのないハイチでは、この拡散はまさに燎原《りょうげん》の火であり、これまでに八十万人以上が罹患し、およそ一万人が死亡している。

ハイチは、中南米最貧国とも、西半球最貧国とも、あるいはまた世界最貧国とも言われる。（二〇〇一年データではあるが）国民の五十四パーセントが一日一ドル以下で、七十八パーセントが二ドル以下で暮らしている。失業率は七十パーセントに上る（二〇一二年十二月に来日したマルテリー大統領による。外務省HPによる基本情報では「未詳」）。私は、ダンティカの作品との出会いを機にハイチとハイチの人びとに関心を寄せ始め、国内に三つあるハイチ支援団体にも加わってきて、幾度となく、ハイチはなぜこんなにも貧しいのだろう？　と思い悩んだ。そして、それを理解するには、ハイチの歴史を知らなければならないとわかった。浜忠雄氏の多くの著書と論文や佐藤文則氏の著書などから、私に学び得たハイチの栄光に満ちた苛酷なる歴史は、『地震以前の私たち、地震以後の私たち――それぞれの記憶よ、語れ』（*Create Dangerously*）の「訳者あとがき」に詳述したので、ぜひ読んでいただければ幸いである。

これまでに作品社より出版した二つの小説（『骨狩りのとき』と『海の光のクレア』〔*Claire of the Sea Light*〕）の主人公は、ハイチに住む（『骨狩りのとき』では、隣国ドミニカで最下層の出稼ぎ労働者として生き、虐殺を生き延びたあとの人生をハイチで生きる）貧しい人びとだった。しかし本書の主人公たちは、そうではない。ダンティカ自身の世代、というよりもむしろその次のより豊かな世代、ダンティカのように貧しい移民の子としての苦労と努力の末にアメリカでまずまずの地位と経済力を手に入れた人びとの子どもたちの世代の若い人びとだ。本書の主人公のジゼルとその双子の姉イザベルは、両親とハイチに住む祖父母からハイチの文化を受け継ぎつつ、アメリカの若者文化を生きている。ダンティカと同世代であるだろう彼女らの両親が抱えるハイフン付きの（つまり外国系アメリカ人としての）アイデンティティの問題は、おそらくより複雑さを増して彼女たちにもつきまとうことになるだろう。

双子は、アフリカの多くの国やハイチでは、特別の神秘的な力を持つと信じられてきた。幼いころから双子に興味をそそられ、姉妹を欲しがっていたダンティカが、双子を主人公とするこの作品を書き始めたのは、大学院在学中であったという。そして、未完のままに放っておいたそれを再び取り出したのは、母親の入院中だったそうだ。互いのほぼすべてを理解できる双子の片方にとって、もう片方は、言わば自らの分身であり、自分を最も深く理解してくれる究極の心の友といえる。巻末の「謝辞」によると、ダンティカは、文字通り身を分けて自分を産んでくれた母親を喪《うしな》いつつある自分を、イザベルを喪うジゼルに重ねていた。ジゼルの心の葛藤を描きつつ、自らに迫りくる愛する者の死にむけて、心の準備をしていたのかもしれない。

ジゼルは、自分自身に等しい存在であったイザベルから、突然引き離される。イザベルは損なわれてしまったのに、自分は生き延びた。自分の半分を失くしてしまった彼女は、生き延びた者の罪悪感に責め苛《さいな》まれながら、自分を作り直していかなければならない。その罪悪感は、故国を離れてハイチ系アメリカ人としての新しいアイデンティティを得て生き直しているダンティカが、愛するハイチとハイチの人びとの命と生活が、政治の混迷と機能不全や、未曾有の大震災や大型ハリケーンに翻弄され損なわれていくのを目の当たりにするときに感じる痛みと同種のものなのかもしれない。イザベルの命を奪ったジャニスも、実は損なわれた存在だったことを知ったジゼルに、ダンティカは言わせている、「たぶんわたしたちはあまりに多くを持ちすぎ、他の人たちはあまりに持たなすぎる。他の人たちが絶えず苦しみのなかで生きているのにわたしたちには喜びを味わう資格があると、いったい誰が言うのだろう？　毎日を死とともに過ごす人たちがいるのにわたしたちはいい人生を送らなければならないと、誰が言うのだろう？」と。

本書にはさまざまの形の愛と葛藤が描かれる。ジゼルとイザベル姉妹の愛、それぞれの初恋と友情、夫婦の愛とそれぞれの人生、そして双子の祖父母たちの人生。私たち読者は、一人ひとりにたった一つのかけがえのない命と人生があるという、分かりきった事実を今さらのように突きつけられ、その重みと尊さを――臓器移植の問題まで含めて――あらためて考えさせられることになる。イザベルを喪ってから十七歳の誕生日までの試練の一月《ひとつき》ほどの間に、ジゼルはそれらのさまざまな愛に囲まれて成長してゆく。美しいハイチを一望できる祖父母の敷地の下のほうには、大震災の傷跡が今もまだ生々しく残っていることも知っている。彼女はここからひとり立ちして、ハイチにもアメリカにもしっかり根を下ろして、生きていかなければならない。本書は、アメリカではヤングアダルト小説として出版されたが、「日本の読者への手紙」のなかで著者自身が述べているように、実際の読者層はヤングアダルトの域をはるかに超えて、非常に幅広い年齢層にわたっている。日本でも同じく幅広い年齢層の読者を得て、ダンティカの作品に描かれる愛とハイチを感じてくだされればと願う。

先述したように、日本には三つのハイチ支援団体がある。名古屋を拠点とする「ハイチの会」、山梨を拠点とする「ハイチ友の会」、そして横浜を拠点とする「ハイチの会・セスラ」である。「ハイチの会」（中野瑛子代表）は、デュヴァリエ独裁政権時代の一九八六年に設立、二〇〇二年からはポルトープランスの北方エンシュ市にあるボナビ村の人びとの農業共同体ＫＦＰ（住民家族共同体）と学校の運営を支援している。「ハイチ友の会」（小澤幸子代表）は、一九九五年のチビー村での職業訓練支援以来、学校支援を含めて幅広い支援を続け、医師である小澤代表は定期的な無料結核検診を行なってもいる。「ハイチの会・セスラ」（高岡美智子代表）は、二〇〇三年以来、日本に住むハイチ人タレント山田カリンさんの姉マリクレールさんが運営し、授業料を払えない家庭の子どもたちも多く受け入れる幼稚園部を含む小学校、セスラ校を支援している。これらの会の活動の共通点は、貧しいハイチの人びとがなんとか自立する力をつけ、子どもたちに教育を受けさせるための手助けをする、という姿勢だ。一日一食が普通、いやたいていはそれさえもままならないという貧しいハイチの人びとが命をつなぐために、学校を開き続けるために、今どうしても必要なものを送る、ということが常に喫緊の課題であるが、活動の一番の目標は、現地の人びとが自立する力を獲得していく手助けをすることだ。映画『ポバティー・インク』（*Poverty, Inc.* 貧困産業）が暴露しているような、海外からの「善意」の援助金と援助物資が現地の人びとを救う以上に支援者を富ませ、援助されている者たちの自立の機会を奪い続けている事態は、許されてはいけないと考えている。

二〇一五年の六月から七月にかけて、私はハイチを訪れた。行きたい、行きたいと言っていた私に、「ハイチの会」代表の中野瑛子さんが「行こう」と言ってくれたのだ。「ハイチの会・セスラ」代表の高岡美智子さんと三人で、二つの会の支援地を訪れる旅となった。日本という衛生的な環境から行く私は、事前にA型肝炎、破傷風、腸チフス、コレラ、狂犬病の予防接種で「完全武装」しての渡航となった。

ハイチの会のエンシュ市のボナビ村までは、川を歩いて渡り、山道を歩き、道なき道をアクロバティックに運転する若者のオートバイに乗せてもらい、なおもまた歩いた。学校に着くと、笑顔の子どもたちが、ハイチと日本の国旗とハイチクレオール語で「ようこそわたしたちのお友だちハイチの会」と書いたボードを持って迎えてくれた。ハイチの会は、二〇〇一年にボナビ村の青年エグジルを、栃木県那須塩原市のアジア学院（アジア、アフリカ、太平洋諸国の農村地域から留学生を受け入れ、土地に根を張り、土地の人びとと共に働く農業指導者を育てるための研修を無償で提供し、農村リーダーを育てている）での農業留学に送り出した。九カ月間の研修を受けてハイチに戻ったエグジルは、農業共同体KFPを立ち上げ、ハイチの会の援助を得て四カ所の土地を購入し、開墾し、農園を作り、さらに子どもたちが通える学校を作り、今に至っている。私たちは、ひたすら延々と歩いてそれらの農園を訪れた。広い農園には、バナナ、カッサバ、ココナツ、アボカド、オレンジ、パパイヤ、ゴンボ（オクラ）、マンゴー、コンゴビーンズ（ササゲ）、カカオ、トウモロコシ、ピーナツなどなどが育っていた。私は、目を見張り歓声をあげてそれらの間を歩きながら、まるで身体中の細胞がすっかり入れ替わって新しくなっていくような、すばらしく感動的な感覚を覚えた。

この旅では、日本からの旅人のだれもハイチクレオール語を解さないし話せないため、私が日本語を英訳し、その英語をセスラ校で英語教師として働いている青年ニクソンがクレオール語にするという形で会話をした。全行程をセスラ校のマリクレール校長と通訳のニクソンと私たち三人（と運転手をしてくれたマリクレールさんのいとこで実は警察官のエルベ）で移動しながら話し合いを重ねるうちに、ボナビのKFPとは違ってまだしっかりした組織のないモーリヤンクのセスラ校にボナビのKFPをモデルにした農業団体と、学校を共同体として機能させるためのPTAを立ち上げよう、ということになり、NGO団体CCP（セスラ・コミュニティ・プロジェクト、という名称をマリクレール校長とニクソンが考えた）が誕生した。通訳として私たちに同行してボナビの学校と農園の成功を目の当たりにしたニクソンは、セスラの将来を担う若きリーダーとして彼に白羽の矢を立てた私たちの期待に応えて、

CCPの組織づくりの中心となって働くことを約束してくれた。そして……今年三月には、いくつかの選考課程を経て入学を許可されたニクソンが、アジア学院で学ぶべく来日する。ダンティカの作品に恋をして、彼女の作品に描かれるハイチという国とそこに生きる人びとに思いを寄せ続けてきたけれど、その強い思いのゆえに実現したこのハイチへの旅で、思いがけないニクソンとの出会いがあり、セスラでも、ボナビのように、学校教育を中心とした農業コミュニティを作るという夢が生まれ、その実現に向けての第一歩を現実に踏み出せたことは、セスラの一会員として大きな喜びだ。

この旅でもう一つ、ささやかではあるが私にとってとても嬉しかったのは、二つの小学校の生徒たちに、ダンティカからのプレゼントであるクレオール語で書かれた絵本を数冊届けられたことである。初めてのハイチ渡航に先立って、ダンティカに、子どもたちにプレゼントするためのクレオール語で書かれた絵本を紹介してくれるよう頼んだところ、夫君のフェドが経営する出版社でクレオール語の本を出しているので、そのうちの絵本をプレゼントしてくれることになった。マイアミ経由ではなくニューヨーク経由の渡航だったためにマイアミで直接彼女から受け取ることはできなかったけれども、彼女がポルトープランスに住む元駐日ハイチ全権大使のマルセル・デュレ氏に郵送してくれて、それを私がデュレ氏から受け取った。

二〇一六年、日本では、戦後レジームからの脱却を掲げる安倍自民党政権によって紛争地における自衛隊の駆けつけ警護が可能となり、戦争のできる日本国実現への筋道が不気味に着々と敷設されつつあるようだ。そしてアメリカでは、女性を蔑視する白人至上主義者であり人種差別主義者でもあるらしいトランプが、急速に拡大した経済格差と地域格差のあおりを食った不遇をかこつ主に白人労働者階級に、エスタブリッシュメントと、アメリカ人の雇用機会を奪う難民・移民、という仮想敵を与えてその不満と怒りと敵意を掻きたてることで大統領選に勝利した。英国の国民投票によるEU離脱にも見られるポピュリズムとこれを利用するポピュリスト政治家が各国で台頭し、西欧世界を相手取った「IS」によるテロは収拾のきざしも見えない。それぞれの国のあるべき姿からは大きく逸脱していくこの流れを押し止《とど》める道を、果たして私たちは見いだせるのだろうか？

社会の分断と対立を煽《あお》って、自分が勝利をもぎ取るという、壁を作り壁の向こう側にどんな人びとがいるのかは想像することなく自分だけを守るという（本作にもゲート付きコミュニティが出てくるが）、トランプに顕著な排外主義に、カネの量で測る富ではなく、ほんとうの意味で豊かな未来があるとは、とうてい思えない。自分を非難する者を「やつはルーザー（敗者）だ」と罵倒するトランプという人物は、人の価値を富の争奪戦の勝者か敗者かの基準で測り、常に勝つことへの強迫観念に取りつかれているようだ。

しかし暗く憂鬱な予測ばかりをするのはよそう。私たちは、上述のような事態を深く悲しみつつ、平和を願い、みんなのために、困っている人びとのために、手の届く人びとに手をさしのべ、手をつなぐことで、愛を届けている人が大勢いることを知っている。たとえば私の友人滝谷美佐保さん。彼女は、不登校の小中高校生やひきこもりの青少年のための居場所《フリースペース》「バクの会」を運営するボランティア活動を一九八七年から二十二年と三カ月にわたって続け、その間ここに通った若者の総数は千五百人に及んだ。会を閉じてからも「バクの会」につながる人びとの活動と交流は途切れることなく続いている。また別の友人齋藤照子さん。彼女は、二〇〇二年に初めてルワンダを訪れてから十年後の二〇一二年、七十四歳でルワンダに永住するために単身移住し、首都キガリの小学校でボランティアの音楽教師をしながら教育支援をしている。昨年AMAHORO（ルワンダ語で「平和」）プロジェクトを立ち上げ、今年、日本語・英語・フランス語・ルワンダ語の四カ国語で書かれた絵本『虹の鳥と子どもたち』を出版して、平和のメッセージを、日本をはじめ世界の人びとに届ける。「違いを超えて、分かちあい共に生きる」というメッセージを「ほんのチョッピリでも届けることができたら」というのが彼女の願いだ。

一人の人間の視野のなかで見える現実の世界はとても狭いけれども、小説や絵本や映画や舞台の世界に遊ぶことで私たちは、さまざまな人に出会い、さまざまな物語に参加し、さまざまな疑似体験をし、視野を広げ、思いを深めることができる。本書を読んでくださるみなさんが、物語の向こうに、今私たちと同じ地球に生きるハイチの人びとを想像してくだされば嬉しい。

私に人生で一番大切なことを教えてくださった宗教哲学者の滝沢克己先生（先述の滝谷美佐保さんはその長女）は、十二歳の孫からの「キリスト教や仏教はどういうことがいいたいのか？」との質問に答えて、以下のように言われた。

「キリスト教も仏教も（…）それが指し示している生命《いのち》の真理は一つです。その真理を一言で言い表すとこうです。『人間はどんなに偉くてもけっして本当の主《あるじ》（主なる神＝主体である仏）ではない、と同時にしかし、人間はどんなに小さなつまらぬ者でも、必ず本当の神様＝仏様とまったく直接に、絶対に離れることができないように結びつけられている、世界中が自分を見捨てても、本当の神様＝仏様はけっして自分を見捨てない、眼には見えなくても、じっと自分を見つめて、おまえどうしているか、元気を出して、けっして焦《あせ》らず、毎日できるだけのことをしなさい、神さまの愛に応《こた》えて他の人と世界を愛しなさい、そうすれば外から見てどんなにつまらぬ人も、奥深い芯のところでほんとうに明るい充実した生を楽しむことができる』ということです。ただ大きな奇蹟というほかない原本的な事実

です」（滝沢克己『中学生の孫への手紙――人生の難問に答えて』創言社、二〇〇一年）
「ハイチの会」が震災から三年後に出した支援者への報告書の中に、「住民は為《な》す術《すべ》もなく、地震にもハリケーンにも耐えて、口々に『神さまは見ている』と言います」という一文があった。『地震以前の私たち、地震以後の私たち』のなかでダンティカは、地震の二十三日後にやっと実現した家族を訪ねるハイチへの旅を報告している。「母方のいとこたちの何人かがまだ住んでいるレオガンの町（…）では、建物の九十パーセント近くが地震で倒壊した。（…）ある朝、レオガンの町を車で走っていて、ジョンと私は、急ごしらえの避難民キャンプの入口に立てられた、食料の支援を嘆願するボール紙製の看板を通り過ぎたところで、はっとするような絵の描かれた白い大きなテントを見つける。驚くほど美しいチョコレート色の天使が、藍色の空を見上げて、泥だらけの死体の山の上空に浮かんでいる絵だ。／ジョンは、もっとよく見ようとして車から飛び降りる。／目に涙を浮かべて、彼はささやく。『スペイン市民戦争のあとの、ピカソのゲルニカのようだ。ぼくたちも、ぼくたちのゲルニカを持つのだ』／『何千というゲルニカをね』と、私は同意する」。滝沢先生が私たち人間の生の「原本的な事実」と言われる「インマヌエル」――「神われらとともに存す《いま》」の事実を、ハイチの人びとはすでによく知っているのだろう、と私は思う。
滝沢先生は言われる、「『インマヌエル』・『神われらとともに存す』とは、『太初《はじめ》の言《ことば》』・『神の子キリスト』がイエスとして、いやしくも事実存在するすべての人、一々の人に、即刻、『罪の赦し』を受けて新しく生きるように呼びかけてくれている、ということを意味する。（…）言いかえるとそれは、人の果てしない罪にもかかわらず、今や神と人との直接の結びつきが厳として実在する、世界はその根底において、親子、夫婦のそれとさえ比較を絶して親密なその結びつきから来る・人間本来の歓ばしい・つとめを果たすべき（…）自由の舞台だということを意味する。私のあらゆる誇り、一切の業《わざ》・主体性そのものを理由なく、容赦なく打ち砕く死もまたすでに、その毒ある刺《とげ》を奪われて、かえって私に生あるかぎり、その都度与えられた状況を踏まえて前進することを可能、いな必然たらしめるさわやかな刺激となるのである。／この場合、『神われらとともに存す』というその『われら』はむろん、単に『われらキリスト者』のことではない。むしろ時処位を問わず、すべての人、一々の人を、簡単に言うと事実存在する『われら人間』を意味していなくてはならない」。(滝沢克己『自由の原点・インマヌエル』新教出版社、一九六九年)

作家でクリエーターのいとうせいこう氏は、国境なき医師団の取材で二〇一六年五月から七月にかけてハイチを訪れ、その取材を十一回にわたって報告している。その最終回のレポートで、取材の最終日に国境なき医師団のメンバーに連れていかれたスラム――「いや、震災によってそうならざるを得なかった貧しい人たちの、他にどうしようもない暮らしの現場だった」――で車の中から撮った写真について、いとう氏は最後にこう述べている、「翌日、マイアミへ飛ぶ機内で滞在中撮りためた画像を見、最後の一枚をじっと眺めるうちに気づいた。乗っていた四駆の窓越しに、バラックの壁が写っていた。その壁の中、間に合わせの木で作った扉にひとつの落書きがあった。俺は思わず声を出しそうになった。拡大してみると、そこには確かにこうあった。／I LOVE YOU Jesus／あれほどの苦境の中で、と思った。そして、書かれた言葉が英語であることに気づき、俺はさらなる衝撃を受けた。フランス語でもクレオール語でもない以上、それは〝外側〟の俺たちに向けてのメッセージなのだった。／我々は神を愛している。／憐れむなよ、と言われているように思った。憐れむべきはお前たちだ、と言われているようにさえ思った。ハイチの民がどんなにプライド高い人々であるか、スラムの扉のそのたったひとことが傷跡のように俺の目の奥にはっきりと残った」

いとう氏は、この同じ回のレポートで、性暴力被害者クリニックに行ったときの感懐を述べたなかで言う。「たとえ時間がどれだけずれていたとしても」、そしてもちろん場所がどれだけ遠く離れていたとしても、「変わらない真実はあるのだ。そこで俺は、ハイチ到着から分裂していたリアリティをひとつに出来たと感じた。苦しむ者と苦しめる者がいる確かさが、そして苦しみの近くにいようとする者の存在が俺の頭の中の歯車を元に戻したのだった」

苦しむ者と苦しめる者がいて、しかしそれでもいつも、苦しみの近くにいようとする者がいる。それが、時代がどんなに移っても変わらない人の世界の真実なのだろう。そしてたとえ苦しみの近くにいようとする者が苦しむ者の苦しみを実際に取り除くことができなくても、そこには確かに、人のものさしでは測れない癒しと救いがあるのだ。

私はかつて『骨狩りのとき』についての論文のなかで以下のように書いた。

「将軍を崇拝し、その差別と支配のレトリックを信奉し、自身も支配者となる野望を抱いているピコはともかく、ハイチ人に善意を持って接しているように見えるし、自らもそう思っているヴァレンシアやパピでさえ、目の前にいるハイチ人たちの生活の現実にまったく盲目であるのは、彼らの価値観に深く根付いた人種差別主義の故《ゆえ》である。人間を人種（肌の色）で等級付けして一向にあやしまず、しかも常に自らを上に位置づけようというその心性《メンタリティ》が、彼らを、たとえ無自覚のままにでも、抑圧者の側に留めるのである。彼らは、たとえ表面上はさまざまの持ちものに恵まれ、優雅な生活をしていても、そのような心性《メンタリティ》を持ち、そのような生き方しかできないということで、すでに罰を受けてしまっているといえる。私たちは、彼らの目に見える幸福の後ろに、彼らの大きな不幸を見る。彼らが、持ちものに拠《よ》らない真に深い人と人との結びつきとそこから得られる幸福からいかに遠いところにいるかは、ピコとヴァレンシアの最後まで冷え冷えとした結婚生活を見ただけでも明らかである。彼らの生活における愛の不在は、他者の痛みに対する鈍感と無関係ではない。皮肉であり不条理であるのは、彼らの罪のつけを最も悲惨な形で払わされるのが、ほとんどいつも、彼らが見下し抑圧している人々だということである」(「記憶・証言・癒し――『骨狩りの時』における癒しのメカニズム」風呂本惇子編著『カリブの風』所収、鷹書房弓プレス、二〇〇四年)

私たち、日本にあってハイチを支援する活動を続けている者たちは、まずは自分の日常を、大きかったり小さかったりするそれぞれの苦悩を乗り越えながらしっかりと生きて、苛酷な現実のすべてを受けとめながら神を信頼して生き続けるハイチの友人たちの苦労を、共に担えるところは頑張って共に担わせてもらいながら、支援を続けていきたい。

ハイチでは、一昨年十月に実施されたマルテリー大統領の後任を決める大統領選で大統領の政権党から出馬したジョヴネル・モイーズ候補が一位となったが、モイーズ陣営による大規模な不正が発覚して不正糾弾の世論が高まり、やり直し選挙の実施が決まった。この選挙はその後一年以上を経て昨年十一月二十日にようやく実施された。この選挙の結果について選挙裁判所は「今選挙に不正はあったが、野党勢力が主張するほど大規模ではなかった」として、選挙を有効と判断。これを受けて得票率で過半数を上回ったモイーズ候補が当選者と認定された。マルテリー大統領が昨年二月に任期満了で退陣した後は、上院議長だったプリヴェールが暫定大統領を務めていたが、今年二月七日にモイーズ候補が新大統領に就任した。一昨年十月の選挙から一年以上を経てようやく新政権の発足にこぎつけたが、投票率はわずか二十一パーセントで、モイーズの得票はその半分強であり、有権者全体の一割程度の支持で政権に就くこととなる。ハイチを見守る者にとっては、不安に満ちた船出である。

本書を翻訳出版するにあたっては、今回も作品社の青木誠也氏にたいへんお世話になった。今回の翻訳作業のために助けを乞うた方々はなかったが、ハイチの歴史や現状の理解のためにこれまで多くを学ばせていただいた元北海学園大学教授の浜忠雄氏とフォトジャーナリスト佐藤文則氏、そして大妻女子大学教授の荒井芳廣氏には、心より感謝している。また、長年ハイチ関連のニュースをリアルタイムで送り続けてくださっている成瀬健治氏にも心より感謝している。今回引用させていただいたが、「『国境なき医師団』を見に行く」のハイチ編をリリースしてくれた作家・クリエーターいとうせいこう氏にも感謝します。ハイチに連れて行ってくださった中野瑛子さん、高岡美智子さん、ありがとうございました！　ハイチで出会ったマリクレールさんやエルベやエグジルやニクソンやバイクに乗せてくれた若者や、二つの学校の先生たちや生徒たちや、書き出すときりがありませんが、みんなにも感謝です。そしてもちろん、エドウィージにはさまざまな質問にていねいに答えてもらい、今回も前四作と同様、ぜひ日本の読者へのメッセージをとの願いに快く応えてもらい、心より感謝しています。

最後に、職場と家庭の役割をなんとかこなしながら、この仕事に取り組むことができたのは、いつもたくさん愛してくれる家族のお蔭です。ありがとう。

今回も、縁あって本書を手に取り、読んでくださる読者のみなさまに、この本を捧げます。よい出会いとなりますように。

二〇一七年二月

佐川愛子

【著者・訳者略歴】

エドウィージ・ダンティカ（Edwidge Danticat）

1969年ハイチ生まれ。12歳のときニューヨークへ移住、ブルックリンのハイチ系アメリカ人コミュニティに暮らす。バーナード女子大学卒業、ブラウン大学大学院修了。94年、修士論文として書いた小説『息吹、まなざし、記憶（*Breath, Eyes, Memory*）』でデビュー。少女時代の記憶に光を当てながら、歴史に翻弄されるハイチの人びとの暮らしや、苛酷な条件のもとで生き抜く女たちの心理を、リリカルで静謐な文体で描き出し、デビュー当時から大きな注目を集める。95年、短編集『クリック？　クラック！（*Krik? Krak!*）』で全米図書賞最終候補、98年、『骨狩りのとき（*The Farming of Bones*）』で米国図書賞《アメリカン・ブックアワード》受賞、2007年、『愛するものたちへ、別れのとき（*Brother, I'm Dying*）』で全米批評家協会賞受賞。邦訳に、『海の光のクレア』、『地震以前の私たち、地震以後の私たち――それぞれの記憶よ、語れ』、『骨狩りのとき』、『愛するものたちへ、別れのとき』（以上佐川愛子訳、作品社）、『アフター・ザ・ダンス』（くぼたのぞみ訳、現代企画室）、『クリック？　クラック！』（山本伸訳、五月書房）、『息吹、まなざし、記憶』（玉木幸子訳、DHC）、「葬送歌手」（立花英裕、星埜守之編『月光浴――ハイチ短篇集』所収、国書刊行会）など。

佐川愛子（さがわ・あいこ）

1948年生まれ。女子栄養大学教授。共著書に松本昇、大崎ふみ子、行方均、高橋明子編『神の残した黒い穴を見つめて』（音羽書房鶴見書店）、三島淑臣監修『滝沢克己を語る』（春風社）、松本昇、君塚淳一、鵜殿えりか編『ハーストン、ウォーカー、モリスン――アフリカ系アメリカ人女性作家をつなぐ点と線』（南雲堂フェニックス）、風呂本惇子編『カリブの風――英語文学とその周辺』（鷹書房弓プレス）、関口功教授退任記念論文集編集委員会編『アメリカ黒人文学とその周辺』（南雲堂フェニックス）など。訳書にエドウィージ・ダンティカ『海の光のクレア』、『地震以前の私たち、地震以後の私たち――それぞれの記憶よ、語れ』、『骨狩りのとき』、『愛するものたちへ、別れのとき』（以上作品社）、共訳書にサンダー・L・ギルマン『「頭の良いユダヤ人」はいかにつくられたか』、フィリップ・ビューラン『ヒトラーとユダヤ人――悲劇の起源をめぐって』、デイヴィッド・コノリー『天使の博物誌』、ジョージ・スタイナー『ヒトラーの弁明――サンクリストバルへのA・Hの移送』（以上三交社）など。

ほどける

2017年4月25日初版第1刷印刷
2017年4月30日初版第1刷発行

著　者　エドウィージ・ダンティカ
訳　者　佐川愛子
発行者　和田肇
発行所　株式会社作品社
〒102-0072 東京都千代田区飯田橋2-7-4
TEL.03-3262-9753　FAX.03-3262-9757
http://www.sakuhinsha.com
振替口座00160-3-27183

編集担当　青木誠也
装　幀　水崎真奈美（BOTANICA）
装　画　塩月悠
本文組版　前田奈々
印刷・製本　シナノ印刷株式会社

ISBN978-4-86182-627-6 C0097

【作品社の本】

逆さの十字架

マルコス・アギニス著　八重樫克彦、八重樫由貴子訳

アルゼンチン軍事独裁政権下で
警察権力の暴虐と教会の硬直化を激しく批判して発禁処分、
しかしスペインでラテンアメリカ出身作家として初めてプラネータ賞を受賞。
欧州・南米を震撼させた、アルゼンチン現代文学の巨人
マルコス・アギニスのデビュー作にして最大のベストセラー、待望の邦訳！

ISBN978-4-86182-332-9

天啓を受けた者ども

マルコス・アギニス著　八重樫克彦、八重樫由貴子訳

合衆国南部のキリスト教原理主義組織と、
中南米一円にはびこる麻薬ビジネスの陰謀。
アメリカ政府と手を結んだ、南米軍事政権の恐怖。
アルゼンチン現代文学の巨人マルコス・アギニスの圧倒的大長篇。
野谷文昭氏激賞！

ISBN978-4-86182-272-8

マラーノの武勲

マルコス・アギニス著　八重樫克彦、八重樫由貴子訳

「感動を呼び起こす自由への賛歌」——マリオ・バルガス＝リョサ絶賛！
16～17世紀、南米大陸におけるあまりにも苛烈なキリスト教会の異端審問と、
命を賭してそれに抗したあるユダヤ教徒の生涯を、壮大無比のスケールで描き出す。
アルゼンチン現代文学の巨匠アギニスの大長篇、本邦初訳！

ISBN978-4-86182-233-9

誕生日

カルロス・フエンテス著　八重樫克彦、八重樫由貴子訳

過去でありながら、未来でもある混沌の現在＝螺旋状の時間。
家であり、町であり、一つの世界である場所＝流転する空間。
自分自身であり、同時に他の誰もである存在＝互換しうる私。
目眩《めくる》めく迷宮の小説！
『アウラ』をも凌駕する、メキシコの文豪による神妙の傑作。

ISBN978-4-86182-403-6

【作品社の本】

悪い娘《こ》の悪戯《いたずら》

マリオ・バルガス＝リョサ著　八重樫克彦、八重樫由貴子訳

50年代ペルー、60年代パリ、70年代ロンドン、80年代マドリッド、そして東京……。
世界各地の大都市を舞台に、ひとりの男がひとりの女に捧げた、
40年に及ぶ濃密かつ凄絶な愛の軌跡。
ノーベル文学賞受賞作家が描き出す、あまりにも壮大な恋愛小説。

ISBN978-4-86182-361-9

チボの狂宴

マリオ・バルガス＝リョサ著　八重樫克彦、八重樫由貴子訳

1961年5月、ドミニカ共和国。
31年に及ぶ圧政を敷いた稀代の独裁者、トゥルヒーリョの身に迫る暗殺計画。
恐怖政治時代からその瞬間に至るまで、
さらにその後の混乱する共和国の姿を、待ち伏せる暗殺者たち、
トゥルヒーリョの腹心ら、排除された元腹心の娘、そしてトゥルヒーリョ自身など、
さまざまな視点から複眼的に描き出す、圧倒的な大長篇小説！

ISBN978-4-86182-311-4

無慈悲な昼食

エベリオ・ロセーロ著　八重樫克彦、八重樫由貴子著

「タンクレド君、頼みがある。ボトルを持ってきてくれ」地区の人々に昼食を施す教会に、
風変わりな飲んべえ神父が突如現われ、表向き穏やかだった日々は風雲急。
誰もが本性をむき出しにして、上を下への大騒ぎ！
神父は乱酔して歌い続け、賄い役の老婆らは泥棒猫に復讐を、
聖具室係の養女は平修女の服を脱ぎ捨てて絶叫！
ガルシア＝マルケスの再来との呼び声高いコロンビアの俊英による、
リズミカルでシニカルな傑作小説。

ISBN978-4-86182-372-5

顔のない軍隊

エベリオ・ロセーロ著　八重樫克彦、八重樫由貴子訳

ガルシア＝マルケスの再来と謳われるコロンビアの俊英が、
母国の僻村を舞台に、今なお止むことのない武力紛争に翻弄される
庶民の姿を哀しいユーモアを交えて描き出す、傑作長篇小説。
スペイン・トゥスケツ小説賞受賞！　英国「インデペンデント」外国小説賞受賞！

ISBN978-4-86182-316-9

【作品社の本】

嵐

ル・クレジオ著　中地義和訳

韓国南部の小島、過去の幻影に縛られる初老の男と少女の交流。

ガーナからパリへ、アイデンティティーを剝奪された娘の流転。

ル・クレジオ文学の本源に直結した、ふたつの精妙な中篇小説。

ノーベル文学賞作家の最新刊！


ISBN978-4-86182-557-6

迷子たちの街

パトリック・モディアノ著　平中悠一訳

さよなら、パリ。ほんとうに愛したただひとりの女……。

2014年ノーベル文学賞に輝く《記憶の芸術家》パトリック・モディアノ、魂の叫び！

ミステリ作家の「僕」が訪れた20年ぶりの故郷・パリに、封印された過去。

息詰まる暑さの街に《亡霊たち》とのデッドヒートが今はじまる——。


ISBN978-4-86182-551-4

失われた時のカフェで

パトリック・モディアノ著　平中悠一訳

ルキ、それは美しい謎。現代フランス文学最高峰にしてベストセラー……。

ヴェールに包まれた名匠の絶妙のナラション（語り）を、いまやわらかな日本語で——。

あなたは彼女の謎を解けますか？

併録「『失われた時のカフェで』とパトリック・モディアノの世界」。

ページを開けば、そこは、パリ

ISBN978-4-86182-326-8

悪しき愛の書（近刊）

フェルナンド・イワサキ著　八重樫克彦、八重樫由貴子訳

バルガス＝リョサ、筒井康隆らが高く評価する
“ペルーの鬼才”による、ふられ男の悲喜劇。
ダンテ、セルバンテス、スタンダール、ボルヘス、トルストイ、
パステルナーク、ナボコフなどの名作を巧みに取り込んだ、
日系小説家によるユーモア満載の傑作長篇！

ISBN978-4-86182-632-0

【作品社の本】

ランペドゥーザ全小説　附・スタンダール論

ジュゼッペ・トマージ・ディ・ランペドゥーザ著　脇功、武谷なおみ訳

戦後イタリア文学にセンセーションを巻きおこしたシチリアの貴族作家、初の集大成！
ストレーガ賞受賞長編『山猫』、傑作短編「セイレーン」、
回想録「幼年時代の想い出」等に加え、
著者が敬愛するスタンダールへのオマージュを収録。

ISBN978-4-86182-487-6

人生は短く、欲望は果てなし

パトリック・ラペイル著　東浦弘樹、オリヴィエ・ビルマン訳

妻を持つ身でありながら、不羈奔放なノーラに恋するフランス人翻訳家・ブレリオ。
やはり同様にノーラに惹かれる、ロンドンで暮らすアメリカ人証券マン・マーフィー。
英仏海峡をまたいでふたりの男の間を揺れ動く、運命の女《ファム・ファタール》。
奇妙で魅力的な長篇恋愛譚。フェミナ賞受賞作！

ISBN978-4-86182-404-3

ボルジア家

アレクサンドル・デュマ著　田房直子訳

教皇の座を手にし、アレクサンドル六世となるロドリーゴ、
その息子にして大司教／枢機卿、
武芸百般に秀でたチェーザレ、フェラーラ公妃となった奔放な娘ルクレツィア。
一族の野望のためにイタリア全土を戦火の巷にたたき込んだ、
ボルジア家の権謀と栄華と凋落の歳月を、文豪大デュマが描き出す！

ISBN978-4-86182-579-8

メアリー・スチュアート

アレクサンドル・デュマ著　田房直子訳

三度の不幸な結婚とたび重なる政争、十九年に及ぶ監禁生活の果てに、
エリザベス一世に処刑されたスコットランド女王メアリー。
悲劇の運命とカトリックの教えに殉じた、孤高の生と死。
文豪大デュマの知られざる初期作品、本邦初訳。

ISBN978-4-86182-198-1

【作品社の本】

名もなき人たちのテーブル

マイケル・オンダーチェ著　田栗美奈子訳

わたしたちみんな、おとなになるまえに、おとなになったの——
11歳の少年の、故国からイギリスへの3週間の船旅。
それは彼らの人生を、大きく変えるものだった。
仲間たちや個性豊かな同船客との交わり、従姉への淡い恋心、
そして波瀾に満ちた航海の終わりを不穏に彩る謎の事件。
映画『イングリッシュ・ペイシェント』原作作家が描き出す、
せつなくも美しい冒険譚。

ISBN978-4-86182-449-4

分解する

リディア・デイヴィス著　岸本佐知子訳

リディア・デイヴィスの記念すべき処女作品集！
「アメリカ文学の静かな巨人」のユニークな小説世界はここから始まった。

ISBN978-4-86182-582-8

サミュエル・ジョンソンが怒っている

リディア・デイヴィス著　岸本佐知子訳

これぞリディア・デイヴィスの真骨頂！
強靭な知性と鋭敏な感覚が生み出す、摩訶不思議な56の短編。

ISBN978-4-86182-548-4

話の終わり

リディア・デイヴィス著　岸本佐知子訳

年下の男との失われた愛の記憶を呼びさまし、
それを小説に綴ろうとする女の情念を精緻きわまりない文章で描く。
「アメリカ文学の静かな巨人」による傑作。待望の長編！

ISBN978-4-86182-305-3

【作品社の本】

ストーナー

ジョン・ウィリアムズ著　東江一紀訳

「これはただ、ひとりの男が大学に進んで教師になる物語にすぎない。
しかし、これほど魅力にあふれた作品は誰も読んだことがないだろう」トム・ハンクス。
半世紀前に刊行された小説が、いま、世界中に静かな熱狂を巻き起こしている。
名翻訳家が命を賭して最期に訳した、“完璧に美しい小説”
第1回日本翻訳大賞「読者賞」受賞！

ISBN978-4-86182-500-2

黄泉《よみ》の河にて

ピーター・マシーセン著　東江一紀訳

「マシーセンの十の面が光る、十の周密な短編」青山南氏推薦！
「われらが最高の書き手による名人芸の逸品」ドン・デリーロ氏激賞！
半世紀余にわたりアメリカ文学を牽引した作家／ナチュラリストによる、
唯一の自選ベスト作品集。

ISBN978-4-86182-491-3

蝶たちの時代

フリア・アルバレス著　青柳伸子訳

ドミニカ共和国反政府運動の象徴、ミラバル姉妹の生涯！
時の独裁者トルヒーリョへの抵抗運動の中心となり、命を落とした長女パトリア、
三女ミネルバ、四女マリア・テレサと、ただひとり生き残った次女デデの四姉妹
それぞれの視点から、その生い立ち、家族の絆、恋愛と結婚、
そして闘いの行方までを濃密に描き出す、傑作長篇小説。
全米批評家協会賞候補作、アメリカ国立芸術基金全国読書推進プログラム作品。

ISBN978-4-86182-405-0

老首長の国　ドリス・レッシング アフリカ小説集

ドリス・レッシング著　青柳伸子訳

自らが五歳から三十歳までを過ごしたアフリカの大地を舞台に、入植者と現地人との葛藤、
古い入植者と新しい入植者の相克、巨大な自然を前にした人間の無力を、
重厚な筆致で濃密に描き出す。ノーベル文学賞受賞作家の傑作小説集！

ISBN978-4-86182-180-6